古典文獻研究輯刊

五編

潘美月・杜潔祥 主編

第15冊

蘇轍《詩集傳》研究

陳明義 著

國家圖書館出版品預行編目資料

蘇轍《詩集傳》研究／陳明義著 — 初版 — 台北縣永和市：花木蘭文化出版社，2007〔民96〕

序2+目2+146面；19×26公分

(古典文獻研究輯刊 五編；第15冊)

ISBN：978-986-6831-45-4(全套精裝)

ISBN：978-986-6831-60-7(精裝)

1.(宋)蘇轍 2.詩經 3.學術思想 4.研究考訂

831.18 96017569

ISBN - 978-986-6831-60-7

古典文獻研究輯刊

五 編 第十五冊 ISBN：978-986-6831-60-7

蘇轍《詩集傳》研究

作 者 陳明義

主 編 潘美月 杜潔祥

企劃出版 北京大學文化資源研究中心

出 版 花木蘭文化出版社

發行所 花木蘭文化出版社

發行人 高小娟

聯絡地址 台北縣永和市中正路五九五號七樓之三

電話：02-2923-1455／傳眞：02-2923-1452

電子信箱 sut81518@ms59.hinet.net

初 版 2007年9月

定 價 五編30冊（精裝）新台幣46,500元

蘇轍《詩集傳》研究

陳明義　著

作者簡介

陳明義（1966～）台灣台中市人。東吳大學中國文學系學士（1986、09～1990、06）、東吳大學中國文學研究所碩士（1990、09～1994、01）、東吳大學中國文學研究所博士（1996、09～2004、02），現為台中縣大里市修平技術學院應用中文系助理教授。在學術的研治上，師承自中央研究院中國文哲研究所林慶彰教授，並以詩經文本、詩經學史的相關問題為研究專業。碩士論文為：蘇轍《詩集傳》研究，博士論文為：朱熹《詩經》學與《詩經》漢學傳統異同研究，另有戴溪《續呂氏家塾讀詩記》初探、輔廣《詩童子問》初探、劉沅《詩經恆解》初探等單篇論文。

提　要

宋代《詩經》詮釋的新傳統，在議論《毛傳》、《鄭箋》與批駁《詩序》下展開，歐陽脩《詩本義》的議論毛、鄭之失，蘇轍《詩集傳》的辨析《詩序》是「毛氏之學而衛宏之所集錄」，並刪去《詩序》首句以下的餘文（《續序》）以言《詩》；鄭樵《詩辨妄》的力斥《詩序》，王質《詩總聞》、朱熹《詩集傳》的盡去《詩序》，是此一新傳統發展、形成的主要脈絡。其中歐、蘇對於開啟宋代《詩經》詮釋的新傳統，貢獻尤大。蘇轍繼歐陽脩的議論毛、鄭後，在「平生好讀《詩》、《春秋》，病先儒多失其指」的動機下，撰作《詩集傳》，對於由《詩序》、《毛傳》、《鄭箋》、《毛詩正義》所構建的漢學傳統，進行了廣泛而深入的反省與思考，而其對於《詩序》的辨析、批駁、刪汰，及對於漢學傳統諸成說的批駁，使蘇轍《詩集傳》在《詩經》漢學傳統的崩潰，與宋學傳統的建立上，居於重要的地位。

本論文之撰寫，共分八章，首章「緒論」，說明本論文的研究動機與研究方法。二章「宋代《詩經》學的背景」，從《詩經》詮釋史的角度，分別就《詩經》詮釋的漢學傳統、中晚唐經學的新發展、宋代新經學的建立加以論述，以呈現宋代《詩經》學的背景。三章「蘇轍之生平與著述」，敘述蘇轍的生平事蹟，以見其為人治事之一般。蘇轍為唐宋古文八大家之一，世人所知似亦僅止乎此。實際上，蘇轍於文章之外，在學術上也卓然有成，其一生著述頗富，玆略述其治學之傾向、取徑及各項著述，以見其治學之梗概。四章「《詩集傳》之成書經過、板本與體例」，《詩集傳》為蘇轍主要的學術著作之一，撰作的時間，貫穿其一生，玆就其成書經過、板本與體例加以考述。五章「《詩經》詮釋典範的動搖——蘇轍對漢學典範的反省、修正與批駁」，玆就蘇轍對於《詩序》的辨析、批駁及刪去《詩序》首句以下的餘文；蘇轍對漢學典範諸成說的反省、批駁與詮釋，說明蘇轍《詩集傳》動搖漢學典範、勇於立說的精神與成就。第六章「蘇轍對漢儒說《詩》的批駁」，敘述蘇轍對於漢儒司馬遷、班固、毛公、鄭玄說《詩》的批駁，以彰顯蘇轍「深思自得」的治經性格及《詩集傳》中勇於批判漢學典範的路向、精神。第七章「《詩集傳》在《詩經》詮釋史上的影響」，玆先查考宋以迄有清學者對於《詩經》詮釋的思考與方式，說明蘇轍《詩集傳》辨析、批駁《詩序》，並刪汰《續序》，在《詩經》詮釋史上的影響。續就《詩集傳》對於《詩經》宋學典範的代表——朱熹 說《詩》的影響加以考察，由此說明《詩集傳》在《詩經》宋學典範的建立上，所具有的價值與貢獻。第八章「結論」，透過前述諸章的研探，確立蘇轍《詩集傳》在動搖漢學典範的權威、導啟與建立宋學典範上，所作的鉅大貢獻，而蘇轍《詩集傳》在《詩經》詮釋史上的地位與價值，亦由此可以確立。

目錄

自　序

中國經學史的分期，依據林慶彰老師經由經學的實際變化所作的歸納是：1. 經學的形成與流傳：包括先秦和西漢初，2. 今文經學的興起：西漢中葉至東漢初，3. 古文經學的興盛：東漢中葉至東漢末，4. 漢代經學的批判：魏晉時期，5. 義疏之學的興盛：南北朝至唐中葉，6. 漢唐經學的批判：晚唐至北宋初，7. 新經學的產生：北宋中葉至南宋末，8. 新經學的傳承：元代至明中葉，9. 新經學的批判：晚明至清初，10. 古文學的復興：清乾嘉時代，11. 今文學的復興：清道咸以後至清末。而中國經學史演變的規律，是每隔數百年，必有一批判期，如魏晉時期是對漢代經學的批判；晚唐至北宋初是對漢唐經學的批判；晚明至清初是對宋代新經學的批判，而這種頻頻出現的批判，即是一種「回歸原典」（return to sources）的運動。亦即經學的研究，經過一段時期以後，逐漸喪失經書原來的面目，必須起而加以糾正，才能回復原貌。經學的發展，也就在此一正一反的狀態中發展著。（見《經學史研究的基本認識》）掌握各個時期經學研究的內涵與特色，對於欲從事經典的研究者自大有助益。《詩經》作爲經典之一，歷代《詩經》研究的發展與脈絡，自與整個經學史的演變相吻合。北宋的《詩經》詮釋倘置於整體經學的發展脈絡中加以考察，則此一時期恰介於漢唐經學的批判與新經學的產生之際，歐陽脩《詩本義》的議論《毛傳》、《鄭箋》之失，蘇轍《詩集傳》的辨析《詩序》是「毛氏之學而衛宏之所集錄」，並刪去《詩序》首句以下的餘文，清楚地揭示了北宋《詩經》詮釋的特色。南宋鄭樵《詩辨妄》的力斥《詩序》，王質《詩總聞》的盡去《詩序》以言《詩》，「毅然自用，別出新裁，堅銳之氣，乃視二家爲加倍。」（《四庫提要．詩總聞提要》），至朱熹《詩集傳》，盡去《詩序》，主張涵詠《詩》的本文，以求得《詩》義；又作《詩序辨說》，專攻《詩序》，而建立宋代《詩經》詮釋的新傳統。此一新傳統的形成，歐、蘇對於毛、鄭、《詩序》的批駁及辨析，已爲此奠下了極好的基礎。蘇轍繼歐陽脩《詩本義》的議論毛、鄭後，在「平生好讀《詩》、《春秋》，病先儒多失其指」的動機下，撰作《詩集傳》，對於由《詩序》、《毛傳》、《鄭箋》、《毛詩正義》所構建的漢學傳統，進行了廣泛而深入的反省與思考，而其對於《詩序》的辨析、批駁、刪汰，及對於漢學傳統諸成說的批駁，對瓦解《詩經》漢學傳統的權威，與宋學傳統的建立，作出了重大的貢獻。所以如此，當然是蘇轍講究「深思自得」的治經性格，與深具理性思考、不盲從權威的精神所致。

關於蘇轍《詩集傳》的研究，黃忠慎先生已略有涉及，然因研究方法的侷限，尚未能彰顯此書在《詩經》詮釋史上的意義及價值。筆者研究此一論題，雖在方法上略有自覺，並試圖抉發蘇《傳》在《詩經》詮釋史上所蘊含的意義和價值，然囿於學殖，所得恐仍相當有限。

本論文之撰寫，在研究方法、觀點及架構上，皆得自林老師的啓發與教導，撰作期間，辨難解疑，裁章定句，更是煩勞師門，今值論文付梓之際，中心銘感，何日忘之！此外，口試先生：程元敏、朱守亮二位老師於口試時給予懇切指導，並賜予諸多寶貴意見，使筆者事後得以修正補綴，亦當在此深謝。而經撰作此一論文之後，深感治學之不易，旦旦學之，兀兀窮年，是所望於來茲。惟本論文內容所涉頗廣，加上筆者識見不足，其中必有不少疏漏，祈海內外賢達能賜予指教。

民國八十二年十二月　陳明義序於

東吳大學中國文學研究所

第一章　緒　論

關於《詩經》的詮釋，自漢以迄唐中葉，基本上是由《詩序》、《毛傳》、《鄭箋》及《毛詩正義》所構建的漢學典範支配著，北宋仁宗慶曆年間（1041～1048）以後，學者釋《詩》，漸出新意，勇於立說，既突破漢學典範的藩籬，同時對於漢學典範也多所批判，逐漸形成《詩經》的宋學傳統。從歐陽脩《詩本義》議論《毛傳》、《鄭箋》釋《詩》之謬，意圖直探詩人本義開始，經蘇轍撰《詩集傳》辨析《詩序》有漢儒的附益，多所誤謬，不可盡信，而廢去《詩序》首句以下的餘文（《續序》）不用，至王質、鄭樵、朱熹的盡去《詩序》以言《詩》，導致漢學典範的崩潰，這一前後因承的詮釋脈絡，即是《詩經》宋學傳統發展、形成的主要路向。《四庫提要》云：「自北宋以前，說《詩》者無異學，歐陽脩、蘇轍以後，別解漸生，鄭樵、周孚以後，爭端大起。」（《經部・詩類二》卷十六，《詩經大全・提要》），說明了歐陽脩、蘇轍在《詩經》宋學傳統的建立上，具有開創性的地位。然而就北宋的《詩經》詮釋而言，學者的研究多集中於歐陽脩一人，有關的論文甚多〔註1〕，而對於蘇轍的研究則鮮少致意，據筆者所知，至今僅黃忠慎先生作過專章而較深入的研究〔註2〕，如此，除了可能造成過度誇大歐陽脩在宋代《詩經》

〔註1〕據筆者所知，單篇文章有《歐陽脩對「經學」上的貢獻》，趙貞信，文史哲，1958年3期，1958年3月、《歐陽脩之詩經學》，何澤恆，孔孟月刊第十五卷第3期，1976年11月、《歐陽脩的詩經學》，賴炎元，中國國學第6期，1978年4月、《歐陽脩詩本義評介》，趙制陽，中華文化復興月刊第十三卷第九期，1980年9月、《關於歐陽脩詩本義》，林逸，書和人第523期，1985年8月3日。《歐陽脩詩經研究簡論》，劉德清，吉安師專學報1988年2期。專著或論文有《歐陽脩詩本義研究》，裴普賢，台北，東大圖書公司，1981年7月初版、《歐陽脩之詩經學》（載於《宋代之詩經學》第二章），黃忠慎，台北，政治大學中國文學研究所博士論文，1984年6月、《歐陽脩詩本義研究》，趙明媛，中壢，中央大學中國文學研究所碩士論文，1990年。

〔註2〕見黃著《宋代之詩經學》第三章《蘇轍之詩經學》，台北，政治大學中國文學研究所

詮釋的創立之功外，對於後繼學者更深入漢學典範的內在限制，並對漢學典範進行更深刻而廣泛的批判的貢獻，也容易有所忽略，同時，就探究《詩經》學史上漢、宋學分途異轍的軌跡與面貌而言，也流於一偏，而無法窺得全貌。

蘇轍在「平生好讀《詩》、《春秋》，病先儒多失其指，欲更為之傳」（《欒城後集》，卷十二，《潁濱遺老傳》上，頁 1283）的動機與反省下，撰作《詩集傳》二十卷，對於漢儒解說、傳承《詩經》的種種問題，究竟是否愜當於聖人之意，進行了廣泛的思考及批判，《四庫提要》謂「其說以《詩》之小序，反復煩重，類非一人之詞，疑為毛公之學，衛宏之所集錄，因惟存其發端一言，而以下餘文悉從刪汰。」（《經部・詩類一》，卷十五，《詩集傳・提要》），這一辨析《詩序》的內涵及其廢去《詩序》之舉，就《詩經》的詮釋史而言，既是超邁前儒之言，同時也是一種革命性的作法，對於宋代《詩經》詮釋的主流——廢《序》派而言，蘇轍無疑具有開創、啓導之功，而《詩經》宋學的形成及往後學者的詮釋《詩經》，也頗受蘇轍的影響。

屈萬里先生曾指出蘇轍的《詩集傳》「能獨抒己見，而不迷信舊說。」（《詩經詮釋・敘論》，頁 21），說明了此書的價值。囿於前人論述專研蘇轍《詩集傳》的文章極少，而已探究論述者，似亦未能抉發此一義蘊，而僅將蘇轍《詩集傳》作一種孤立的研究，並不能從《詩經》詮釋史上漢、宋學演變的角度入手，從而不能認識此書在《詩經》詮釋史上的意義和價值。所謂能「獨抒己見，而不迷信舊說。」，正是《詩經》詮釋史上，宋學傳統所以發軔而終至取代漢學傳統的關鍵。在漢學典範的箝制支配下，能獨抒己見，勇於立說，這其實蘊含了相當可貴的理性思考與不盲從權威的精神。蘇轍《詩集傳》「能獨抒己見，而不迷信舊說。」，就突破漢學典範的權威、動搖漢學典範的地位，而開創新的釋《詩》傳統、導引新的學術風氣而言，饒富可貴的意義與價值。因此，本論文擬從《詩經》詮釋史上漢、宋學轉變的角度入手，研探蘇轍如何以理性、反省的態度，展開對漢學傳統傳承《詩經》的思考及批判，包括：蘇轍如何辨析《詩序》的內涵？何以要廢去《詩序》以言《詩》？如何對《詩序》中出自漢儒增益的部份（《續序》）加以批駁？蘇轍對於《詩序》內涵的辨析，及其對《詩序》的批駁在《詩經》詮釋史上究竟有何意義與影響？對於《詩經》的一些基本問題，蘇轍作了那些異於漢學傳統的反省、批駁與詮釋？對於漢儒說《詩》，蘇轍又作了那些批駁？朱熹以一代大儒作《詩集傳》、《詩序辨說》，集宋人《詩經》詮釋中廢《序》之大成，奠定了

博士論文，1984 年 6 月。

《詩經》宋學典範的地位，曾云：「蘇黃門《詩說》疏放覺得好。」（《朱子語類》，卷八十，頁 2089）、「子由《詩解》好處多。」（同上，頁 2090），那麼，蘇轍《詩集傳》對於朱熹說《詩》究竟有何影響？凡此，皆所欲詳究者。透過上述的研探，期能彰顯蘇轍《詩集傳》在《詩經》詮釋史上，突破與動搖漢學典範的地位、導啓與開創宋學典範之功，這一方面的意義和價值。

第二章　宋代《詩經》學的背景

第一節　《詩經》詮釋的漢學傳統

就《詩經》的詮釋史而言，將《詩經》視爲一部經典，加以詮釋、研究的，始於漢代。漢初傳《詩經》的有《魯》、《齊》、《韓》、《毛》四家。文帝時，《魯詩》、《韓詩》立爲博士，景帝時，又立《齊詩》爲博士。《毛詩》終漢之世，僅於平帝時立爲博士。西漢爲《魯》、《齊》、《韓》三家今文獨盛的局面，《毛詩》並未受到普遍的重視。東漢以後，今文三家日微，《毛詩》古學代興。先是白虎觀會議之後，章帝於建初八年「令群儒選高才生，受學《左氏》、《穀梁春秋》、《古文尚書》、《毛詩》，以扶微學」（《後漢書》，卷三，《章帝紀》，頁 145），賈逵撰《齊魯韓毛詩同異》於前，馬融作《毛詩傳》，鄭玄爲《毛傳》作《箋》於後，《毛詩》由是大顯，取得《詩經》詮釋的主導地位。

鄭玄箋《詩》雖宗《毛傳》，然亦兼採三家《詩》義。由於鄭玄遍注群經，混同家法，會通今古文，並集今古文學之大成，今文經學說經章句煩瑣之弊，經他「括囊大典，網羅眾家，刪裁繁誣，刊改漏失」（《後漢書》，卷三十五，《鄭玄傳論》，頁 1213）之後，「自是學者略知所歸」（同上），由是學風一變，學者望風景從，三家《詩》遂廢。《齊詩》亡於魏，《魯詩》亡於西晉，《韓詩》亡於南、北宋之際，今僅存《韓詩外傳》十卷〔註 1〕。《毛傳》、《鄭箋》成爲《詩經》詮釋的典

〔註 1〕有關《韓詩》亡佚情況，見《四庫提要·韓詩外傳提要》（《經部·詩類二》，卷十六），唯近人楊樹達以爲：內傳於隋朝以前已併於外傳之中，蓋《漢志》內傳四卷，外傳六卷，其合數恰與《隋志》十卷本相合，故《韓詩內傳》未曾亡佚。徐復觀亦贊同楊說，詳《兩漢思想史》，卷三，《韓詩外傳的研究》，頁 9～10。

範之作。

《鄭箋》雖宗《毛傳》，然而鄭玄有用三家以申毛、改毛者，又有別出己意，以禮說《詩》者〔註2〕，換言之，鄭玄雖爲《毛傳》作《箋》，但時有異於《毛傳》之說，其所異者，主要在於破字改經、以禮說《詩》、以今文纖緯之說釋經諸端〔註3〕。降及魏代，遂引起王肅的反動。王肅爲漢魏之際的經學大家，作《毛詩注》、《毛詩義駁》、《毛詩奏事》、《毛詩問難》四書，以申毛難鄭，漢朝經學上的今古文之爭，至此轉變爲鄭、王之爭。王肅是晉武帝司馬炎的外祖父，是以所撰之《尚書》、《詩經》、《論語》、《三禮》、《左氏解》，及其父王朗所撰之《易傳》諸解經之作，魏時皆列於學官，王學形成一股極大的勢力，使鄭學遭受很大的衝擊與考驗。然而鄭學素爲學者所宗仰，根基亦爲穩固，康成後學王基作《毛詩駁》，以申鄭難王，晉、孫毓作《毛詩異同評》，辨析《毛傳》、鄭玄、王肅三家《詩》說之異同〔註4〕，陳統又作《難孫氏詩評》，以申鄭義，蜀、李譔治《詩》「皆依準賈、馬，異於鄭玄，與王氏（肅）殊隔，初不見其所述，而意歸多同。」（《三國志》卷四二，《李譔傳》，頁1027）學者各黨所從，斷斷於鄭、王兩家之是非。然自東晉元帝立博士九人，「置《周易》王氏、《尚書》鄭氏、《古文尚書》孔氏、《毛詩》鄭氏、《周官》、《禮記》鄭氏、《春秋左傳》杜氏、服氏、《論語》、《孝經》鄭氏博士各立一人」（《晉書》卷七十五，《荀崧傳》，頁1976～1977），僅立鄭注，不立王注，王學遂衰。南北朝時，學者詮釋《詩經》，咸宗《毛傳》，北朝尤重《鄭箋》，南朝則間或出入鄭、王兩家〔註5〕。隋文帝開皇九年（589）統一中國，結束南北朝紛亂之局，在學術上，亦歸合流，北學併於南學，詩立《毛傳》、《鄭箋》。隋朝立國僅二十九年，然而就經學的詮釋史而

〔註2〕陳奐《鄭氏箋考徵・序錄》云：「鄭康成習《韓詩》，兼通《齊》、《魯》，最後治《毛詩》。箋《詩》乃在注禮之後，以禮注《詩》，非墨守一氏。箋中有用三家申毛者，有用三家改毛者，例不外此二端。」（《詩毛氏傳疏》（二），頁1087）

〔註3〕包世榮《毛詩禮徵・自序》云：「然（《鄭箋》）時有破毛者，亦不盡據三家。如《采蘋》破毛禮女有教成之祭，據禮父禮將行之女，毋薦無祭事。《綠衣》破毛綠間色爲褖衣，據禮女子既嫁，公私服無綠色。……如是之屬，皆以禮說《詩》，立義高遠。始知非學禮，無以言《詩》。」（頁1）又夏炯《鄭氏箋毛說》云：「呂忱《字林》云箋者表也、識也。是則鄭氏之箋毛者，表明之者多，別用己意者少。其別用己意者，略有數端。一則郊禘用感生帝之說，如《生民》、《商頌》諸篇，遵用緯文。一則昏期時月，獨取夏禮，皆與毛不同。且毛不改字，鄭則多破字，故與毛異者最多。」（《清儒學案》，卷一百五十五，頁18引）

〔註4〕《經典釋文・序錄》及《四庫提要》（卷十五）俱謂孫毓「朋於王（肅）」，據簡博賢先生的研究，孫毓著《詩評》，乃在「辨析三家異同，是是而非非，實著其所得，非師其所偏也」，詳《今存三國兩晉經學遺籍考》，第二章《鄭王之爭》，頁259～268。

〔註5〕見甘鵬雲《經學源流考》，頁84～86。

言，卻爲唐代統一經學的先導。唐太宗以「經籍去聖久遠，文字多訛謬」（《舊唐書》卷一八九，《儒學列傳上》，頁 4941），先令顏師古考訂五經文字的異同，又以「儒學多門，章句繁雜」（同上）詔孔穎達等儒者，撰修《五經正義》，思由經字的統一，到經義的統一，進而達到思想的統一。《五經正義》於貞觀十六年（642）完成，博士馬嘉運即指摘《五經正義》中的許多缺失，高宗詔使修正，但未完成，永徽二年（651）又詔長孫無忌等增損考正，至永徽四年（653）修成，乃頒行天下，自是經無異文，人無異說，每年明經考試一以《五經正義》爲標準。《五經正義》中的《毛詩正義》以隋朝大儒劉焯《毛詩義疏》、劉炫《毛詩述義》爲稿本，恪守「疏不破注」的原則，對《毛傳》、《鄭箋》加以詮釋、疏通，和其他四經正義（《周易正義》、《尚書正義》、《禮記正義》、《春秋左氏傳正義》）一樣，成爲唐至宋初數百年，士子應試所必須依據的典範之作〔註 6〕。《四庫全書總目提要》謂《毛詩正義》「能融貫群言，包羅古義，終唐之世，人無異詞。」（卷十五，《毛詩正義・提要》），由《毛傳》、《鄭箋》至《毛詩正義》，構成了《詩經》詮釋史上的漢學傳統，使《毛傳》、《鄭箋》的典範地位更加確立，支配唐至宋初數百年的《詩經》研究。

第二節　中晚唐經學的新發展

《五經正義》爲唐初經學的代表，集六朝以來義疏之學之大成，並成爲唐代科舉考試的範本。然而《五經正義》由於「雜出眾手」（《經學歷史》，頁 201），缺失、可議之處實在不少，皮錫瑞論《五經正義》的缺失有「彼此互異」、「曲徇注文」、「雜引讖緯」三點（同上），他說：

> 案著書之例，注不駁經，疏不駁注；不取異義，專宗一家；曲徇注文，未足爲病。讖緯多存古義，原本今文；雜引釋經，亦非巨謬。惟彼此互異，學者莫失所從；既失刊定之規，殊乖統一之義。即如讖緯之說，經疏並引；而《詩》、《禮》從鄭，則以爲是；《書》不從鄭，又以爲非，究竟讖緯爲是爲非，矛盾不已甚歟！（同上）

由於《五經正義》秉持「疏不駁注」的原則，對漢魏六朝諸儒釋經的著作，加以疏通、詮釋、彌縫，乃成爲牢固堅實的漢學傳統。在注解的形式上，是一種「疊床架屋式的注解」（林師慶彰，《唐代後期經學的新發展》，東吳文史學報第八號，頁 159），可稱之爲「煩瑣經學」（同上），在義理的闡發上，對於兩漢學者治經的內在限制，

〔註 6〕見皮錫瑞《經學歷史》，頁 207。

欠缺理性自覺的反省，反而曲意彌縫附會〔註 7〕。因此在《五經正義》的官學主流外，存在一支駁議《五經正義》的旁流。如武后長安三年（702）王元感撰《尚書糾謬》十卷、《春秋振滯》二十卷、《禮記繩愆》三十卷，皆與《正義》立異（《舊唐書》，卷一八九，《儒學列傳下》，頁 4963）。其後玄宗刊定《禮記月令》一卷，命李林甫、陳希烈、徐安貞等注解，自第五易為第一，擅改舊本次序（《新唐書》，卷五十七，《藝文志一》，頁 1434）；元澹疏《禮》，亦勇於樹立新說（《新唐書》，卷二〇〇，《儒學列傳下》，頁 5690～5693）。安史亂後，代宗大曆（766～779）以降，由於政治情勢、社會結構、經濟型態丕變，「唐型文化」與所謂「哲學的突破」的形成〔註 8〕，這股說經的旁流得到更大的發展，《新唐書》說：

> 大曆時，（啖）助、（趙）匡、（陸）質以《春秋》，施士丐以《詩》，仲子陵、袁彝、韋彤、韋茝以《禮》，蔡廣成以《易》，強蒙以《論語》，皆自名其學。……啖助在唐，名治《春秋》，摭詘三家，不本所承，自用名學，憑私臆決，尊之曰：「孔子之意也」，趙、陸從而唱之，遂顯于時。（卷二〇〇，《儒學列傳下》，頁 5707～5708）

學者的「自名其學」，啖助、趙匡、陸淳的「摭詘三家」，掊擊三傳，說明了這些學者的治經取向，已經迥異於《五經正義》所曲意彌縫的漢學傳統的藩籬，為經學的發展開闢了一條新路。

中晚唐學者說經迥異於漢學傳統的情形，主要表現在懷疑經書的作者、更動經書篇章、纂改經中文字、懷疑經中史事的正確性、補經書篇章闕佚等方面，林師慶彰曾有專文探討（見《唐代後期經學的新發展》，東吳文史學報，第八號），茲依林師之研究，撮述於下：

（一）懷疑經書的作者：韓愈認為《詩序》非子夏所作；成伯璵撰《毛詩指說》，認為子夏僅作《詩大序》及《小序》的首句，首句以下是「大毛（公）自以詩中之意而繫其辭」。啖助、趙匡以為《左傳》非左丘明所作。柳宗元以為《論語》非孔子弟子所記，是曾子的弟子所記。

（二）更動經書的篇章：宣宗大中年間（846～859），《毛詩》博士沈朗以為《周南・關雎》置於《詩經》之首，是「先儒編次不當」，因此向朝廷獻進四詩，請求

〔註 7〕見林師慶彰《清初的群經辨偽學》，第二章，《清初辨偽風氣的興起》，頁 17～20。

〔註 8〕有關「唐型文化」的形成，詳傅樂成《唐型文化與宋型文化》，收載於傅氏所撰《漢唐史論集》，頁 339～382。至於「哲學的突破」之意義及中唐「哲學的突破」的形成，參余英時《中國知識階層史論》，頁 30～38；龔鵬程《江西詩社宗派研究》，第二卷，《宋詩之背景與宋文化之形成》，頁 61～138。

置此四詩於《關雎》之前。

（三）更改經書文字：韓愈作《論語筆解》，以爲《公冶長》篇「宰予晝寢」之「晝」爲「畫」字之誤，《述而》篇「子所雅言」當作「子所雅音」，《先進》篇「浴乎沂，風乎舞雩」之「浴」爲「沿」之誤字等。

（四）懷疑經中史事的正確性：劉知幾《史通・疑古》篇，對《尚書》所記的史事，提出十點疑問，《惑經》篇對《春秋》之義，提出十二點疑問，指出其虛妄者有五端。司空圖撰《疑經》一文，論《春秋》所載「天王使來求金」爲傳聞之誤。

（五）補經書篇章的闕佚：白居易爲《尚書》補〈湯征〉，陳黯補〈禹誥〉。丘光庭爲《詩經》補〈新宮〉、〈茅鴟〉，皮日休爲《周禮》補〈九夏歌〉等。

學者著書立言，紛紛然異於舊說，即表示自《五經正義》所曲意維護的漢學傳統的權威已經受到挑戰，中晚唐這股說經的旁流，其精神爲北宋中葉的學者所繼承發皇，經學的研究遂發生革命性的轉變，漢學傳統趨於瓦解。

第三節　宋代新經學的建立

中晚唐自由說經的風氣，在宋初太祖、太宗、眞宗三朝並未得到直接的繼承。宋初的學術界，大抵仍繼續沿承漢唐注疏之學的餘緒，士子說經，謹守官書，莫敢異議。雍熙二年（985）正月，太宗下令：「私以經義相教者，斥出科場。」（《續資治通鑑長編》卷二十六，頁 1）眞宗景德二年（1005）三月科試，試題有論「當仁不讓於師」，舉子李迪落韻，賈邊據《爾雅》釋師爲眾，與咸平二年邢昺詔修的《論語正義》立異，參知政事王旦認爲：「落韻者，失於詳審耳，捨注疏而立異論，輒不可許，恐士子從今放蕩，無所準的，遂取迪而黜邊，當時朝論，大率如此。」（《續資治通鑑長編》，卷五十九，頁 13～14）宋初的學風，由此可以概見。

墨守漢唐注疏的風氣，在仁宗朝產生了革命性的變化，傳統的經書舊注受到宋儒嚴厲的批駁，孫復《寄范天章書》說：

> 專主王弼，韓康伯之說而於大《易》，吾未見其能盡於大《易》者也；專守左氏、公羊、穀梁、杜預、何休、范寧之說而求於《春秋》，吾未見其能盡於《春秋》者也；專守毛萇、鄭康成之說而求於《詩》，吾未見其能盡於《詩》者也；專守孔安國之說而求於《書》，吾未見其能盡於《書》者也。彼數子之說，既不能盡於聖人之經，而可藏於太學行於天下哉？又後之作疏者，無所發明，但委曲踵於舊之注說而已。……執事亟宜上言天

子，廣詔天下鴻儒碩老置於太學，俾之講求微義，殫精極神，參之古今，復其歸趣，居諸卓識絕見大出王、韓、左、穀、公、杜、何、范、毛、鄭、孔之右者，重爲注解，俾我六經廓然瑩然如揭日月於上，而學者庶乎得其門而入也。如是，則虞、夏、商、周之治可不日而復矣。（《孫明復小集·寄范天章書》之二，頁 27～28）

孫復由對先儒舊注的不滿，進而要求對經書重爲注解，這說明了漢學典範的權威已受到了嚴重的質疑與挑戰。此外，石介撰《憂勤非損壽論》，駁斥鄭玄所說爲「妄」（《徂徠集》卷十一，頁 4～6），《與張泂進士書》說《春秋》，三傳、董仲舒、孔穎達等均「不能至《春秋》之蘊」（同上，卷十四，頁 8～9）。胡瑗講學也頗鄙薄章句之學，薛良齋在《與朱元晦翁書》中指出「不出於章句誦說」是胡瑗之傳的學風（《宋元學案》，卷一，《安定學案》，頁 29 引），由議論前儒的傳注，進而懷疑到經書本身，疑經議經成爲仁宗慶曆以後宋儒治經的思潮與主要取向。

關於宋代新經學的建立，學者恆以北宋仁宗慶曆年間（1041～1048）爲關鍵，慶曆以前，大抵篤守漢唐注疏舊說，不敢異議，慶曆以後，學者對於漢唐舊注多所非議抨擊，由議論前儒的傳注，進而懷疑到經書本身，疑經議經成爲慶曆以後宋儒治經的思潮與主要取向，王應麟說：

自漢儒至於慶曆間，談經者守訓故而不鑿，《七經小傳》出，而稍尚新奇矣。至《三經義》行，視漢儒之學若土梗。（《翁注困學紀聞》，卷八，《經說》，頁 774）

司馬光說：

新進後生，未知臧否，口傳耳剽，翕然成風。至有讀《易》未識卦爻，已謂《十翼》非孔子之言；讀《禮》未知篇數，已謂《周官》爲戰國之書；讀《詩》未盡《周南》、《召南》，已謂毛、鄭爲章句之學；讀《春秋》未知十二公，已謂《三傳》可束之高閣。循守注疏者，謂之腐儒，穿鑿臆說者，謂之精義。（《司馬文正公傳家集》，卷四十二，《論風俗劄子》，頁 539）

陸游也說：

唐及國初，學者不敢議孔安國、鄭康成，況聖人乎！自慶曆後，諸儒發明經旨，非前人所及。然排《繫辭》，毀《周禮》，疑《孟子》，譏《書》之《胤征》、《顧命》，黜《詩》之《序》，不難於議經，況傳注乎！（同上「王應麟說」條）

據王應麟、司馬光、陸游三人之說，慶曆以後，掊擊漢唐舊注，疑古議經，已經蔚成風潮。陸游所說的「排《繫辭》」是指歐陽脩，「毀《周禮》」是指歐陽脩、蘇軾、蘇轍；「疑《孟子》」是指李覯、司馬光，「譏《書》之《胤征》、《顧命》」是指蘇軾；「黜《詩》之《序》」是指蘇轍等〔註9〕。王應麟所說的《七經小傳》是指劉敞對七部經書：《尙書》、《毛詩》、《周禮》、《儀禮》、《禮記》、《公羊傳》、《論語》所作的解釋。劉敞的《七經小傳》或自出新意；或喜歡改易經學，以就己說，《四庫全書總目提要》以爲「變先儒淳實之風者，實自敞始。」（卷三十三，《經部・五經總義類》，《七經小傳》條）。王應麟所說的《三經義》，是指神宗熙寧六年（1073），王安石奉敕統領修撰的《新經周禮義》，《新經書義》、《新經毛詩義》三部釋經之作。《三經義》又稱《三經新義》。熙寧八年（1075）頒行於學宮，用作科學考試的標準。所謂「新」，即表示異於先儒舊說，《三經新義》受劉敞《七經小傳》的啓發與影響〔註10〕，解經多出新意，《三經新義》行，而「先儒傳注，一切廢不用」（《宋史》，卷三二七，《王安石傳》，頁 10550）。此外，如孫復作《春秋尊王發微》，「不惑傳注，不爲曲說以亂經」（《歐陽文忠公集・居士集》，卷二十七，《孫明復先生墓誌銘・并序》，頁 18），漢學傳統經過北宋諸儒前仆後繼的批判鞭撻，已經呈現瓦解的局面。宋代《詩經》研究的新傳統，即在疑經議經、批駁毛、鄭舊說的思潮下，以理性反省的態度展開。北宋大儒如劉敞、歐陽脩、二程、張載、王安石、蘇轍等，對於《詩序》、《毛傳》、《鄭箋》、《正義》所構建的漢學傳統，紛紛提出不間的看法〔註11〕，其中歐陽脩撰《詩本義》十四卷，議論毛、鄭得失，以爲《詩序》非子夏作（卷十四，《序問》），導之於前；蘇轍撰《詩集傳》二十卷，以爲《詩序》「反復煩重，類非一人之詞」（《詩集傳》，卷一），刪去《續序》，騁之於後，影響尤大，《詩經》的漢學傳統受到根本的考驗與衝擊。南渡之後，王質、鄭樵、朱熹上承歐、蘇，廢《序》言《詩》，《詩經》的漢學傳統於是崩潰。

〔註9〕見《經學歷史》，頁 220～221，唯皮錫瑞以爲黜《詩序》指晁説之，據屈萬里先生《宋人疑經的風氣》（收錄於《書傭論學集》，頁 237～244），以爲當指蘇轍和鄭樵等。

〔註10〕見吳曾《能改齋漫錄》，卷二《注疏之學》條，頁 28，引宋舊《國史》云。

〔註11〕詳本論文第五章，第一節。

第三章　蘇轍之生平與著述

第一節　蘇轍之生平

蘇轍字子由，一字同叔，晚號穎濱遺老，四川眉山人。生於宋仁宗寶元二年（1039）二月廿日，卒於宋徽宗政和二年（1112）十月三日，享年七十四歲。蘇轍與父洵、兄軾俱爲中國文學史上的古文大家，並列於「唐宋八大家」之林，號稱「三蘇」，爲相區別，人稱洵爲老蘇，軾爲大蘇，轍爲小蘇，又稱軾爲長公（翁），轍爲少公（翁）或次公（翁）〔註 1〕。

慶曆七年（1047），轍九歲，與兄軾並學於洵〔註 2〕。至和二年（1055），十七歲，娶史氏〔註 3〕。嘉祐元年（1056）三月，十八歲，與兄軾隨父赴京考試，過成都謁益州張方平，方平一見，許以國士〔註 4〕。嘉祐二年（1057），十九歲，試禮部，與兄軾同登進士科，一時名動京師〔註 5〕。嘉祐六年（1061）八月，二十三歲，與兄軾又同策制舉，時仁宗春秋已高，轍慮或倦於勤，因極言得失，而於禁廷之事，尤爲切至。策入，轍自謂必見黜。考官司馬光第以三等，范鎮難之，蔡襄曰：「吾三司使也，司會之言，吾愧之而不敢怨。」惟考官胡宿以爲不遜，請黜之，仁宗曰：「以直言召人，而以直言棄之，天下其謂我何？」宰相不得已，寘之下等，授商州軍事推官。

時知制誥王安石意轍右宰相，專攻人主，比之谷永，不肯撰詞。知制誥沈遘亦

〔註 1〕 見金國永《蘇轍》，頁 1。

〔註 2〕 見易蘇民《三蘇年譜會證》，頁 29。

〔註 3〕 同註 2，頁 39。

〔註 4〕 同註 2，頁 42。

〔註 5〕 見曾棗莊《蘇轍年譜》，頁 24～26。

考官，知其不然，故當制有「轍也指陳其微，甚直不阿。雖文采未極，條貫未究，亦可謂知愛君矣。」之言。諫官楊畋見仁宗云：「蘇轍，臣所薦也，陛下恕其狂直而赦之，盛德之事也，乞付史館。」上悅從之。時父洵被命編修《禮書》，兄軾簽書鳳翔判官，旁無侍子，轍遂乞養親京師，詔從之〔註 6〕。

英宗治平二年（1065）三月，任大名府推官（今河北大名）〔註 7〕，次年四月，丁父憂〔註 8〕。服除，轍扶父喪返蜀，神宗立已二年（熙寧二年，西元 1069），三月，轍上書言事，召對延和殿。時王安石以執政與陳升之領三司條例，命轍爲之屬。呂惠卿附安石，轍與論多相牾。安石出青苗書使轍熟議，曰：「有不便，以告勿疑。」轍曰：「以錢貸民，使出息二分，求以救民，非爲利也。然出納之際，吏緣爲姦，雖有法不能禁，錢入民手，雖良民不免妄用，及其納錢，雖富民不免踰限。如此，恐鞭箠必用，州縣之事不勝煩矣。唐劉晏掌國計，未嘗有所假貸，有尤之者，晏曰：『使民僥倖得錢，非國之福：使吏倚法督責，非民之便。吾雖未嘗假貸，而四方豐凶貴賤，知之未嘗逾時。有賤必糴，以此四方無甚貴甚賤之病，安用貸爲？』晏之所言，則常平法耳。今此法見在而患不修，公誠能有意於民，舉而行之，則晏之功可立俟也。」安石曰：「君言誠有理，當徐思之。」自此逾月不言青苗。會河北轉運判官王廣廉奏乞度僧牒數千爲本錢，於陝西漕司私行青苗法，春散秋斂，與安石意合，於是青苗法遂行〔註 9〕。

神宗熙寧二年（1070），轍在京任制置三司條例檢評，二月，轍往見陳升之曰：「昔嘉祐末，遣使寬恤諸路，各務生事，還奏多不可行，爲天下笑，今何以異此？」，八月，又以書抵安石，力陳其不可，安石怒，將加以罪，升之止之，以爲河南推官，會張方平知陳州，辟爲陳州教授〔註 10〕。

熙寧九年（1076），三十八歲，十月，宰相王安石罷，轍歸京師〔註 11〕。

元豐二年（1079）七月，四十一歲，兄軾以詩得罪，下御台獄，轍上書乞納在身官以贖兄罪，十二月二十九日軾貶官黃州，轍坐謫監筠州鹽酒稅，五年不得調〔註 12〕。

〔註 6〕 同註 2，頁 49，又《蘇轍年譜》，頁 33～37、《宋史》，卷三三九，《蘇轍傳》，頁 10821～10822。

〔註 7〕 同註 5，頁 43～44。

〔註 8〕 同註 5，頁 45～46。

〔註 9〕 《宋史》，卷三三九，《蘇轍傳》，頁 10822～10823，又《蘇轍年譜》，頁 49～51。

〔註 10〕 同註 2，頁 57。

〔註 11〕 同註 5，頁 66。

〔註 12〕 同註 5，頁 78～81。

元豐八年（1085）三月神宗崩，哲宗繼位，皇太后同聽政。五月，以司馬光爲門下侍郎，八月，以轍爲秘書省校書郎〔註 13〕。

哲宗元祐元年（1086）二月至京師，除右司諫〔註 14〕。時宣仁后臨朝，用司馬光、呂公著，欲革弊事，而舊相蔡確、韓縝、樞密史章惇皆在位，窺伺得失，轍皆論去之。呂惠卿始諂事王安石，倡行虐政，以害天下，及勢鈞力敵，則傾陷安石，甚於仇讎，世尤惡之。至是，自知不免，乞宮觀以避貶竄。轍具疏其姦，以散官安置建州。(《宋史・蘇轍傳》，頁 10823)

光又以安石私設《詩》、《書》新義考試天下士，欲改科舉，別爲新格，然朝議紛紛，久不能決，四方惶惑，無所適從，而來年大比將至，轍乃奏曰：「臣伏見禮部會議，科場欲復詩賦，議上未決，而左僕射司馬光上言，乞以九經取士，……至今多日，二議並未能行。……臣惟來年秋賦，自今以往，歲月無幾，而議不時決，傳聞四方，學者知朝廷有此異議，無所適從，不免惶惑懣亂，蓋緣詩賦雖號小技，而比次聲律，用功不淺，至於兼治它經，誦讀講解，尤不可輕易。要之，來年皆未可施行，臣欲乞先降指揮，明言來年科場一切如舊，但所對經義，兼取注疏及諸家議論，或出己見，不專用王氏之學，仍罷律義。令天下舉人知有定論，一意爲學，以待選試，然後徐議元祐五年以後科學格式，未爲晚也。」〔註 15〕。帝從其議，降詔：「進士經義，並兼用注疏及諸家之說或己見，仍罷律義。」〔註 16〕。

元祐五年（1090），轍五十二歲。自元祐初，革新庶政，至是五年，一時人心已定，惟元豐舊黨，分布中外，多起邪說，以搖憾在位。呂大防及中書侍郎劉摯尤畏之，遂建言引用其黨，以平夙怨，謂之「調停」，宣仁后疑而不決，轍於延和面斥其非，退復以箚子論之，反復深切。宣仁后命宰執於簾前讀之，仍喻之日：「轍疑吾君臣兼用邪正，其言極中理。」諸臣從而和之，自是「調停」之說遂已〔註 17〕。元祐六年（1091）二月，由御史中丞擢尚書右丞〔註 18〕，元祐七年（1092）六月，再擢大中大夫，守門下侍郎〔註 19〕。

紹聖元年（1094），哲宗起李清臣爲中書舍人，鄧潤甫爲尙書左丞。二人久在外，

〔註 13〕同註 5，頁 100～103。
〔註 14〕同註 5，頁 105～106。
〔註 15〕見宋、李燾《續資治通鑑長編》，卷三百七十四，頁 7。又參《宋史・蘇轍傳》，頁 10823～10824。
〔註 16〕見《宋會要輯稿》，《選舉三》之四九，頁 4272。
〔註 17〕同註 2，頁 81、註 5，頁 138，又參《宋史・蘇轍傳》，頁 10829～10830。
〔註 18〕同註 5，頁 143～146。
〔註 19〕同註 5，頁 150～152。

不得志，稍復言熙、豐事以激怒哲宗意，會清廷進士，清臣撰策題，即爲邪說，轍諫曰：「伏見御試策題，歷詆近歲行事，有紹復熙寧、元豐之意。臣謂先帝以天縱之才，行大有爲之志，其所設施，度越前古，蓋有百世不可改者。……凡如此類，皆先帝之睿算，有利無害，而元祐以來，上下奉行，未嘗失墜也。至於其他，事有失嘗，何事無之。父作之於前，子救之於後，前後相濟，此則聖人之孝也。漢武帝外事四夷，內興宮室，財用匱竭，於是修鹽鐵、榷酤、均輸之政，民不堪命，幾至大亂。昭帝委任霍光，去煩苛，漢室乃定。光武、顯宗以察爲明，以讖決事，上下恐懼，人懷不安。章帝即位，深鑒其失，代之以寬厚、愷悌之政，後世稱焉。本朝眞宗右文偃武，號稱太平，而群臣因其極盛，爲天書之說。章獻臨御，攬大臣之議，藏書檍宮，以泯其跡；及仁宗聽政，絕口不言。英宗自藩邸入繼，大臣創濮廟之議。及先帝嗣位，或請復舉其事，寢而不答，遂以安靜。夫以漢昭、章之賢，與吾仁宗、神宗之聖，豈其薄於孝敬而輕事變易也哉？臣不勝區區，願陛下反覆臣言，愼勿輕事改易。若輕變九年已行之事，擢任累歲不用之人，人懷私忿，而以先帝爲辭，大事去矣。」哲宗覽奏，以爲引漢武方先朝，不悅，三月，落職知汝州（今河南臨汝），六月，元豐諸臣皆會於朝，再責知袁州（今江西宣春）。未至，又降朝議大夫，試少府監，分司南京、筠州居住。紹聖四年（1097）二月再貶化州（今廣東化縣）別駕，番州（今廣東海康）安置，次年六月，復詔遷循州（令廣東龍川）。元符三年（1100）正月，哲宗駕崩，徽宗繼位，改元靖中建國元年，大赦天下，二月，量移永州安置，四月，被命移岳州，已而復大中大夫，十一月被命提舉鳳翔上清太平宮，外州軍任便居住，有田在潁川，乃即居焉〔註20〕。

崇寧元年（1102），蔡京當國，六月，又降爲朝議大夫，翌年正月，遷居汝南以避禍。三年正月，還居潁川〔註21〕。政和二年（1112）九月，由中大夫轉大中大夫，致仕，築室於許，號潁濱遺老，自作傳萬餘言，不復與人相見，終日默坐，如是者幾十年。十月三日卒，年七十四，追復端明殿學士〔註22〕，孝宗淳熙三年（1176）謚文定〔註23〕。

轍性沈靜簡潔，耿介不阿，《宋史》本傳謂其「爲文汪洋澹泊，似其爲人，不願人知之，而秀傑之氣終不可掩」（卷三三九，頁10835）又謂其「論事精確，修辭簡嚴，未必劣於其兄。王安石初議青苗，轍數語柅之，安石自是不復及此，後非王廣

〔註20〕 同註5，頁160～164，又參《宋史・蘇轍傳》，頁10833～10835。

〔註21〕 同註5，頁189～195。

〔註22〕 同註5，頁208～210，又參《宋史・蘇轍傳》，頁10835。

〔註23〕 同註5，頁217～218。

廉附會，則此議息矣。……元祐秉政，力斥章、蔡，不主調停，及議回河、雇役，與文彥博、司馬光異同，西邊之謀，又與呂大防、劉摯不合。君子不黨，於轍見之。」（同上，頁 80837），信爲知言。

蘇轍之著述極富，凡《欒城集》五十卷、《欒城後集》二十四卷、《欒城三集》十卷、《欒城應詔集》十二卷、《詩集傳》二十卷、《春秋集解》十二卷、《老子解》二卷、《古史》六十卷、《龍川略志》十卷、《龍川別志》二卷、《論語拾遺》一卷、《孟子解》一卷。

第二節　蘇轍之著述

蘇轍一生著述頗富，除《欒城》四集共九十六卷，代表其文學成就外，尚有《詩集傳》二十卷、《春秋集解》十二卷、《古史》六十卷、《龍川略志》十卷、《龍川別志》二卷、《老子解》二卷、《論語拾遺》一卷、《孟子解》一卷諸著作，頗能展現蘇轍在學術上的治學取向及成就。大體而言，蘇轍治學有三個傾向，一是本於人情以解六經的態度，蘇轍云：

> 自仲尼之亡，六經之道遂散而不可解，蓋其患在於責其義之太深，而求其法之太切。夫六經之道，惟其近於人情，是以久傳而不廢。而世之迂學，乃皆由爲之說，雖其義之不至於此者，必彊牽合以爲如此，故其論委曲而莫通也。（《欒城應詔集》，卷四，《詩論》，頁 1613）

又云：

> 天下之人，以爲聖人之文章，非復天下之言也，而求之太過。求之太過，是以聖人之言，更爲深遠而不可曉。……聖人豈有以異乎人哉？不知其好惡之情，而不求其言之喜怒，是所謂大惑也。（同上，《春秋論》，頁 1615）

在此基礎上，蘇轍辨析《周禮》非「周公之完書」，而是「秦漢諸儒以意損益之者眾矣」，他舉出三點，以證明《周禮》之不可信，而歸結云：「凡《周禮》之詭異遠於人情者，皆不足信也。」（《欒城後集》，卷七，《歷代論・周公》，頁 1215～1216）。此外，蘇轍治《春秋》，對於《公羊傳》、《穀梁傳》以日月土地爲訓，過於穿鑿附會地追求經文的微言大義和褒貶義例，也有所譏刺，《欒城遺言》云：

> 公少年與坡公治《春秋》，公嘗作論明聖人喜怒好惡，譏公穀以日月土地爲訓，其說固自得之。（頁 3）

以上二點，均可見蘇轍本於人情以解六經的治學態度。

二是「回歸原典」（return to sources）、不重傳注、講究「深思自得」的治經性格，關於蘇轍此種治經性格，在《上兩制諸公書》中有極清楚的說明，如云：

> 昔者轍之始學也，得一書伏而讀之，不求其傳，而惟其書之知。求之而莫得，則反覆而思之。至於終日而莫見，而後退而求其傳。何者？懼其入於心之易，而守之不堅也。(《欒城集》，卷二十二，頁 486)
>
> 夫孔子豈不知後世之至此極歟？其意以爲後之學者無所據依感發以自盡其才，是以設爲六經而使之求之，蓋又欲其深思而得之也。是以不爲明著其說，使天下各以其所長而求之，故曰：「仁者見之謂之仁，智者見之謂之智。」而子貢亦曰：「在人賢者識其大者，不賢者識其小者。」夫使仁者效其仁，智者效其智，大者推明其大而不遺其小，小者樂致其小以自附於大，各因其才而盡其力，以求其至微至密之地，則天下將有終身於其說而無倦者矣。至於後世不明其意，患乎異說之多而學者之難明也，於是舉聖人之微言而折之以一人之私意，而傳疏之學一橫放於天下，由是學者愈怠而聖人之說益以不明。今夫使天下之人因說者之異同，得以縱觀博覽而辨其是非，論其可否，推其精粗，而後至於微密之際，則講之當益深，守之當益固。孟子曰：「君子深造之以道，欲其自得之也。自得之則居之安，居之安則資之深，資之深則取之左右逢其原，故君子欲其自得之也。」（同上，頁 485）

此外，《欒城遺言》記載蘇轍之言：「讀書百遍，經義自見。」（頁 7），也傳達同樣的理念。蘇轍撰作之《詩集傳》、《春秋集解》、《古史》、《老子解》、《論語拾遺》、《孟子解》，基本上，皆是此一治經性格的體現。

三是晚年著述有混同儒釋道之意，如所撰之《古史》、《老子解》、《論語拾遺》，皆帶有此種傾向。

此上係就蘇轍治學之傾向，略作說明。以下就蘇轍有關著作，除《詩集傳》爲本論文研究主題，於下章專章討論外，各略作提要，以見其梗概。

一、《春秋集解》

《春秋集解》十二卷，《宋史・藝文志》、《郡齋讀書志》、《直齋書錄解題》、《文獻通考》、《四庫全書總目提要》等均著錄，唯書名略有出入〔註 24〕。今日流傳的板本有明萬曆二十五年（1597）焦竑編、畢氏刻《兩蘇經解》本、萬曆三十九年（1611）

〔註 24〕《宋史・藝文志》、《郡齋讀書志》、《直齋書錄解題》、《文獻通考》作《春秋集傳》，《四庫全書總目提要》作《春秋集解》，明萬曆二十五年畢氏刊本作《潁濱先生春秋集解》。

焦竑編、顧氏刻《兩蘇經解》本、四庫全書系統的文淵閣本、文溯閣本、文津閣本、文瀾閣本等，及四庫薈要本。

《春秋集解》爲蘇轍主要的學術著作之一，且是其自許爲「平生事業」的著作〔註25〕。關於蘇轍撰作《春秋集解》的動機、旨趣與經過，在《春秋集解引》中有極詳盡的說明：

> 予少而治《春秋》，時人多師孫明復，謂孔子作《春秋》，略盡一時之事。不復信史，故盡棄三傳，無所復取。予以爲左丘明，魯史也，孔子本所據依以作《春秋》，故事必以丘明爲本。杜預有言，丘明受經于仲尼，身爲國史，躬覽載籍，其文緩，其旨遠，將令學者原始要終，尋其枝葉，究其所窮。優而柔之，使自求之；饜而飫之，使自趨之。若江海之浸，膏澤之潤，渙然冰釋，怡然理順，斯言得之矣。至于孔子之所予奪，則丘明容不盡明，故當參以公、穀、啖、趙諸人。然昔之儒者，各信其學，是己而非人，是以多窒而不通。老子有言：「學不學，復眾人之所過，以輔萬物之自然，而不敢爲。」予竊師此語，故循理而言，言無所係，理之所至，如水之流，東西曲直，勢不可常，要之於通而已。近歲王介甫以宰相解經，行之于世，至《春秋》漫不能通，則詆以爲「斷爛朝報」，使天下士不得復學。嗚呼！孔子之遺言而凌滅至此，非獨介甫之妄，亦諸儒講解不明之過也。故予始自熙寧謫居高安，覽諸家之說，而裁之以義，爲《集解》十二卷。及今十數年矣，每有暇，輒取觀焉，得前說之非，隨亦改之。紹聖之初，遷于南方，至元符元年，凡三易地，最後卜居龍川之白雲橋，杜門無事，凡所改定，亦復非一，覽之灑然而笑，蓋自謂無憾矣。

《春秋集解引》撰於哲宗元符二年（1105），蘇轍年六十一，據《春秋集解引》聲稱於是年完成《春秋集解》之後，事實上，蘇轍於隱居潁川的晚年時代，仍不斷進行增刪修定〔註26〕。

據《春秋集解引》，蘇轍撰作《春秋集解》的動機，乃是欲矯當時學者研治《春秋》，致使經傳並荒、孔子之遺言凌滅的學術風氣而發的。蘇轍認爲「左丘明，魯史也。孔子本所據依以作《春秋》，故事必以丘明爲本。」、「凡《春秋》之事，當從史，《左氏》，史也；《公羊》、《穀梁》，皆意之也。蓋孔子之作《春秋》，事亦略矣。非以爲史也，有待乎史而後足也。以意傳《春秋》而不信史，失孔子之意矣。」（《春秋集解》，卷一），因此《春秋集解》以《左傳》爲主，「左氏之說不可通，乃取公、

〔註25〕《欒城遺言》：「公曰：吾爲《春秋集解》，乃平生事業。」（頁2）

〔註26〕詳蘇轍撰《再題老子解後》。

穀、啖、趙諸家以足之。」(《四庫全書總目提要》，卷二十六，《春秋集解》條)，頗不同流俗。

蘇轍治《春秋》，一反《公羊傳》、《穀梁傳》深文周納的追求微言大義和褒貶，他說：「惟公即位不書日，有常日也。外殺大夫不書月與日，卑不以告也。」(卷一)、「凡諸侯之事，告則書，不然則否。」(卷一)、「《公羊》、《穀梁》以為諸侯之事盡于《春秋》也，而事為之說，則過矣。」(同上) 朱熹即非常讚同這個基本觀點，說：「蘇子由解《春秋》，謂其從赴告，此說亦是。」(《經義考》，卷一八二引)。《春秋》隱公四年「公及宋公遇于清」，《穀梁傳》強解為：「不期而會曰遇。遇者，志相得也。」(《穀梁疏》，卷二，頁 8)「不期而會」，其說同於《禮記・曲禮》，近于望文生義；「志相得」，則近於穿鑿。杜預注：「遇者，草次之期，二國各簡其禮，若道路相逢遇也。」(《左傳正義》，卷三，頁 14)，蘇轍用杜義，只是簡明地釋為「禮盛曰會，簡曰遇。」(《春秋集解》，卷一)。桓公二年：「宋督弒其君與夷及其大夫孔父」，公、穀二傳皆在「及」字上橫生義理〔註 27〕，蘇轍只是平易地據《左傳》釋為「由弒及之」(《春秋集解》，卷二)。凡此，可見蘇轍治《春秋》之基本取向。

二、《論語拾遺》

《論語拾遺》一卷，二十七章，見《欒城三集》，卷七。《宋史・藝文志》、《直齋書錄解錄》、《四庫全書總目提要》均著錄。《論語拾遺引》云：

> 予少年為《論語略解》，子瞻謫居黃州，為《論語說》，盡取以往，今見於其書者十二三也。大觀丁亥（1107），閑居潁川，為孫籀、簡、筠講《論語》。子瞻之說，意有所未安，時為籀等言。凡二十有七章，謂之《論語拾遺》，恨不得質之子瞻也。

知此書為子由晚年閑居潁川，為諸孫講《論語》，以補東坡《論語說》之作，《論語說》今不傳，《四庫提要》評此書云：

> 此書所補，凡二十七章，其以思無邪為無思，以從心不踰矩為無心，頗涉禪理。以苟志於仁矣無惡也，為有愛而無惡，亦冤親平等之見。以朝聞道，夕死可矣，為雖死而不亂，尤去來自如之義。蓋眉山之學，本雜出於二氏故也。其顯駁軾說者凡三條：請討陳恆一章，軾以為能克田氏，則三桓不

〔註 27〕《公羊傳》:「及者何？累也。弒君多矣，舍此無累者乎？曰：有。仇牧、荀息皆累也。舍仇牧、荀息無累者乎？曰：有。有則此何以書賢也？何賢乎孔父，孔父可謂義形於色矣」。《公羊注疏》，卷四，頁 3～4」《穀梁傳》:「其曰及，何也？書尊及卑，春秋之義也。」(《穀梁疏》，卷三，頁 3)

> 治而自服，孔子欲借此以張王室。轍則以爲雖知其無益，而欲明君臣之義。子見南子，及齊人歸女樂二章，軾以爲靈公未受命者，故可；季桓子已受命者，故不可。轍則以爲諸侯之如衛靈公者多，不可盡去。齊間孔子，魯君大夫已受其餌，孔子不去，則坐受其禍。泰伯至德一章，軾以爲泰伯不居其名，故亂不作。魯隱、宋宣取其名，是以皆被其禍，轍則以爲魯之禍始於攝，宋之禍成於好戰，皆非讓之過，其說皆較軾爲長。他如以剛毅木訥，與巧言令色相證，以六蔽章之不好學，與入孝出弟章之學文互勘，亦頗有所發明。（卷三十五，《經部・四書一類一》，《論語拾遺・提要》）

今日流傳的板本有明萬曆二十五年（1597）焦竑編、畢氏刻《兩蘇經解》本、萬曆三十九年焦竑編、顧氏刻《兩蘇經解》本、清順治刊說郛本，及四庫全書系統的文淵閣本、文溯閣本、文津閣本、文瀾閣本等。

三、《孟子解》

《孟子解》一卷，二十四章，見《欒城後集》卷六。《宋史・藝文志》、《直齋書錄解題》、《四庫全書總目提要》均著錄。今日流傳的板本有明萬曆二十五年焦竑編、畢氏刻《兩蘇經解》本、萬曆三十九年焦竑編、顧氏刻《兩蘇經解本》，及四庫全書系統的文淵閣本、文溯閣本、文津閣本、文瀾閣本等。

《孟子解》的題註云：「予少作此解，後失其本，近得之，故錄於此。」《四庫提要》云：

> 舊本首題穎濱遺老字，乃其晚歲退居之號，以陳振孫《書錄解題》考之，實少年作也。凡二十四章：一章謂聖人躬行仁義而利存，非以爲利。二章謂文王之囿七十里，乃山林藪澤，與民共之。三章謂小大貴賤，其命無不出於天，故曰畏天樂天。四章引責難於君，陳善閉邪，畜君爲好君。五章謂浩然之氣，即子思之所謂誠。六章論養氣在學，而待其自至。七章論知言，曰知其所以病。八章以克己復禮解射者正己。九章論貢之未善，由先王草創之初，故未能周密。十章論陳仲子之廉，病在使天下之人無可同立之人。十六章論孔子以微罪行爲上以免君，下以免我。十八章論事天立命。十九章論順受其正。二十二章論進銳退速。二十四章論擴充仁義。立義皆醇正不支。二十章以《周官》八儀，駁竊負而逃。二十三章以司馬懿、楊堅得天下，言仁不必論得失，亦自有所見。惟十一章謂學聖不如學道。十二章、十三章、十四章，以孔子之論性，難孟子之論性。十五章以智屬夷、惠，力屬孔子。十七章以貞而不亮難君子不

亮。二十一章以形色天性爲強飾於外。皆未免駁雜，蓋瑕瑜互見之書也。然較其晚年著述，純入佛老者，則謹嚴多矣。（卷三十五，《經部・四書類一》，《孟子解・提要》）

子由《欒城後集・引》謂《後集》二十四卷，編定於崇寧五年，是年子由六十八歲。《孟子解》在《後集》卷六，是此書雖作於少年時代，但錄定於晚年，舊本首題潁濱遺老字者以此。

四、《古　史》

《古史》六十卷，《宋史・藝文志》、《郡齋讀書志》、《直齋書錄解題》、《四庫全書總目提要》、《善本書室藏書志》、《五十萬卷樓藏書目錄》均著錄。

《古史》爲子由主要的學術著作之一，其撰作時間亦貫穿子由一生，始於少年時代，成立於謫居筠州的中年時代，最後修定完成於隱居潁川的晚年時代〔註28〕。《古史敘》云：

蘇子曰：古之帝王皆聖人也，其道以無爲爲宗，萬物莫能嬰之。其於爲善，如水之必寒，如火之必熱；其於不爲不善，如騶虞之不殺，如竊脂之不穀。不學而成，不勉而得，其積之中者有餘，故其推之以治天下者，有不可得而知也。孔氏之遺書曰：「喜怒哀樂之未發謂之中，發而皆中節謂之和。中也者，天下之大本也：和也者，天下之達道也。致中和，天地位焉，萬物育焉。」天地萬物猶將賴之以存，而況於人乎？自三代之衰，聖人不作，世不知本，而馳騁於喜怒哀樂之餘，故其發於事業，日以鄙陋，不足以睎聖人之萬一。雖春秋之際，王澤未竭，士生其間，習於禮義而審於利病，如管仲、晏子、子產、叔向之流，皆不足以知之。

〔註28〕《欒城遺言》：「公年十六，爲夏、商、周論，今見於《古史》。」（頁 2）是蘇轍撰作《古史》始於少年時代。哲宗紹聖二年三月二十五日，蘇轍年五十七，撰《古史後序》敘述此書的完成經過云：「予少好讀《詩》、《春秋》，皆爲之《集傳》。讀太史公書，質之《詩》、《書》、《左氏》、《戰國策》，知其未能詳復而遽以爲書，亦欲正之而未暇也。元豐中以罪謫高安，五年不得調，職雖賤且冗，而予傺許以閒暇，乃以其間終緝二傳，刊正《古史》，得七《本紀》、十《世家》、七《列傳》，功未及究也。……（元祐）九年三月，始以罪黜守臨汝，不數月，復降守富春。行至彭澤，復以少府監分司南京，而居高安，往來之間，凡十有一年。……借書於州學，不足者求之諸生，以續《古史》之缺。明年三月而成，凡六十卷。」是蘇轍於謫居筠州的中年時代，完成《古史》的部份之作——七《本紀》、十《世家》、七《列傳》，而在哲宗紹聖二年聲稱《古史》全部完成之後，蘇轍於閒居隱川的晚年時代仍不斷增刪修定（見《再題老子解後》）。

> 至於孔子，其知之者至矣，而未嘗言。孟子知其一二，時以告人，而天下亦莫能信也。陵遲及於秦、漢，士益以功利爲急，言聖人者皆以其所知億之。儒者流於度數，而智者溺於權利，皆不知其非也。太史公始易編年之法爲《本紀》、《世家》、《列傳》，記五帝三王以來，後世莫能易之。然其爲人淺近而不學，疏略而輕信。漢景、武之間，《尚書古文》、《詩毛氏》、《春秋左氏》，皆不列於學官，世能讀之者少。故其記堯、舜、三代之事，皆不得聖人之意。戰國之際，諸子辯士各自著書，或增損古事，以自信一時之說，遷一切信之，甚者或采世俗相傳之語，以易古文舊說。及秦焚書，戰國之史不傳於民間，秦惡其議己也，焚之略盡。幸而野史一二存者，遷亦未暇詳也。故其記戰國，有數年不書一事者，余竊悲之。故因遷之舊，上觀《詩》、《書》，下考春秋及秦漢雜錄，記伏羲、神農訖秦始皇帝。爲七《本紀》、十六《世家》、三十七《列傳》，謂之《古史》。追錄聖賢之遺意，以明示來世，至於得失成敗之際，亦備論其故。嗚呼！由數千歲之後，言數千歲之前，其詳不可得矣。幸其猶有存也，而或又失之，此《古史》之所爲作也。

據此，可知子由撰作《古史》的思想本源及撰述大旨。朱熹對此書的評價頗高，云：

> 近世言史者，唯此書爲近理，而學者忽之。予獨愛其《序》，言「古之帝王皆聖人也，其於爲善，如水之必寒，火之必熱，其於不爲不善，如騶虞之不殺，竊脂之不穀」，非近世論者所能及。而所論史遷之失，以爲淺近而不學，疏略而輕信，亦中其病。（《朱子大全》，卷七十二，《古史餘論》，頁46～47）

今日流傳的板本有南宋浙刊明印本，現藏臺北故宮博物院圖書館；明萬曆三十九年南京國子監刊本、豫章刊本，臺北國立中央圖書館均藏有一部，此外，北京、首都圖書館、北京大學圖書館、清華大學圖書館等，藏有南京國子監刊本一部，北京、北京大學圖書館、中國人民大學圖書館、中國科學院圖書館等藏有明刻本一部。又有四庫全書系統的文淵閣本、文溯閣本、文津閣本、文瀾閣本等。

（一）南宋浙刊明印本

版匡高二十四・五公分，寬十六・二公分。每半葉十一行，行二十一至二十五字不等，小注夾行，字數略同。左右雙欄，版心白口，中縫或單魚尾、或雙魚尾、或三魚尾。上記大小字數或千字文編號，次題古史《本紀》（或《世家》、《列傳》）幾，中書千字文編號或大小字數，下標明葉次，再下署刻工姓名：丁松年、丁之才、王汝霖、王進、王定、王壽、王渙、王政、王恭、王明、方至、方信、呂信、呂志、石昌、金榮、金祖、金嵩、毛端、毛祖、余政、宋琚、宋通、宋祖、宋現、吳中、吳春、吳志、吳祐、沈珍、沈忠、沈定、沈宗、朮裕、徐義、徐拱、朱祖、李仲、果張昇、陳仲、陳良、陳彬、陳壽、陳仲、陳活、陳潤、陳晃、陳遇、孫春、孫日春、蔡邠、顧達、顧永、顧澄、蔣容、蔣榮、張亨、張昇、張升、凌宗、項仁、童遇、何澤、何澄、劉升、劉昭、許宗厚、馬祖、馬松、董澄、章忠、曹鼎、龐知柔、龐汝升、詹世榮、楊榮、楊潤、㸚宗、鄭春等。宋諱匡、玄、敬、警、殷、恆、貞、徵、讓、頊、完、桓、媾、購、慎諸字偶缺末筆，蓋避諱不甚謹嚴。首冠《古史敘》，次冊錄，卷首不題作者姓名，小題在上，大題在下。大題下並標明總目次。於《世家》、《列傳》不另起迄。全書分七《本紀》、十六《世家》、三十七《列傳》，凡六十篇，後人遂按篇數析為六十卷。書中《世家》一至九卷，《列傳》一至十四卷、十五至二十五卷，葉次均排長號，餘仍隨卷迄起，另以千字文編次，每葉一字。《世家》十二之第一、六葉，《列傳》十三之第九十二葉闕，後人依原式抄配。是書筆劃不苟，渾厚有力，仍不失為宋刊佳構。〔註 29〕

（二）明萬曆三十九年豫章刊本

卷前有《古史序》署「萬曆辛亥春瑯琊焦竑著」。次亦《古史敘》，署「萬曆三十九年中秋吉日南昌後學劉日寧撰朱統鍇書」。次為自錄，再次則轍之《古史敘》，卷末有跋一篇，署「紹聖二年三月二十五日」。單魚尾，半葉十行，行二十字。

（三）明萬曆四十年南京國子監刊本

卷首有「南雍刻《古史序》」，署「萬曆壬子上元日賜進士第奉訓大夫右春坊右諭德掌南京翰林院署國子監事東越孫如游書」；次有「刻子由古史序」，署「萬曆壬子元日石渠舊史瑯琊焦竑書」。次為子由之《古史敘》，次則目錄，目錄後題校刻姓氏云：「大明萬曆三十九年南京國子監刊」、「署監事右諭德掌南京翰林院孫如游校閱」、「監丞高如斗，博士李廷諫、蕭象烈，助教王養俊、黃居中、史宣政、朱一統，學政張師繹，羅大冠、胡文熺、何節，學錄張嵩、師承寵，典簿王湛，典籍吳俊民同校。」無跋。單魚尾，半葉十行，行二十字。

五、《龍川略志》、《龍川別志》

《龍川略志》十卷、《龍川別志》二卷〔註 30〕，《宋史・藝文志》、《郡齋讀書志》、

〔註 29〕參考吳哲夫撰《國立故宮博物院宋本圖錄》，頁 67。

〔註 30〕《龍川略志》十卷、《龍川別志》二卷。《宋史・藝文志》作《龍川志》六卷，《郡齋

《直齋書目錄解題》、《文獻通考》、《四庫全書總目提要》均著錄。《龍川略志》作於哲宗元符二年夏（1099）謫居循州時，年六十一，同年秋復作《龍川別志》。《四庫全書總目提要》云：

> 案：晁公武《讀書志》載《龍川略志》六卷，《別志》四卷，稱轍元符二年夏居循州，杜門閉目，追維平昔，使其子遠書之於紙，凡四十事，其秋復記四十七事。此本《龍川略志》作十卷，《別志》作八卷，《略志》凡三十九事，較晁公武所記少一事，《別志》則四十八事，較晁公武所記又多一事。蓋商維濬刻本，離析卷帙，已非其舊，又誤竄《略志》中一事入《別志》中，並轍序所稱十卷之文，亦濬所追改也。《略志》惟首尾兩卷紀雜事十四條，餘二十五條皆論朝政，蓋是非彼我之見，至謫居時猶不忘也。然惟記眾議之異同，而不似王安石、曾布諸日錄，動輒歸怨於君父，此轍之所以爲轍歟？《別志》所述，多耆舊之餘聞。朱子生平，以程子之故，追修洛、蜀之舊怨，極不滿於二蘇，而所作《名臣言行錄》引轍此志，幾及其半，則其說信而有徵，亦可以見矣。（卷一百四十，《子部・小說家類一》，《龍川略志・提要》）

按：《四庫提要》云：「此本《龍川略志》作十卷，《別志》作八卷。」，實際上，文淵閣四庫全書本《龍川別志》僅爲二卷。四庫全書於《龍川略志》書前提要即修正云：「此本《龍川略志》作十卷，《別志》作二卷。」（第一○三七冊，子部十二，小說家類一，頁 1）。《四庫提要》著錄《龍川別志》爲八卷・可能是根據以前的文獻或目錄而著錄的，但後來發現實際的本子只有二卷，遂於書前《提要》中改爲二卷，據胡玉縉《四庫提要補正》所云：

> 陸氏《藏書志》有宋刊本蘇黃門《龍川略志》十卷，丁氏《藏書志》有明覆宋本同，并載自引云：凡四十事十卷，命曰：《龍川略志》，尚有《別志》八卷，未嘗併梓。據此，則晁所見，或別一本，或傳寫之誤。（卷四十一，《小說家類一》，頁 1096）

則是《龍川別志》早有不同卷本。八卷本的《龍川別志》由於未嘗付梓，僅以鈔本行世，至明人付刻，遂釐爲二卷，如商維濬稗海本，四庫全書以稗海爲底本，故爲二卷。

今日所流傳的《龍川略志》的板本有：

讀書志》、《直齋書錄解題》、《文獻通考》作《龍川略志》六卷、《別志》四卷，《四庫提要》作《龍川略志》十卷、《別志》八卷。百川學海本作《蘇黃門龍川略志》十卷，明商濬校刊稗海本作《蘇黃門龍川別志》卷上、卷下。

（一）明弘治刊百川學海本

卷前有「蘇黃門《龍川略志引》」一篇，次目錄。卷一下署「左迪功郎新授撫州宣黃縣主簿主管學事劉信校正」。板心僅寫「蘇」字及卷「數」。半葉十二行，行二十字，字跡潦草，今藏國立中央圖書館。

（二）舊鈔本

卷前亦爲「蘇黃門《龍川略志引》」，次目錄。白口，板心右下有「彝齋書鈔」四字，半葉十行，行二十字，今藏國立中央圖書館。

（三）文淵閣四庫全書本

與《龍川別志》二卷合刻。

今日所流傳的《龍川別志》的板本有：

（一）明會稽商氏刊稗海本

題「蘇黃門龍川別志」，署「會稽商氏半埜堂校刊」。每則第一行頂格，次行以下皆低一格。單魚尾，半葉九行，行二十字，今藏國立中央圖書館。

（二）明刊說海彙編本

無署校刊者姓氏，板式與稗海本皆同。今藏國立中央圖書館。

（三）清順治刊說郛本

題「龍川別志」一卷，凡九則，蓋爲節選本，每則各行皆頂格。半葉九行，行二十字。今藏國立中央圖書館。

（四）明刊清康熙間修補稗海本

題「蘇黃門龍川別志」，每則首行頂格，次行以下低皆一格。半葉九行，行二十字。國立中央圖書館、國立中央研究院史語所、國立師範大學、私立東海大學皆藏之。

（五）文淵閣四庫全書本

與《龍川略志》十卷合刻。

六、《老子解》

《老子解》二卷。《宋史・藝文志》、《郡齋讀書志》、《直齋書錄解題》、《文獻通考》、《四庫全書總目提要》均著錄，唯書名略有參差〔註31〕。此書爲子由會通儒釋道之作，撰作於謫居筠州的中年時代，完成於隱居穎川的晚年時代。子由題《老子

〔註31〕《宋史・藝文志》題作《老子道德經義》，《郡齋讀書志》、《文獻通考》作《蘇子由注老子》，《直齋書錄解題》作《老子新解》，《四庫提要》作《道德經解》，《兩蘇經解》作《穎濱先生道德經解》。

解後》云：

> 予年四十有二，謫居筠州。筠雖小州，而多古禪刹，四方遊僧聚焉。有道全者，住黃檗山，南公之孫也，行高而心通，喜從予遊。嘗與予談道，予告之曰：「子所談者，予於儒書已得之矣。」全曰：「此佛法也，儒者何自得之？」予曰：「不然，予忝聞道，儒者之所無，何苦強以誣之？顧誠有之，而世莫知耳！」全曰：「儒佛之不相通，如胡、漢之不相諳也，子亦何由知之？試爲我言其略。」予曰：「孔子之孫子思，子思之書曰《中庸》，《中庸》之言曰：『喜怒哀樂之未發，謂之中；發而皆中節，謂之和。中也者，天下之大本也；和也者，天下之達道也。致中和，天地位焉，萬物育焉。』此非佛法而何？顧所從言之異耳。」全曰：「何以言之？」予曰：「六祖有言，不思善，不思惡，方云是時也，孰是汝本來面目。自六祖以來，人以此言悟入者大半矣。所謂不思善不思惡，則喜怒哀樂之未發也。蓋中者佛性之異名，而和者六度萬行之總目也。致中極和，而天地萬物生于期間，此非佛法何以當之？」全驚喜曰：「吾初不知也，今而後始知儒佛一法也。」予笑曰：「不然，天下固無二道，而所以治人則異。君臣父子之間，非禮法則亂。知禮法而不知道，則世之俗儒，不足貴也。居山林，木食澗飲，而心存至道，雖爲人，天師可也，而以治世則亂。古之聖人，中心行道，而不毀世法，然後可耳。」全作禮曰：「此至論也。」是時予方解《老子》，每解一章，輒以示全，全輒嘆曰：「皆佛說也。」予居筠五年而北歸，全不久亦化去，逮今二十餘年矣。凡《老子解》亦時有所刊定，未有不與佛法合者，時人無可與語，思復見全而示之，故書之老子之末。
> 大觀二年十二月十日子由題。

是書撰作之大旨及用心可見。又據此，《老子解》完成於徽宗大觀二年（1108），子由年七十，然日後子由於此書仍多所刪改〔註 32〕。《四庫提要》評論此書云：

> 蘇氏之學本出入於二氏之間，故得力於二氏者特深，而其發揮二氏者，亦足以自暢其說。是書大旨主於佛老同源，而又引《中庸》之說之相比附。蘇軾跋之曰：「使漢初有此書，則孔老爲一；使晉宋有此書，則佛老不爲二。」朱子謂其援儒入墨，作《雜學辨》以箴之。然二氏之書，往往陰取儒理，而變其說。儒者說經明道，不可不辨別毫釐，剖析疑似，以杜學者之歧趨。若爲二氏之學，而註二氏之書，則爲二氏立言，不爲儒者立言矣。

〔註 32〕詳蘇轍《再題老子解後》。

其書本不免援儒以入墨，註其書者又安能背其本旨哉？故自儒家言之，則轍書爲兼涉兩歧；自道家言之，則轍書猶各明一義，《雜學辨》所攻四家，攻其解《易》、解《中庸》、解《大學》者可也，攻及此書則不揣其本而齊其末，不如徑攻《老子》矣。（卷一百四十六，《子部・道家類》，《道德經解・提要》）

《提要》所論誠爲平允。今日流傳的板本有明萬曆二十五年（1597）焦竑編、畢氏刻《兩蘇經解》本、明萬曆三十九年（1611）焦竑編、顧氏刻本、明吳興凌氏刊朱墨套印本，及四庫全書系統的文淵閣本、文溯閣本、文津閣本、文瀾閣本等。

（一）明萬曆二十五年兩蘇經解本

題「道德經解」，二卷，藏國立中央圖書館。半葉十行，行二十字。上篇卷一自道可道章第一至道常無爲章第三十七，下篇卷二自上德不德章第三十八至信言不美章第八十一。卷末有三「題老子道德經後」，一爲「大觀二年十二月十日子由題」，二爲「十二月十一日子由再題」，三爲「萬曆二年冬十有二月二十日宏甫題」。

（二）明吳興凌氏刊朱墨套印本

題「老子道德經」，署「宋眉山蘇轍註」，老子列傳後題「凌以棟批點」，凡四卷附考異，藏國立中央圖書館。

卷首有「蘇子由道德經註序」，署「溫陵李贄題」。次漢河上公老子序、次司馬遷老子列傳，次隋薛道衡廟碑。再次爲「篇目」，隔行書「河上公章句」。

上經卷一自「體道第一」至「淳風第十七」（即萬曆二十五年刊本「道可道章第一」至「太上章第十七」），卷二自「俗薄第十八」至「爲政第三十七」（即萬曆二十五年刊本「大道章第十八」至「道常無爲章第三十七」）。下經卷一自「論德第一」至「淳化第二十（即萬曆二十五年刊本「上德不德章第三十八」至「以正治國章第五十七」），卷二自「順化第二十一」至「顯質第四十四」（即萬曆二十五年刊本「其政悶悶章第五十八」至「信言不美章第八十一」）。正文末題「錢塘弟子顧珩子發寶藏，男田恭閱」。次有「題老子道德經後」一篇。半葉八行，行十八字。宋附「老子考異」。

七、文　集

蘇轍文集，係轍手定，與東坡諸集出自他人裒輯者異，故自宋以來，未有妄爲附益者〔註33〕。其卷數即《欒城集》五十卷、《後集》二十四卷、《三集》十卷、《應

〔註33〕據《四庫全書總目》，卷一百五十四，《欒城集・提要》所云。

詔集》十二卷。《正集》皆元祐以前作，《後集》乃元祐元年至崇寧四年所作，《三集》則崇寧五年至政和元年所作，《應詔集》乃其孫籀集轍之策論與應試諸作。今日流傳的板本有南宋孝宗眉山大字本、明東吳王執禮清夢軒刊本、明嘉靖二十年蜀府活字本、明末刊茅坤等評本、明末宜和堂刊本、清初鈔本、四庫全書系統的文淵閣本、文溯閣本、文津閣本、文瀾閣本等，及四庫薈要本。

（一）南宋孝宗眉山刊大字本

題「蘇文定公文集」。一藏國立故宮博物院，殘存卷四至六、卷十至十五、卷二十、卷二十六、卷二十七、卷三十七、卷三十八、卷四十一至四十四，計十八卷；後集存卷七至十三、卷十七至二十，計十一卷；三集存卷六至十，計五卷；及應詔集十二卷。一藏國立中央圖書館，計殘存卷二十五、卷二十六，計二卷。半葉九行，行十五字，白口，板心下記刻工姓氏。

（二）明東吳王執禮清夢軒刊本

是本凡《欒城集》五十卷、《後集》二十四卷、《三集》十卷、《應詔集》十二卷。藏國立中央圖書館。首列本傳、諡議二篇，板心題「蘇文定公集」，單魚尾，下題「黃州湯世仁刊」；次目錄，目錄後有「清夢軒藏板」五字，各卷卷尾有「清夢軒」三字。卷一大題後署「宋西蜀蘇轍子由著明東吳王執禮子敬顧天叔禮初同校」，他卷或獨署王執禮校，應詔集又皆署二人同校。半葉十行，行二十字。又有淳熙六年從政郎充筠州州學教授鄧光跋、淳熙己亥曾孫朝奉大夫權知筠州軍州事詡跋，次列校勘官名：文林郎筠州軍事判官倪思，從政郎充筠州州學教授鄧光、奉議郎知筠州高安縣事閭丘泳，次有開禧丁卯四世孫朝奉郎權知筠州軍州事蘇森跋，蓋清夢軒從宋筠州本重刊，王執禮、顧平人叔同爲校字也。

《四庫全書總目》著錄即爲此刻，《提要》稱自宋以來，原本相傳，未有妄爲附益者，此本爲明代舊刻，尚少訛闕，所據猶宋時善本云，則宋刻《欒城集》不可得其全豹，當以此刻爲最古。

（三）明嘉靖二十年蜀府活字本

是本凡《欒城集》五十卷、《後集》二十四卷、《三集》十卷，藏國立中央圖書館。清夢軒本，爲東吳王執禮、顧天叔校刊，頗多誤字，此刻校對細緻，夐然不同。卷前有《欒城集序》，署「嘉靖二十年歲在辛丑五月吉日儀封劉大謨書」；次又一序，署「嘉靖辛丑夏五月巡按四川監察御史前翰林吉士交河王珩序」。次有凡例七則，及「蘇文定公諡議」，再次則目錄。三集後有三跋及校勘官名，依次爲「淳熙六年七月望日從政郎充筠州州學教授鄧光謹書」、「淳熙六年己亥中元日曾孫朝奉大夫權知筠州軍州事詡謹書」、校勘官「文林郎筠州軍事判官倪思、從政郎充筠州州學教授鄧光、奉議郎知筠州高安縣事閭丘泳」、「開禧丁卯上元日四世孫朝奉郎權知筠州軍州事蘇森謹書」。最末爲《欒城集序》一篇，惜殘，未見名署。半葉十行，行二十字，單魚尾。

（四）明末刊茅坤等評本

題「合刻三先生穎濱文匯」，凡十卷，前列目錄，卷一、二論，卷三至七策，卷八上書，卷九書，卷十記。各卷題下署「錢唐錢穀豐寰父（一行）皇明吳興茅坤鹿門父（二行）竟陵鍾惺伯敬父（三行）評定」，短評朱筆於書額，計引楊愼、錢穀、鍾惺、茅坤、陸樹聲、唐順之諸人之語，總評於各篇之末，行文低一格。半葉九行，行二十字。

（五）明末宜和堂刊本

書冊題「穎濱文抄」，右署「重訂李卓吾先生評定」，左署「宜和堂藏板」。凡二卷，藏國立中央圖書館。首列目錄，計有：論、策、書、記、辭。板心上題「穎濱」二字，次題卷次、葉數，下題「宜和堂」三字。次有「考實」，簡述子由之生平及著述。各卷題下署「武林趙養默淵子父閱（一行）明溫陸李贄宏甫父原選（二行）西歐陳鑾和聲公訂（三行）」。半葉九行，行二十字，小注雙行。書額有短評，篇末有總評，首行低一格，次行以下低二格，計引：楊升菴、李卓吾、姜鳳阿、袁中郎、趙淵子、鄭君一、唐荊川、茅鹿門、鍾伯我、陶石簣、王鳳洲、楊廉夫、謝壘山、樓迂齋、陳迂齋、李子鱗、陳簡鐘、綏之諸人語。

（六）清初鈔本

是本凡《欒城集》五十卷、《後集》二十四卷、《三集》十卷、《應詔集》十二卷，藏國立中央圖書館。半葉九行，行二十二字。卷前無序，三集卷十末有鄧光跋、蘇詡跋，次列校勘官姓氏：倪思、鄧光、丘泳、次蘇森跋。最末有《欒城集後序》一篇，署「嘉靖辛丑夏六月朔四川按察司提督水利帶管提學僉事膠東崔廷槐書」。是本蓋鈔集前述諸本而成者，並無特色可言。〔註34〕

〔註34〕本節有關蘇轍著述之板本，多本陳雄勳先生《三蘇及其散文之研究》，第三章《三蘇著述之考徵》，第三節《子由著述考徵》。

第四章　《詩集傳》之成書經過、板本與體例

第一節　成書經過

《詩集傳》是蘇轍一生主要的學術著作之一，關於《詩集傳》的撰作動機及經過，在蘇轍自撰的《潁濱遺老傳》中有所說明：

> 子瞻以詩得罪，轍從坐，謫監筠州鹽酒稅。五年不得調。平生好讀《詩》、《春秋》，病先儒多失其指，欲更爲之傳。……功未及就，移知歙績縣……（《欒城後集》，卷十二，《潁濱遺老傳》上，頁1283～1284）
>
> ……凡居筠、雷、循七年，居許六年，杜門復理舊學，於是《詩》、《春秋傳》、《老子解》、《古史》四書皆成。嘗撫卷而歎，自謂得聖賢之遺意，繕書而藏之，顧謂諸子：「今世已矣，後有達者，必有取焉」。（同上，卷十三，頁1313）

據此，蘇轍撰作《詩集傳》的動機是出於對先儒解《詩》的不滿；認爲先儒解《詩》多失聖人之意，因此想重新爲《詩經》作一番注解。而《詩集傳》的撰作完成，卻非成於一時一地，乃是歷經了謫居筠州、雷州、循州及閑居潁川四個階段，撰作的時間從中年持續到晚年。據曾棗莊《蘇轍年譜》，《潁濱遺老傳》作於徽宗崇寧五年（1106）九月（頁 199），蘇轍六十八歲，那麼，《詩集傳》似乎至少在六十八歲之前便告完成。事實上，《詩集傳》的撰作不僅可以追溯到蘇轍的少年時代，而在《潁濱遺老傳》中聲稱完成《詩集傳》之後，蘇轍仍不斷地進行增刪修改。蘇籀《欒城遺言》云：

> 公年十六，爲夏、商、周論，今見於《古史》。年二十作《詩傳》。（頁2）
>
> 公解《詩》時，年未二十，初出《魚藻》、《兔罝》等說，曾祖編札，以

為先儒所未喻。（頁 9）

又蘇轍《再題老子解後》云：

> 予昔南遷海康，與子瞻兄邂逅于藤州，相從十餘日，語及平生舊學。子瞻謂予：「子所作《詩傳》、《春秋傳》、《古史》三書，皆古人所未至，惟解《老子》，差若不及。」予至海康，閑居無事，凡所為書，多所更定，乃再錄《老子》書以寄子瞻。……然予自居潁川，十年之間，于此四書，復多所刪改，以為聖人之言，非一讀所能了，故每有所得，不敢以前說為定。今日以益老，自以為足矣。欲復質之子瞻而不可得，言及於此，涕泗而已。

所以嚴格來說，《詩集傳》的撰作貫穿了蘇轍的一生，始於年未二十的少年時代，成立於謫居筠州的中年時代，而修定完成於隱居潁川的晚年時代，至七十三歲為止〔註 1〕。

第二節　板　本

《詩集傳》二十卷，《宋史・藝文志》、晁公武《郡齋讀書志》、陳振孫《直齋書錄解題》、王應麟《玉海》、馬端臨《文獻通考》、陳第《世善堂藏書目錄》、錢謙益《絳雲樓書目》、文淵閣《四庫全書總目提要》、陸心源《皕宋樓藏書志》等均有著錄，卷數並同，其間的差異是書名顯得參差不一〔註 2〕。

現存可見的板本有三：

1. 南宋孝宗淳熙七年（1180）蘇詡筠州公使庫刻本，全書二十卷，書名題為「《詩集傳》」。
2. 明萬曆二十五年（1597）焦竑編、畢氏刻《兩蘇經解》本，全書十九卷，書名題為「潁濱先生《詩集傳》」；明萬曆三十九年（1611），焦竑編，顧氏刻《兩蘇經解》本，書名、卷數與萬曆二十五年畢氏刻本同。

〔註 1〕據曾棗莊《蘇轍年譜》（頁 207），《再題老子解後》作於徽宗政和元年（1111），蘇轍年七十三。

〔註 2〕《宋史・藝文志》題作：「蘇轍《詩解集傳》二十卷」、《郡齋讀書志》題作：「蘇氏《詩解》二十卷」、《直齋書錄解》題作：「蘇潁濱《詩集解》二十卷」《玉海》題作：「蘇轍《詩解》二十卷」、《文獻通考》題作：「蘇子由《詩解》二十卷」、《世善堂藏書目錄》題作：「《詩解》二十卷」、《絳雲樓書目》題作：「蘇潁濱《詩集解》二十卷」、《四庫全書總目提要》題作：「《詩集傳》二十卷」、《皕宋樓藏書志》題作：「潁濱先生《詩集傳》二十卷」，是書名頗有參差。

3. 文淵閣《四庫全書》本，書前提要云：「《詩集傳》二十卷」，但全書實僅十九卷。

南宋孝宗淳熙七年蘇詡刊刻的《詩集傳》是現存最早的板本，也是目下所知的海內孤本，彌足珍貴。此本是大陸中國書店於民國六十八年從民間發現的，今藏於北京圖書館。此書的發現，對於《詩集傳》的板本流傳有恢復原貌、廓除疑慮的重要作用，在板本上更具有極高的價値，茲作說明如下：

此本每半頁十行，行十九字，白口，左右雙邊。板心上鐫刊工姓名，有吳良、陳辛、甯聲、葉清、李彬、李杲、鄭生、熊亮等，蓋都是南宋初期江西的名工。白麻紙（實則是皮紙）印造，字兼歐柳，墨色精純，行格疏朗，完全是宋人刻書的風格。書中凡遇玄、殷、筐、桓、貆、搆、媾、慎等字，皆缺末筆，以示避諱。玄、殷、弘、筐是避宋太祖趙匡胤及其父趙弘殷、始祖趙玄朗之諱，桓、貆是避宋欽宗趙桓之諱，搆、媾是避南宋高宗趙構之諱，慎是避孝宗趙昚之諱，書中避諱至慎字，說明此書當刻於孝宗之世。卷二十後篇有「庚子淳熙七年四月十九日，曾孫朝奉大夫、權知筠州軍州事、兼營內勸農營田事詡重校證刊於本州公使庫。」刻書跋文三行，證明此書確是蘇轍曾孫蘇詡於孝宗淳熙七年知筠州軍時，所主持刊刻的。此本曾爲明、毛晉汲古閣所收藏，從書中鈐有「毛氏子晉」、「汲古主人」、「子晉書印」、「毛」、「晉」等印記，可以證明。清初輾轉進入內府，爲圓明三園中的暢春園所收藏，今書中夾有舊簽，題：

> 《詩集傳》原一套四本，五十二年正月三十日暢春園發下，改一套三本，係宋蘇轍所著，淳熙七年其曾孫詡重校刻。

足以證明。

全書的卷數、內容分配如下：卷一《周南》、《召南》，卷二《邶風》，卷三《鄘風》、《衛風》，卷四《王風》、《鄭風》，卷五《齊風》、《魏風》，卷六《唐風》、《秦風》，卷七《陳風》、《檜風》、《曹風》，卷八《豳風》，卷九《小雅・鹿鳴之什》，卷十《南陔之什》、《彤弓之什》，卷十一《祈父之什》，卷十二《小旻之什》，卷十三《北山之什》，卷十四《桑扈之什》，卷十五《都人士之什》，卷十六《大雅・文王之什》，卷十七《生民之什》，卷十八《蕩之什》，卷十九《周頌・清廟之什》、《臣工之什》、《閔予小子之什》，卷二十《魯頌》、《商頌》〔註3〕。

在此本尚未發現之前，流傳於世的僅有《兩蘇經解》本及四庫全書系統的文淵

〔註3〕關於南宋孝宗淳熙七年所發現的《詩集傳》，大陸學者蕭新祺、李致忠曾有專文介紹，本節所論，即多取資李文。蕭文《宋刻珍本《詩集傳》》，載於《古籍整理出版情況簡報》，142期，頁6～7，1985年，7月1日；李文《北京圖書館入藏宋刻《詩集傳》》，載於北京、文獻，1990年2期，頁175～183。

閣本、文溯閣本、文津閣本、文瀾閣本等，二書均爲十九卷，與歷代史志及公私藏書家目錄登錄的卷數不合。《四庫提要》雖著錄二十卷，但全書僅十九卷，與所錄的卷數不合，遂啓人疑竇，致學者以爲「所謂『世行二十卷』者，實烏有也。」〔註4〕。蘇轍《詩集傳》從二十卷本轉變成十九卷本，原因就在於《兩蘇經解》本合卷十一《祈父之什》、卷十二《小旻之什》爲一卷，文淵閣《四庫全書》本亦同。由於《兩蘇經解》本的妄合，既混淆、蒙蔽了《詩集傳》的原貌，又徒滋後人困擾，致學者作出不當的懷疑與推斷〔註5〕，推本溯源，俱是《兩蘇經解》之始作俑。幸南宋本《詩集傳》的問世，關於《詩集傳》的實際卷數、原貌才得以大白，並得以證成《宋史・藝文志》、晁公武《郡齋讀書志》、陳振孫《直齋書錄解題》等史志、公私藏書家目錄的記載，確實無誤，就這點看，意義非凡。

《兩蘇經解》本與《四庫全書》本在內容上，與南宋淳熙本並無不同，其間的差異唯在卷數的分合上，茲將其卷數分合的情形列之如下，以供參驗：卷一《周南》、《召南》，卷二《邶風》，卷三《鄘風》、《衛風》，卷四《王風》、《鄭風》，卷五《齊風》、《魏風》，卷六《唐風》、《秦風》，卷七《陳風》、《檜風》、《曹風》，卷八《豳風》，卷九《小雅・鹿鳴之什》，卷十《南陔之什》、《彤弓之什》，卷十一《祈父之什》、《小旻之什》，卷十二《北山之什》，卷十三《桑扈之什》，卷十四《都人士之什》，卷十五《大雅・文王之什》，卷十六《生民之什》，卷十七《蕩之什》，卷十八《周頌・清廟之什》、《臣工之什》、《閔予小子之什》，卷十九《魯頌》、《商頌》。

《兩蘇經解》本的傳世頗廣，台北國立中央圖書館，大陸北京圖書館、北京大學圖書館、故宮博物院圖書館，浙江杭州大學圖書館，日本內閣文庫、靜嘉堂文庫等，均藏有明萬曆二十五年畢氏刻本一部，日本並有同朋社景印京都大學藏本行於世。台北國立中央圖書館所藏的一部，題萬曆丁酉（二十五年）畢氏刻本，每半頁十行，行二十一字，單魚尾，上象鼻刻書名，下象鼻刻字數。卷三、五、八、十、十三、十六、十八首行皆鈐有吳興劉氏嘉業堂藏書印〔註6〕。明萬曆三十九年顧氏刻本則大陸、遼寧旅大市圖書館、浙江圖書館各藏有一部。

〔註4〕見崔富章《四庫提要補正》，頁92。杭州大學出版社出版，1990年9月第1版。

〔註5〕黃忠慎先生云：「《兩蘇經解》本與四庫全書本皆爲十九卷，較歷代史志、目錄之著錄少一卷，按：陸心源《皕宋樓藏書志》註明蘇轍《詩集傳》有《自序》一篇，查今兩種版本悉無《自序》，或歷代史志、目錄皆以《序》爲一卷，故全書二十卷也。」，見所撰《宋代之詩經學》，第三章《蘇轍之詩經學》，頁164，1984年6月，台北，政治大學中國文學研究所博士論文。

〔註6〕參陳文采《兩宋《詩經》著述考》，頁 42，台北，東吳大學中國文學研究所碩士論文，1988年4月。

《四庫全書》本即焦竑輯入《兩蘇經解》本之前的明代單刻本〔註 7〕，文淵閣本，今藏台北故宮博物院圖書館，台北的台灣商務印書館有景本傳世。文溯閣本，今藏遼寧省立圖書館，文津閣本，今藏國立北平圖書館，文瀾閣本，今藏浙江省立圖書館〔註 8〕。

第三節　體　例

《詩集傳》的體例是大抵各卷卷首皆有一段解說的文字，如卷一《周南》云：

> 文王之風，謂之《周南》、《召南》，何也？文王之治周也，所以爲其國者屬之周公，所以交於諸侯者，屬之召公。詩曰：「昔先王受命，有如召公，日辟國百里」，言其治外也。故凡詩言周之內治，由內而及外者，謂之周公之詩，其言諸侯被周之澤而漸於善者，謂之召公之詩。其風皆出於文王而有內外之異，內得之深，外得之淺，故《召南》之詩不如《周南》之深。……《毛詩》之《敘》曰：「《關雎》、《麟趾》之化，王者之風也，故繫之周公；《鵲巢》、《騶虞》之德，諸侯之風也，先王之所以教，故繫之召公」，然則二南皆出於先王，其深淺厚薄，二公無與，而強以名之，可乎？

此段文字解說《周南》、《召南》命名之意及其分別，又兼駁《毛詩序》解說之非。此外，又有一篇長論，嘗試解說孔子編次十五國風之意。卷二《邶風》卷首解說《邶》、《鄘》、《衛》的命名、時代、地域等，卷三《鄘風》、《衛風》以其解說文字已見於卷二《邶風》，故卷首不再解說。卷四《王風》、《鄭風》以下至卷八《豳風》，卷首皆就各國風的命名、時代、地域等作解說。卷九《小雅・鹿鳴之什》卷首解說大、小《雅》的分別，表露了異於傳統的觀點，云：

> 《小雅》之所以爲小，《大雅》之所以爲大，何也？《小雅》言政事之得失，而《大雅》言道德之存亡。政事雖大，形也；道德無小，不可以形盡也。……《毛詩》之《敘》曰：「雅者，正也。政有小大，故有《小雅》焉，有《大雅》焉。」，以二雅爲皆政也，而有小大之異，蓋未之思歟？

〔註 7〕文淵閣《四庫全書》本稱其底本爲內府藏本，即是天祿琳琊的藏本，據《天祿琳琊書目續編，卷十二著錄《潁濱先生詩集傳》，云：「書十九卷，依章解義，前引《小序》而以其反復繁重，類非一人之詞，疑爲毛公之學、衛宏所集，故書中惟存發端一言，以下餘文實從刪云。明焦竑刻入《兩蘇經解》本。」（頁 1469～1470，台北，廣文書局，1968 年 3 月初版）可知。

〔註 8〕參林師慶彰《知識的水庫——歷代對圖書文獻的整理與保藏》，收載於《中國文化新論・學術篇》，頁 574～575。

卷十《南陔之什》卷首說明重訂《毛詩》《小雅》篇什的理由，云：

> 此三詩（按：指《南陔》、《白華》、《華黍》三首亡詩）皆亡其辭，古者鄉飲酒、燕禮皆用之，孔子編詩，蓋亦取焉。歷戰國及秦亡之，而獨存其義，毛公傳詩，附之《鹿鳴之什》，遂推改什首，予以爲非古，於是復爲《南陔之什》，則《小雅》之什，皆復孔子之舊。

據此重訂《毛詩》《小雅》的篇什爲《鹿鳴之什》（卷九）、《彤弓之什》（卷十）、《祈父之什》（卷十一）、《小旻之什》（卷十二）、《北山之什》（卷十三）、《桑扈之什》（卷十四）、《都人士之什》（卷十五），各以十篇爲什，與《毛詩》《小雅》之篇什：《鹿鳴之什》十三篇（卷九）、《南有嘉魚之什》十三篇（卷十）、《鴻雁之什》十篇（卷十一）、《節南山之什》十篇（卷十二）、《谷風之什》十篇（卷十三）、《甫田之什》十篇（卷十四）、《魚藻之什》十四篇（卷十五）異趣。卷十九《周頌》卷首解說《周頌》的起源、用途、時代，並推究《周頌》諸詩編次先後之意。卷二十《魯頌》卷首解說「魯以諸侯而作頌」之意；《商頌》卷首解說《商頌》之來源、時代及其名頌之意。

在卷首解說文字之後，即依照詩篇之前後，逐一訓釋各詩的章句大旨，各詩皆錄本文，形式上，大抵按照詩句之先後摘句解釋，然後再釋詩旨。在詩旨的訓釋方面，蘇轍以爲今存的《毛詩序》「其言時有反覆煩重，類非一人之詞者，凡此皆毛氏之學而衛宏之所集錄也。」（《詩集傳》，卷一），因此全書僅錄《毛詩序》的首句，如「《關雎》，后妃之德也。」、「《葛覃》，后妃之本也。」、「《卷耳》，后妃之志也。」、「《樛本》，后妃逮下也。」等，作爲詮釋各詩的依據，首句以下的餘文則全部刪汰，凡蘇轍認爲《毛詩序》有特別明顯的錯誤及不合乎詩旨的，則會提出來加以批判。如《周南・兔罝・序》云：「《兔罝》，后妃之化也。，《關雎》之化行，則莫不好德，賢人眾多也。」，《詩集傳》中僅錄「《兔罝》，后妃之化也。」作爲詮釋的依據，《兔罝》首章：「肅肅兔罝，椓之丁丁。赳赳武夫，公侯干城。」，蘇轍云：

> 肅肅，敬也。兔罝，兔罟也。丁丁，椓代聲也。干，盾也。罝兔之人，野之鄙人也。野之鄙人，禮之所不及也。禮之所不及者，其心無所不易，人而無所不易，則其於妻妾也，無所復敬矣。今婦人能以禮自將敬而不可慢，故其夫雖罝兔之鄙人，而猶知敬之，夫人知敬其妻妾，則無所不敬，是以至於椓杙而猶肅肅也。赳赳，有力之貌也。罝兔之人，則赳赳之武夫也。世未嘗患無武夫，獨患其不知敬而不可近，今武而知敬，故可以爲公侯干城也。《桃夭》言后妃能使婦人不以色驕其夫，而《兔罝》言其能使婦人以禮克君子之慢，故《桃夭》曰「致」，而《兔罝》曰「化」。夫致者，可

以直致，而化者其功遠矣。（卷一）

此即以《毛詩序》首句爲釋詩的依據，並進而推闡之例。又如《魏風・葛屨・序》云：「《葛屨》刺褊也。魏地狹隘，其民機巧趨利，其君儉嗇褊急，而無德以將之。」、《園有桃・序》云：「《園有桃》，刺時也。大夫憂其君，國小而迫，而儉以嗇。不能用其民，而無德教，日以侵削，故作是詩也。」、《陟岵・序》云：「《陟岵》，孝子行役，思念父母也。國迫而數侵削，役乎大國，父母兄弟離散，而作是詩也。」、《十畝之間・序》云：「《十畝之間》，刺時也。言其國削小，民無所居焉。」，蘇轍云：

> 魏本姬姓之國，晉獻公滅之，以封大夫畢萬，其地南枕河曲，北涉汾水，舜禹之都在焉。其民猶有虞夏之遺風，習於儉約。而晉自僖公以來，變風既作，及魏爲獻公所并，其人作詩以譏刺晉事，如《邶》、《鄘》之詩，其實皆衛之得失，故孔子之編詩，列之唐詩之上，亦如《邶》、《鄘》、《衛》之次，然《毛詩》之敘魏詩則曰：「魏地狹隘，其民機巧趨利，其君儉嗇褊急。」、「國迫而數侵削，役乎大國。」、「民無所居」，蓋猶以爲故魏詩，而不知其爲晉詩也。（《詩集傳》，卷五）

此即蘇轍認爲《毛詩序》有明顯的錯誤，因而提出來加以批判之例，全書有關詩旨的訓釋，大抵如此。

第五章　《詩經》詮釋典範的動搖——蘇轍對漢學典範的反省、修正與批駁

第一節　蘇轍之廢《續序》及對《詩序》的批駁

在《詩經》漢學典範的牢籠支配期間，關於《詩序》的作者及權威，咸少受到學者的質疑。學者讀《詩》、說《詩》均在子夏作《詩序》，及《詩序》傳自孔子、愜合聖人本義的信念下，來進行《詩經》的理解及詮釋活動〔註1〕。其間只有韓愈、成伯璵曾對《詩序》的作者提出質疑〔註2〕，然而靈光一閃，入宋以後，在宋儒高度理性與自覺的態度下，《詩序》的作者才成爲學者詮釋《詩經》的主要論題。而宋儒對於《詩序》作者的看法迥異於漢魏諸儒，這正是《詩經》詮釋史上，漢、宋學所以分途異轍的關鍵。北宋大儒如歐陽脩、張載、王安石、二程均曾就此一問題提出他們的看法。歐陽脩認爲《詩序》的作者雖不可知，但絕非子夏作〔註3〕，張載認爲

〔註1〕《小雅・常棣疏》引《鄭志》曰：「此《序》子夏所爲，親受聖人。」（《詩疏》，卷九之一，頁12），《詩譜序・疏》：「三百一十一篇皆子夏爲之作《序》，明是孔子舊定。」（卷首，頁五），是鄭玄、孔穎達均以爲子夏序《詩》，傳自孔子。此外，王肅、陸璣亦皆主張子夏序《詩》。王肅《孔子家語・注》：「子夏所序《詩》義，今之《毛詩序》是。」（卷九，頁2），陸璣《毛詩草木鳥獸蟲魚疏》云：「孔子刪《詩》授卜商，商爲之序。」（卷下，頁18）

〔註2〕韓愈作《詩之序議》認爲《詩序》非子夏作，是「漢之學者，欲自顯立其傳，因藉之子夏，故其序大國詳、小國略，斯可見矣。」《毛詩李黃集解》卷一，頁2引）成伯璵以爲子夏唯作《詩大序》及《詩序》之首句，首句以下是大毛公「自以詩中之意而繫其辭也」（《毛詩指說・解說第二》，頁7～8）。

〔註3〕《詩本義》卷十四，《序問》：「或問詩之《序》，卜商作乎？衛宏作乎？非二人之作，則作者誰乎？應之曰：『《書》、《春秋》皆有《序》而著其名氏，故可知其作者；《詩》之《序》不著其名氏，安得而知之乎？雖然，非子夏之作，則可以知也。』曰：『何

「《詩序》必是周時所作，然亦有後人添入者。」(《張子全書》，卷之四，頁 92)，王安石認爲《詩序》並非子夏作，是國史撰作，又謂《詩序》是詩人自作〔註4〕，二程認爲《詩大序》是孔子作，《小序》是國史作，其間並有後人添入〔註5〕。蘇轍在「回歸原典」(return to sources)、不重傳注及講究「深思自得」的治經性格下〔註6〕，對於《詩序》、《詩序》的作者及《毛傳》、《鄭箋》、《毛詩正義》所構建的《詩經》漢學典範的種種問題，進行了廣泛的反省與思考。關於《詩序》及《詩序》的作者，蘇轍提出了較歐、張、王、程諸儒更深入的看法，他說：

> 孔子之敘《書》也，舉其所爲作《書》之故，其贊《易》也，發其可以推《易》之端，未嘗詳言之也。非不能詳，以爲詳之則隘，是以常舉其略，以待學者自推之。故其言曰：「仁者見之謂之仁，智者見之謂之智。」夫唯不詳，故學者有以推而自得之。今《毛詩》之《敘》，何其詳之甚也！世傳以爲出於子夏，予竊疑之。子夏嘗言《詩》於仲尼，仲尼稱之，故後世之爲《詩》者附之。要之，豈必子夏爲之，其亦出於孔子或弟子之知《詩》者歟？然其誠出於孔氏也，則不若是詳矣。孔子刪《詩》，而取三百五篇，今其亡者六焉，亡《詩》之《敘》未嘗詳也，《詩》之亡者，經師不得見矣，雖欲詳之而無由，其存者將以解之，故從而附益之，以自信其說，是

以知之？』應之曰：『子夏親受學於孔子，宜其得《詩》之大旨，其言風雅有變正，而論《關雎》、《鵲巢》繫之周公、召公，使子夏而序詩，不爲此言也。』」(頁 10～11)

〔註 4〕李樗、黃櫄《毛詩李黃集解》卷一，頁 2～3 引王氏曰：「世傳以爲言其義者子夏也。觀其文辭，自秦漢以來諸儒，蓋莫能與於此。然傳以爲子夏，臣竊疑之。詩上及文王、高宗、成湯，如《江有汜》之爲「美媵」，《那》之爲「祀成湯」，《殷武》之爲「祀高宗」。方其作時，無義以示後世，則雖孔子亦不可得而知，況於子夏乎？」又輔廣《詩童子問》，卷首，頁 52、劉瑾《詩傳通釋》，卷首，頁 1、胡廣《詩傳大全．詩序》，頁 3，均載有王安石「《詩序》是國史撰作」之說。晁公武《郡齋讀書志》卷二，載王安石謂《詩序》是詩人自作：「王介甫獨謂詩人所自製。按：《韓詩序．芣苢》曰：「傷夫也。」、《漢廣》曰：「悅人也。」，《序》若詩人所自製，《毛詩》猶《韓詩》也，不應不同若是。」(頁 346)。

〔註 5〕《河南程氏遺書》，卷十八：「問：『《詩》如何學？』曰：『只在《大序》中求。《詩》之《大序》，分明是聖人作此以教學者，後人往往不知是聖人作。』」(《二程集》，頁 229)。「問：『《詩小序》何人作？』曰：『但看《大序》即可見矣。』曰：『莫是國史作否？』曰：『《序》中分明言『國史明乎得失之跡』，如非國史，則何以知其所美所刺之人？使當時無《小序》，雖聖人亦辨不得。』曰：『聖人刪詩時，曾刪改《小序》否？』曰：『有害義理處，也須刪改。今之《詩序》，卻煞錯亂，有後人附之者。』」(同上)。又卷二十四亦云：「《詩大序》，孔子所爲，其文似繫辭，其義非子夏所能言也。《小序》，國史所爲，非後世所能知也。」(《二程集》，頁 312)。

〔註 6〕參本論文第三章第二節《蘇轍之著述》之說明。

以其言時有反覆煩重，類非一人之詞者，凡此皆毛氏之學而衛宏之所集錄也。東漢《儒林傳》曰：「衛宏從謝曼卿受學，作《毛詩敘》，善得風雅之旨，于今傳於世。」《隋經籍志》曰：「先儒相承，謂《毛詩敘》子夏所創，毛公及衛敬仲又加潤益。」古說本如此，故予存其一言而已，曰：「是詩言是事也」，而盡去其餘，獨采其可者見於今傳，其尤不可者，皆明者其失，以爲此孔氏之舊也。(《詩集傳》卷一)

蘇轍這段辨析《詩序》及《詩序》作者的長文，有幾點非常可貴而特別値得注意，第一，他認爲《毛詩序》的作者不是子夏，說子夏作《毛詩序》，是後代傳《詩》者附會《論語‧八佾》篇的記載而來的，第二，他根據《南陔》、《白華》、《華黍》、《由庚》、《崇丘》、《由儀》六篇亡詩《詩序》的簡要來看，指出這是由於漢代的經師未見此六篇亡詩的詩文，因此無從附會衍伸，其他的三百零五篇詩，由於詩文俱在，因此經師乃能加以附會衍伸，今存的《毛詩序》所以如此詳盡，且「其言時有反覆煩重，類非一人之詞者」，正是漢代《毛詩》經師附益的結果——「凡此皆毛氏之學而衛宏之所集錄也」，第三，根據《後漢書‧儒林傳》、《隋書‧經籍志》的記載，也能證成《毛詩序》確是「毛氏之學而衛宏之所集錄」，第四，《毛詩序》非成於一時一人，《毛詩序》的首句推測是孔子作《序》的原貌，首句以下的餘文，則是出自漢代經師之手——「毛氏之學而衛宏之所集錄」，以上四點，在《詩經》的詮釋史上，就辨析《詩序》及《詩序》的作者而言，蘇轍的說法都較前儒時賢深入而精闢，超邁了以往無數詮釋《詩經》的學者，往後有爲數甚眾的學者，均順著蘇轍的理路、觀點，重新進行對《詩經》的詮釋與思考〔註7〕。《毛詩序》既然是「毛氏之學而衛宏之所集錄」，既然是「其言時有反覆煩重，類非一人之詞」，當然便不足以揭示《詩經》的眞義，也不足以尊信，因此，蘇轍便進一步刪去《毛詩序》首句以下的申述語（《續序》），僅以《毛詩序》首句（《首序》）作爲詮釋《詩經》的依據，對於《毛詩序》明顯的錯誤及不合詩旨的，則加以批駁，這一詮釋《詩經》的路向，在《詩經》詮釋史上，乃是一種具有革命性之舉，初步動搖了《詩序》所具有的典範性質，影響頗爲深遠〔註8〕。

《詩序》是《詩經》各篇的解題，先儒以《周南‧關雎‧序》篇幅最長，並總論三百篇之大旨，所以稱爲《大序》，《周南‧葛覃》以下各篇之《詩序》，則稱爲《小序》，《大序》中的分迄，又有不同〔註9〕。實際上，《詩序》本無大小之分〔註10〕，

〔註7〕詳第七章《詩集傳》在《詩經》詮釋史上的影響。

〔註8〕同註7。

〔註9〕孔穎達《毛詩正義》引《釋文》載舊說云：「起此（按：指「《關雎》，后妃之德也。」）

《詩集傳》即統稱《毛詩序》。蘇轍對於《毛詩序》的批駁，有批評《毛詩序》首句爲誤的（即《首序》），如《陳風・墓門》、《魯頌・有駜》、《泮水》、《閟宮》，而絕大部份集中在《毛詩序》首句以下的申述語（即《續序》）〔註11〕，即蘇轍認爲是出自漢儒增益的部份，凡《毛詩序》明顯的錯誤，皆加以批駁，所謂「其尤不可者，皆明著其失」，共三十二篇，凡《周南・麟之趾》，《召南・鵲巢》、《羔羊》，《邶風・柏舟》、《雄雉》、《旄丘》、《簡兮》，《衛風・竹竿》，《鄭風・將仲子》、《山有扶蘇》、《蘀兮》、《野有蔓草》，《齊風・東方未明》，《魏風・葛屨》、《園有桃》、《陟岵》、《十畝之間》，《陳風・墓門》，《小雅・采薇》、《出車》、《杕杜》、《庭燎》、《雨無正》、《裳裳者華》、《魚藻》，《大雅・蕩》、《召旻》，《周頌・絲衣》、《酌》，《魯頌・有駜》、《泮水》、《閟宮》三十二篇。

蘇轍對於《毛詩序》的批駁，大致可分爲以下六類：一、詩中無此意，出於《毛詩序》的附會衍說，如《周南・麟之趾》、《召南・羔羊》、《邶風・雄雉》、《小雅・雨無正》、《裳裳者華》、《周頌・酌》，二、《毛詩序》解釋不當，不合詩旨，如《召南・鵲巢》、《邶風・簡兮》、《衛風・竹竿》、《鄭風・將仲子》、《山有扶蘇》、《蘀兮》、《野有蔓草》、《齊風・東方未明》、《陳風・墓門》、《小雅・庭燎》、《魚藻》、《魯頌・

至『用之邦國焉。』名《關雎序》，謂之《小序》。自『風，風也。』訖末，名爲《大序》。』」（卷一，頁3）。成伯璵《毛詩指說》云：「學者以《詩》大小《序》皆子夏所作，如《關雎》之《序》，首尾相接，冠束《二南》，故昭明太子亦云《大序》是子夏全制，編入文什。其餘眾篇之《小序》，子夏惟裁初句耳，至也字而止。『《葛覃》，后妃之本也。』、『《鴻鴈》，美宣王也。』，如此之類是也。」（《解說》第二，頁7～8）。陸德明《經典釋文》引舊說以「《關雎》，后妃之德也。」至「用之邦國焉」爲《小序》，以「風，風也。」至「《關雎》之義也」爲《大序》（《毛詩正義》卷一，頁3）。朱熹《詩序辨說》以「《關雎》，后妃之德也。」至「教以化之」、「然則《關雎》、《麟趾》之化」至「是《關雎》之義也」及以下各篇之序爲《小序》，以「詩者，志之所之也。」至「詩之至也」爲《大序》（卷上，頁2～5）。范家相《詩瀋》以「風，風也。」至「王化之基」爲《大序》，其餘爲《小序》（卷三，《周南・關雎》條，頁3）

〔註10〕陸德明《經典釋文》云：「今謂此《序》，止是《關雎》之《序》，總論詩之綱領，無大小之異。」（《毛詩正義》，卷一，頁3）。崔述《讀風偶識》云：「余案《詩序》自『《關雎》，后妃之德也。』以下，句相承，字相接，……章法井然，首尾完密，此固不容別分爲一篇也。……由是言之，《序》不但非孔子、子夏所作，亦原無大小之分，皆人自以意推度之耳。」（卷一，頁7～8）

〔註11〕《首序》之說本嚴粲，嚴粲《詩緝》以《詩序》首二語爲《首序》，見卷十三，《陳風・東門之枌》下注，頁3。《續序》之說本程大昌，程氏《詩論》以詩序首二語以下的續伸之辭爲《續序》，唯程氏除稱續伸之辭爲《續序》外，他以爲《續序》出於衛宏，故又稱作《宏序》。又清、龔橙《詩本誼》亦以首二語以下的續伸之辭爲《續序》。

有駜》、《泮水》、《閟宮》，三、《毛詩序》言辭重複、雜取眾說，非一人之辭，如《邶風・旄丘》、《周頌・絲衣》，四、《毛詩序》解釋篇名之誤，如《大雅・蕩》、《召旻》，五、《毛詩序》不知《魏風》實爲晉詩而誤，如《魏風・葛屨》、《園有桃》、《陟岵》、《十畝之間》，六、《毛詩序》誤定詩之年代，如《小雅・采薇》、《出車》、《杕杜》，茲撮要舉例如下：

一、詩中無此意，出於《毛詩序》的附會衍說

1. 《周南・麟之趾・序》云：

> 《麟趾》，《關雎》之應也。《關雎》之化行，則天下無犯非禮。雖衰世之公子，皆信厚如麟趾之時。

蘇轍云：

> 麟，仁獸也。其於仁也，非有意爲之，其資之也天矣。《關雎》之時，人君與其后妃皆賢，故其生子無不賢者。夫公子之賢，非其身則爲之，父母之所以資之者遠矣。是以信厚振振而不自知，猶麟之於仁也。毛詩之《敍》曰：「《關雎》之化行，則天下無犯非禮，雖衰世之公子，皆信厚如麟趾之時。」失《關雎》之化行，則公子信厚，公子之信厚如麟之仁，此所謂應矣，未嘗言其時也。捨麟之德而言其時，過矣。(《詩集傳》，卷一)

《毛詩序》由《首序》「《麟趾》，《關雎》之應也。」推衍出「雖衰世之公子，皆信厚如麟趾之時。」，蘇轍認爲詩中「未嘗言其時也。捨麟之德而言其時」，純是《毛詩序》不愜詩意的衍說。

2. 《召南・羔羊・序》云：

> 《羔羊》，《鵲巢》之功致也。召南之國，化文王之政，在位皆節儉正直，德如羔羊。

蘇轍云：

> 《毛詩》之《敍》曰：「召南之國，化文王之政，在位皆節儉正直，德如羔羊。」夫君子之愛其人，則樂道其車服，是以詩言羔羊之皮而已，非言其德也，言其德則過矣。(《詩集傳》，卷一)

《毛詩序》由《首序》「《羔羊》，《鵲巢》之功致也。」推衍出「召南之國，化文王之政，在位皆節儉正直，德如羔羊。」，蘇轍認爲詩中所敘寫的「羔羊之皮」，並不具有「德如羔羊」之意，詩人所以敘寫「羔羊之皮」，是因爲「愛其人，則樂道其車服」，由人及物，並無深意，說「德如羔羊」，純是《毛詩序》的附會衍說。朱熹《召南・羔羊・詩序辨說》云：「此《序》得之，但『德如羔羊』一句爲衍說耳。」（卷

上，頁 11）即是明顯的採用蘇轍的說法。清儒姚際恒在《詩經通論》中，力駁此篇《詩序》之非，也是明顯地在蘇轍駁《序》的基礎上，作進一步的批判與詮釋〔註 12〕。

3. 《邶風・雄雉・序》云：

> 《雄雉》，刺衛宣公也。淫亂不恤國事，軍旅數起，大夫久役，男女怨曠，國人患之，而作是詩。

蘇轍云：

> 《毛詩》之《敘》曰：「宣公淫亂，不恤國事，軍旅數起，大夫久役，男女怨曠」，夫此詩言宣公好用兵，如雄雉之勇於鬥，故曰：「不忮不求，何用不臧？」。以為「軍旅數起，大夫久役」是矣，以為并刺其淫亂怨曠，則此詩之所不言也。（《詩集傳》，卷二）

《毛詩序》由《首序》「刺衛宣公也。」推衍出「宣公淫亂不恤國事，軍旅數起，大夫久役，男女怨曠」，這是標準的「以史證詩」〔註 13〕，宣公淫亂、軍旅數起之事，皆載於載籍〔註 14〕，蘇轍認為此詩僅是刺宣公好用兵，致軍旅數起，大夫久役，並無諷刺宣公淫亂，導致男女怨曠之意。說此詩一併諷刺「宣公淫亂」，導致「男女怨曠」，純是《詩序》的附會衍說。

〔註 12〕《詩經通論》卷二釋《召南・羔羊》云：「《小序》謂『《鵲巢》之功致』甚迂，難解。《大序》謂『節儉正直，德如羔羊。』其謂『德如羔羊』，謬不待辨；即所謂『節儉正直』，詩中于何見耶？大夫羔裘，乃當時之制，何得謂之節儉！此詩固贊美大夫，然無一字及其賢，又何以獨知其正直乎！蘇氏駁『德如羔羊』之非，而以為羔裘婦人所為寘功，仍附合『《鵲巢》之功致』意，《集傳》不用《序》他說，而仍曰『節儉正直』，可見後人之不能擺脫《詩序》如此。若夫或以其為服羊裘，孔氏明辨是羔裘，非羊裘。及以二章、三章言『革』言『縫』為節儉，或以為羊性柔順，逆牽不進，象士難進易退，為正直，所謂『豈徒順之，又從為之辭』是已。此篇美大夫之詩，詩人適見其羔裘而退食，即其服飾、步履之間以歎美之，而大夫之賢不益一字，自可于言外想見，此風人之妙致也。」（頁 40）

〔註 13〕詩、史具有本質上的差異。詩具有歧義性、多義性與虛構性，其所敘寫的內容不必是事實，不必有客觀存在的指涉；詩的表現主要在於抒發作者的主觀情志、感受。史則不然，歷史的敘寫必以事實為根據，沒有事實，歷史的意義便無法構成。《詩序》往往以見諸載籍的具體歷史事實，強植入虛靈的詩歌中，致流於穿鑿附會，此謂之「以史證詩」。關於詩、史的性質及差異，可參龔鵬程《文學散步》、《文學批評的視野》及顏崑陽《李商隱詩箋釋方法論》等書。

〔註 14〕《左傳》桓公十六年：「初，衛宣公烝於夷姜，生急子，屬諸右公子為之，娶於齊而美，公取之，生壽及朔，屬壽於左公子，夷姜縊。」（《左傳正義》，卷七，頁 22）杜預《注》：「夷姜，宣公之庶母也。」（同上）宣公淫亂庶母夷姜，又強奪子媳之事，亦見《史記・衛世家》、《列女傳》、《新序》等書。又陳奐《詩毛氏傳疏》云：「春秋衛宣公於魯隱四年即位。明年衛入郕。又與宋入鄭，伐戴。又與陳蔡從王伐鄭。又與齊鄭伐魯，戰于郎，皆其軍旅事也。」（卷三，頁 93）。

4. 《小雅・裳裳者華・序》云：

> 《裳裳者華》，刺幽王也。古之仕者世祿，小人在位，則讒諂並進，棄賢者之類，絕功臣之世焉。

蘇轍云：

> 《毛詩》之《序》曰：「古之仕者世祿，小人在位，則讒諂並進，棄賢者之類，絕功臣之世」，原其所以爲是說者，不過以《詩》之「乘其四駱」爲守其先人之祿位，是以似之，爲嗣其先祖，其說蓋勞苦而不明如此。至於小人讒諂，則是詩之所無有，是以知其爲曲說而不可信也。(《詩集傳》，卷十三)

蘇轍認爲《毛詩序》「古之仕者世祿」云云，是由詩中「乘其四駱」一句附會而來的，至於說「小人在位，則讒諂並進」更是標準的附會衍說，詩中並無此意。

二、《毛詩序》解釋不當，不合詩旨

1. 《齊風・東方未明・序》：

> 《東方未明》，刺無節也。朝廷興居無節，號令不時，挈壺氏不能掌其職焉。

蘇轍云：

> 《毛詩》之《敘》曰：「朝廷興居無節，號令不時，挈壺氏不能掌其職。」，夫雖衰亂之世，蚤莫不易挈壺之職，雖或失之，而天時猶在，何至於未明而顚倒衣裳哉！毛氏因「東方未明，不能辰夜」而信以爲然，其說亦已陋矣。(《詩集傳》，卷五)

蘇轍認爲《毛詩序》據「東方未明」、「不能辰夜」（屈萬里：「猶言不辨晨夜也。」，《詩經詮釋》，頁 169）之語，又相信詩中所說「東方未明，顚倒衣裳」之事，因而詮釋此詩爲「朝廷興居無節」云云，是詮釋卑陋，不得詩旨。

2. 《小雅・魚藻・序》：

> 《魚藻》，刺幽王也。言萬物失其性，王居鎬京，將不能以自樂，故君子思古之武王焉。

蘇轍云：

> 魚何在？亦在藻耳。其所依者至薄也。然其首頒然而大，自以爲安，不知人得而取之也。今王亦在鎬耳，寡恩無助，天下將有圖之者，而飲酒自樂，恬於危亡之禍，亦如是魚也。毛氏因「在鎬」之言，故序此詩爲「思武王」，以「在藻」、「汾首」爲「魚得其性」，蓋不識「魚在？在藻。」之有危意

也。（《詩集傳》，卷十四）

蘇轍認爲詩中描述魚依藏於水藻之間，是具有危險的意思——因爲「其首頒然（《毛傳》:「頒，大首貌。」）而大，自以爲安，不知人得而取之也。」，如幽王在鎬京（按：鎬京，西周都城，在今陝西省長安市西，都鎬始自武王。）「寡恩無助，天下將有圖之者，而飲酒自樂，恬於危亡之禍，亦如是魚也。」。《毛詩序》由「王在？在鎬。」因而推衍出「君子思古之武王焉」，又《毛傳》解釋「魚在？在藻。有頒其首。」爲「魚以依蒲藻爲得其性」（《毛詩正義》，卷二十二，頁 1），蘇轍認爲《毛詩序》、《毛傳》之誤，在於「不識『魚在？在藻。』之有危意也」。

3. 《衛風・竹竿・序》:

《竹竿》，衛女思歸也。適異國而不見答，思而能以禮者也。

蘇轍云：

此詩《敘》與《泉水・敘》同，皆父母終，不得歸寧者也。毛氏不知「泉源淇水」、「檜楫松舟」之喻，以爲此夫婦不相能之辭，故敘此詩爲「適異國而不見答，思而能以禮者」，失之矣。（《詩集傳》，卷三）

蘇轍認爲《竹竿》與《邶風・泉水》的《詩序》相同，詩旨都是「父母終，不得歸寧」之意，《毛詩序》據詩中所云「泉源在左，淇水在右」、「淇水悠悠，檜楫松舟」，而解釋爲「適異國而不見答，思而能以禮者也。」，牽扯曲解到夫婦之間的不合，蘇轍認爲不合詩旨。

4. 《鄭風・山有扶蘇・序》:

《山有扶蘇》，刺忽也。所美非美然。

蘇轍云：

《毛詩》之《敘》以爲「所美非美」，故其言扶蘇、荷華也，曰:「此高下大小，各得其宜」云爾。然而夫蘇非大木也，鄭氏知其不可，故易之曰：「此小人在上，而君子在下之謂也。」然而喬松非惡木，而游龍非美草，則又曰:「此大臣無恩，而小臣放恣之謂也。」夫使說者勞而不得，皆《敘》惑之也。（《詩集傳》，卷四）

蘇轍認爲由於《毛詩序》「所美非美然」一句的誤說，致使鄭玄箋此詩「山有扶蘇，隰有荷華」爲:「扶胥之木生於山，喻忽置不正之人于上位也。荷華生於隰，喻忽置有美德者于下位，此言其用臣顛倒，失其所也。」（《毛詩正義》，卷四之三，頁 8）；箋「山有喬松，隰有游龍」爲:「喬松在山上，喻忽無恩澤於大臣也。紅草放縱枝葉於隰中，喻忽聽恣小臣，此又言養臣顛倒，失其所也。」（同上，頁 9）凡此鄭玄箋詩而不得詩旨，即是由於尊信《毛詩序》，致爲《毛詩序》所惑的緣故。

5. 《陳風・墓門》

《陳風・墓門》的詩旨，據《毛詩序》之說是：「刺陳佗也。陳佗無良師傅，以至於不義，惡加於萬民焉。」（《毛詩正義》，卷七之一，頁 10）根據《左傳》桓公五年、六年的記載，陳佗是陳國國君桓公的庶弟，於桓公臥病時殺害太子免，桓公卒後，代免而自立爲君，使陳國陷於動亂之中，後亦遭蔡人所殺〔註 15〕。《詩序》釋《墓門》一詩的內容及背景，大抵即是《左傳》所記載的事實。

《鄭箋》及《正義》訓釋《墓門》之詩旨，皆從《毛詩序》之說〔註 16〕，蘇轍訓釋此詩，提出了不同於《詩序》、鄭、孔的看法：

> 陳佗，陳文公之子而桓公之弟也。桓公疾病，佗殺太子免而代之。桓公之世，陳人知佗之不臣矣，而桓公不去，以及於亂，是以國人追咎桓公，以爲桓公之智不能及其後，故以《墓門》刺焉。（《詩集傳》，卷七）

蘇轍認爲《墓門》並非諷刺陳佗，而是諷刺桓公，因爲當桓公之時，陳國臣民皆已看出陳佗有篡逆不臣之心，而當時桓公既不能廢去陳佗，終使陳國陷於大亂，桓公不能保全其後，完全是因爲本身缺乏智慧、識見所致，所以詩人作《墓門》以譏刺、歸咎桓公。《毛詩序》、《鄭箋》、《毛詩正義》既以此詩是諷刺陳佗無良師傅，以至於不義，惡加於萬民，因此釋《墓門》「夫也不良，國人知之」之「失」爲「傅相」〔註 17〕，又以「墓門有棘，斧以斯之」之「斧」、「墓門有梅，有鴞萃止」之「鴞」擬爲陳佗之

〔註 15〕《左傳》桓公五年：「春正月，甲戌，己丑，陳侯鮑卒。再赴也。於是陳亂，文公子佗殺太子免而代之。公疾病而亂作，國人分散，故再赴。」（《左傳正義》，卷六，頁 9）六年：「蔡人殺陳佗。」（同上，頁 16）。

〔註 16〕《鄭箋》釋《毛詩序》：「《墓門》，刺陳佗也。陳佗無良師傅，以至於不義，惡加於萬民焉。」，云：「不義者，謂弒君而自立。」（《毛詩正義》，卷七之一，頁 10）；釋《墓門》「墓門有棘，斧以斯之。」，云：「興者，喻陳佗由不覩賢師良傅之訓道，至陷於誅絕之罪。」（同上，頁 11）；釋「夫也不良，國人知之。」，云：「陳佗之師傅不善，群臣皆知之，言其罪惡著也。」（同上）：釋「墓門有梅，有鴞萃止。」，云：「梅之樹善惡自有，徒以鴞集其上而鳴，人則惡之，性因惡矣。以喻陳佗之性本未必惡，師傅惡而陳佗從之而惡。」（同上，頁 12）《毛詩正義》釋《墓門・序》云：「陳佗身行不義，惡加萬民，……由其師傅不良，故至於此。既立爲君，此師傅猶在，陳佗乃用其言，必將至誅絕，故作此詩以刺佗，欲其去惡傅而就良師也。經二章皆是戒佗令去其惡師之辭。」（卷七之一，頁 10～11）

〔註 17〕《毛傳》：「夫，傅相也。」，《鄭箋》：「陳佗之師傅不善，群臣皆知之，言其罪惡著也。」，《正義》：「言墓道之門幽閒，由希覩人行之跡，故有此棘，此棘既生，必得斧乃可以開析而去之，以興陳佗之身不明，由希覩良師之教，故有此惡。此惡既成，必得明師乃可以訓道而善之，非得明師，惡終不改，必至誅絕。故又戒之云：汝之師傅不善，國內之人皆知之矣，何以不退去之乎？欲其退惡傅，就良師也。」（以上俱見《毛詩正義》，卷七之一，頁 11）。

師傳〔註 18〕，對此，蘇皆提出了批駁：

> 夫墓門而生棘，亦以斧析之則已，不然，吾恐女死而棘盛，以害女墓也。斯，析也。夫，陳佗也，佗之不良，國人莫不知之者，知而不之去，昔者誰爲此乎？蓋歸咎桓公也。然毛氏不知《墓門》之爲桓公，而以爲陳佗，故以「斧」、「鴞」皆爲佗之師傅，其序此詩亦曰：「佗無良師傅，以至於不義，惡加於萬民。」，失之矣。（《詩集傳》，卷七）

蘇轍釋「夫也不良，國人知之」之「夫」爲陳佗，對於《詩序》、《毛傳》以「夫」爲「傅相」，並以「斧」、「鴞」擬爲陳佗之師傅，謂《墓門》是指陳佗無良師傅，以至於不義云云，以爲皆不合詩意。

蘇轍釋《墓門》，以爲此詩是詩人諷刺、歸咎桓公不能早去陳佗，致使陳國陷於大亂而作。《墓門》一詩之所由作及其背景，倘即是《左傳》桓公五年、六年的記載，那麼，蘇轍的詮釋似較《詩序》所說更爲合理，深入。《詩序》、毛、鄭之說釋「夫」爲陳佗之師傅，又以「斧」、「鴞」喻指陳佗之師傅，而謂「陳佗無良師傅，以至於不義」云云，皆不免過於迂曲，清儒姚際恒、方玉潤、吳闓生對於蘇轍的究探此詩之義皆頗表讚同、欣賞，又清儒魏源釋「夫也不良」之「夫」爲陳佗，亦與蘇轍詮釋的觀點相同〔註 19〕。

〔註 18〕《墓門》「墓門有棘，斧以斯之。」，《鄭箋》：「興者，喻陳佗也不覩賢師良傳之訓道，至陷於誅絕之罪。」，同註 16，《毛詩正義》之說亦同註 16。「墓門有梅，有鴞萃止。」《鄭箋》：「梅之樹善惡自有，徒以鴞集其上而鳴，人則惡之，性因惡矣。以喻陳佗之性本未必惡，師傅惡而陳佗從之而惡。」（《毛詩正義》，卷七之一，頁 12）《正義》：「言墓道之門有此梅樹，此梅善惡自耳，本未必惡，徒有鴞鳥來集於其上而鳴，此鳴聲惡，梅亦從而惡矣。以興陳佗之身有此體性，此性善惡自然，本未必惡，正自有惡師來教之，此師既惡，陳佗亦從而惡也。」（同上）。

〔註 19〕姚際恒云：「蘇氏曰：『陳佗，陳文公之子而桓公之弟也。桓公疾病，佗殺其太子免而代之。桓公之世，陳人知佗之不臣矣，而桓公不去，以及于亂。是以國人追咎桓公，以爲智不及其後，故以《墓門》刺焉。『夫』指陳佗也。佗之不良，國人莫不知之，知之而不去，昔者誰爲此乎？』可謂善說此詩矣。」（《詩經通論》，卷七，頁 147）。方玉潤云：「《墓門》，刺桓公不能早去佗也。……案：《左傳》：『陳侯鮑卒，文公子佗殺太子免而代之，於是陳亂。』，《序》因以此詩爲刺陳佗，謂其無良師傅，以至於不義，雖無實據而詩與事合，固自可信。然詩非刺佗無良師傅，乃刺桓公不能去佗耳。蘇氏轍曰：『桓公之世，陳人知佗之不臣矣，而桓公不去，以及於亂，是以國人追咎桓公，以爲桓公之智不能及其後，故以《墓門》刺焉。『夫』指佗也，佗之不良，國人莫不知之者，知而不之去，昔者誰爲此乎？』」（《詩經原始》，卷七，頁 627～628）吳闓生云：「闓生案：《序》：『刺陳佗也。陳佗無良師傅，以至於不義，惡加於萬民焉。』，無良師傅云者，特窮其極惡之由，與《詩》『夫也不良』句初不相蒙，而拘者遂以『夫』爲斥傅相，此陋儒之妄解誤羼入《毛傳》中，毛公必不爾也。詩既刺佗，『夫也不良』，自指佗言，豈有以斥師傅之理？子由正之，是矣。」

6. 《魯頌・有駜》、《泮水》、《閟宮》

《魯頌・閟宮》的詩旨，據《毛詩序》的說法是：「頌僖公能復周公之宇也。」（《毛詩正義》，卷二十之二，頁 1），這大抵是根據詩文「居常與許，復周公之宇」而言說的。「常」、「許」二地，根據《毛傳》的說法，是指魯國邊邑的二個地方〔註 20〕，鄭玄則實指「許」是「許田」，是魯國「朝宿之邑」；「常」則或作「嘗」，在薛邑之旁〔註 21〕，孔穎達更根據《春秋》桓公元年「鄭伯以壁許田」及《公羊傳》的解釋：「許田者何？魯朝宿之邑也。」，而謂魯國有許地確見於經傳，因謂「桓公以許與鄭，僖公又得居之，故美其能復周公之宇也。」（《毛詩正義》，卷二十之二，頁 15），唯《春秋》經中並未記載僖公收復許田一事，孔氏則以爲是「經傳闕漏，故無其事也。」（同上）蘇轍對於《詩序》及鄭、孔據詩中之文而以爲《閟宮》是「頌僖公能復周公之宇」的說法，提出了異議，他說：

> 毛詩之《序》曰：「《駉》，頌僖公也。」「《有駜》，頌僖公君臣之有道也。」、「《泮水》，頌僖公能修泮宮也。」、「《閟宮》，頌僖公能復周公之宇也。」夫此詩所謂「居常與許，復周公之宇」者，人之所以願之而其實則未能也，而遂以爲頌其能復周公之宇，是以知三詩之《序》皆後世之所增，而《駉》之《序》則孔氏之舊也。（《詩集傳》，卷二十）

蘇轍認爲詩中所謂「居常與許，復周公之宇」，只是臣下的祝願之辭，是祝頌禧公能收復魯國的失地，並不是說僖公已經收復了「常」、「許」的失地，《詩序》的說法據實而言，不但不合詩旨，蘇轍以爲這正是出於後代續增的明證。由此而推，《魯頌》四篇除《駉・序》：「《駉》，頌僖公也。」一句，推測是孔子作《序》的原貌外，其餘《駉》的《續序》：「僖公能遵伯禽之法，儉以足用，寬以愛民，……」云云，及《有駜・序》：「《有駜》，頌僖公君臣之有道也。」、《泮水・序》：「《泮水》，頌僖公能脩泮宮也。」、《閟宮・序》「《閟宮》，頌僖公能復周公之宇也。」，蘇轍認爲皆是出於後代的增益，於《魯頌》四篇之《序》，蘇轍皆僅取錄「《駉》，頌僖公也。」、「《有駜》，頌僖公也。」、「《泮水》，頌僖公也。」、「《閟宮》，頌僖公也。」

（《詩義會通》卷一，頁 108）魏源云：「《墓門》，刺陳佗也。……『夫也不良』，斥佗也。……《傳》以「夫」爲傅相。《箋》、《疏》皆謂詩作于佗殺兄簒立之後，欲其誅退惡師，以免禍難，非《春秋》討賊同仇之義也。」（《詩古微》下編之一，《詩序集義》，頁 785～786）。

〔註 20〕《毛傳》：「常、許，魯南鄙、西鄙。」（《毛詩正義》，卷二十之二，頁 14）。

〔註 21〕《鄭箋》：「許，許田也，魯朝宿之邑也。常或作嘗，在薛之旁，《春秋》魯莊公三十一年『築臺于薛』是與？周公有嘗邑，許田，未聞也。六國時齊有孟嘗君食邑於薛。」（《毛詩正義》，卷二十之二，頁 14）。

一句而已。

除此之外，蘇轍對於當世學者以《泮水》所寫僖公遣將出兵，以克淮夷之功，及《閟宮》所言公子奚斯作新廟一事，皆不見於《春秋》經文，因而懷疑《泮水》、《閟宮》二詩的描述爲妄，也提出了他個人的解釋，他說：

> 此詩（按：指《泮水》）言既作泮宮，遣將出兵，以克淮夷，《閟宮》言公子奚作新廟，今考於《春秋》，其事皆不載，世有以是疑二詩之妄者，予嘗辨之。泮宮，魯之學也，閟宮，魯之廟也，自魯先君而有之矣。僖公因其舊而脩之，是以不見於《春秋》，至於淮夷之功，予亦疑焉，然此詩有之：「式固爾猶，淮夷卒獲。」，有所未獲而欲終之，則其所獲尚少也。自僖公至於孔子八世，事之小者，容有失之，其大者未有不錄也。今此詩之言甚美而大，則君臣之辭歟？（《詩集傳》，卷二十）

按：以《泮水》、《閟宮》所描述僖公的武功盛德之事——「既作泮宮，淮夷攸服。矯矯虎臣，在泮獻馘。」、「既克淮夷，孔淑不逆。」、「憬彼淮夷，來獻其琛。」（以上《泮水》）、「戎狄是膺，荊舒是懲。」、「淮夷來同，莫不率從，魯侯之功。」、「遂荒徐宅，至于海邦。淮夷蠻貊，及彼南夷，莫不率從。」（以上《閟宮》）俱不見於《春秋》、《史記》，而見載於《春秋》的魯國則明是弱國，因而懷疑此二詩所言爲妄的是歐陽脩〔註 22〕。蘇轍不同意歐陽脩的看法，蘇轍認爲《閟宮》所言公子奚作新廟，是指公子奚承僖公之命「因其舊而脩之」，只是脩緝原先的舊廟而已，並非建造新廟，因此《春秋》中並未記載。至於詩中所描述的僖公征伐淮夷的武功盛德，也是事實，只是僖公征伐淮夷所得仍少，所得仍少，所以想要達到完全征服淮夷的目的，根據詩中之文：「式固爾猶，淮夷卒獲。」（根據陳子展《詩經直解》的譯文是：「因爲堅持了您的戰略，淮夷就終於得以收服。」，卷二十九，頁 1165）可知。蘇

〔註 22〕歐陽脩云：「或問魯詩之頌僖公盛矣，信乎？其克淮夷，伐戎狄，服荊舒，荒徐宅，至于海邦蠻貊，莫不從命，何其盛也！《泮水》曰：『既作泮宮，淮夷攸服，矯矯虎臣，在泮獻馘』，又曰：『既克淮夷，孔淑不逆』，，又曰：『憬彼淮夷，來獻其琛』，《閟宮》曰：『戎狄是膺，荊舒是懲』，又曰：『淮夷來同，魯侯之功』，又曰：『遂荒徐宅，至于海邦，淮夷蠻貊，及彼南夷，莫不率從』，其武功之盛，威德所加，如詩所陳，五霸不及也。然魯在春秋時，常爲弱國，其與諸侯會盟征伐，見於《春秋》、《史記》者，可數也，皆無詩人所頌之事，而淮夷、戎狄、荊舒、徐人之事有見於《春秋》者，又皆與頌不合者，何也？案：春秋僖公在位三十三年，……由是言之，魯非強國可知也，烏有詩人頌威武之功乎？由是言之，淮夷未嘗服于魯也。……《詩》，孔子所刪正也；《春秋》，孔子所修也，《詩》之言不妄，則《春秋》疏謬矣，《春秋》可信，則《詩》妄作也，其將奈何？應之曰：吾固已言之矣，雖其本有所不能達者，猶將闕之是也，惟闕其不知以俟焉可也。」（《詩本義》，卷十四，《魯問》，頁 8～10）。

轍認為凡是大事，孔子整理《詩經》必定會加以選錄，《泮水》一詩描述僖公的武功德業如此盛大，不見載於《春秋》，而收錄於《詩經》中，他認為《泮水》可能是臣下頌君之辭，因為是頌辭，所以不免有所誇大侈言。

根據《春秋》經傳的記載，魯僖公曾於僖公十三年從齊桓公會於鹹地，為淮夷之病杞；十六年，從齊桓公會於淮地，為淮夷之病鄫〔註23〕，又根據屈萬里先生《尚書集釋・費誓》篇的解題，以為此篇當作於僖公十六年十二月，為僖公於費地誓師以征淮夷之辭〔註24〕，則僖公確有征伐淮夷之事。唯僖公的武功並不如詩中所描述的如此威武盛大，詩辭流於誇大、鋪張，即可能是臣下的頌辭之故。那麼，蘇轍對於《泮水》、《閟宮》二詩的詮釋，可謂頗有見地。

蘇轍對於《魯頌》四篇《詩序》、詩旨的辨析、批駁與詮釋，影響頗大，朱熹、

〔註23〕《春秋》僖公十三年經云：「公會齊侯、宋公、陳侯、衛侯、鄭伯、許男、曹伯于鹹。」《左傳》云：「夏會於鹹，淮夷病杞故，且謀王室也。」（《春秋左傳正義》，卷十三，頁 20）僖公十六年經云：「冬，十有二月，公會齊侯、宋公、陳侯、衛侯、鄭伯、許男、邢侯、曹伯于淮。」（《春秋左傳正義》，卷十四，頁 14）《左傳》云：「十二月，會於淮，謀鄫，且東略也。」（同上，頁 16）。

〔註24〕屈萬里先生云：「《書序》云：『魯侯伯禽宅曲阜，徐夷並興，東郊不開，作《費誓》。』《史記・魯世家》亦云：『伯禽即位之後，有管蔡等反也；淮夷徐戎，亦並興反。於是伯禽率師伐之於肹，作《肹誓》。』是《書序》、《史記》，皆謂本篇為伯禽伐淮夷徐戎等誓師之辭。歷代經師，皆從此說。近年余永梁撰《粊誓的時代》一文（見國立第一中山大學語言歷史學研究所週刊第一集第一期、及古史辨第二冊），則謂本篇乃魯僖公時作品。因：（一）、本篇文體與兮甲盤相似，不類周初作品。（二）、戎狄蠻夷等稱，春秋時最盛；本篇稱徐戎不稱徐方，與春秋時之風尚相合。楊氏《尚書覈詁》亦云：『竊疑西周諸侯，當承王命征伐：而此篇無一語道及王命，當是東周以後諸侯自專攻伐時之作品。且其文字，與《秦誓》相去不遠。據《魯頌・閟宮》：『奄有龜蒙，遂荒大東，至于海邦，淮夷來同。』又曰：『保有鳧繹，遂荒徐宅，至于海邦；淮夷蠻貊。』此確敘魯公征討徐戎淮夷之事。《泮水》：『既作泮宮，淮夷攸服。矯矯虎臣，在泮獻馘。』亦明為克服淮夷獻功之事。則《詩》、《書》所載，自屬一事。而《閟宮》有『莊公之子』一語，《鄭箋》以為僖公時事，似尚可信。』是楊氏亦以為本篇當作於魯僖公時也。按：本篇以『公曰』冠其首，知誓師者為諸侯，後文云：『魯人三郊三遂。』知此諸侯為魯公。而篇題曰『費誓』，知為魯公於費地誓師之辭。段氏《古文尚書撰異》云：『考春秋之初，費自為國。隱元年《左傳》云：『費伯率師城郎。』後并於魯，為季氏邑。僖元年《左傳》：『公賜季友汶陽之田及費』是也。』費未并於魯之前，魯公自不應誓師於其地；今既誓於費，知此時費已并於魯。亦可知此誓之作，不當前於魯僖公也。《春秋》僖公十三年經云：『公會齊侯，宋公、陳侯、衛侯、鄭伯、許男、曹伯于鹹。』《左傳》云：『淮夷病杞故。』又十六年經云：『冬，十有二月，公會齊侯、宋公、陳侯、衛侯、鄭伯、許男、邢侯、曹伯于淮。』《左傳》：『會于淮，謀鄫，且東略也。』據此，可斷本篇之作，如非僖公十三年，即為十六年。更以曾伯霥簠證之，知本篇當作於僖公十六年十二月也。說詳拙著《曾伯霥簠考釋》（見《書傭論學集》）」（《尚書集釋》，頁 246～247）。

呂祖謙、嚴粲、姚際恒、方玉潤、吳闓生之釋《閟宮》〔註25〕，朱熹、嚴粲、姚際恒、方玉潤之釋《有駜》〔註26〕，朱熹、呂祖謙、嚴粲、劉瑾、戴震、吳闓生之釋《泮水》〔註27〕，皆有所取資於蘇轍的觀點，或在蘇轍辨析、詮釋的基礎上，作進

〔註25〕朱熹釋《閟宮》「居常與許，復周公之宇。」云：「常或作嘗，在薛之旁。許，許田也，魯朝宿之邑也。皆魯之故地，見侵於諸侯未復者，故魯人以是願僖公也。」（《詩集傳》，卷二十，頁242）又《詩序辨說・閟宮》云：「此詩言『莊公之子』，又言『新廟奕奕』，則爲僖公修廟之詩明矣。但詩所謂『復周公之宇』者，祝其能復周公之土宇耳，非謂其能修周公之屋宇也。」（卷下，頁29）呂祖謙釋《閟宮・序》：「《閟宮》，頌僖公能復周公之宇也。」下云：「蘇氏曰：『此詩所謂『居常與許，復周公之宇』者，人之所以願之而其實則未能也。』」（《呂氏家塾讀詩記》，卷三十一，頁11）嚴粲釋《閟宮・序》：「頌僖公能復周公之宇也。」引蘇氏曰：「所謂『居常與許，復周公之宇』者，人之所以願之而其實則未能也。」（《詩緝》，卷三十五，頁13）又云：「《閟宮》止爲僖公能脩寢廟，張大其事而爲頌禱之辭，猶《斯干》之意耳。《序》摘詩中『復周公之宇』一語以題之，非事實也。」（同上，頁14）又釋《閟宮》「天錫公純嘏，眉壽保魯，居常與許，復周公之宇。……黃髮兒齒。」云：「言天賜僖公以大福，使有秀眉之壽而保守魯國，又能居常邑與許邑，以復周公之故居。常、許，魯之故地而未復者也。僖公燕飲而喜樂，內有令善之妻，……此願其壽考以復魯之侵地，宜其室家臣庶以保有其國也。」（同上，頁 25）姚際恒云：「《小序》謂『頌僖公能復周公之宇也。』，人多非其『復周公之宇』句，予謂此即用詩中語，亦未爲非也。大抵時至春秋，諂諛之意多，規諫之風少，僖公庸主而頌之，則此時可知矣。」（《詩經通論》，卷十八，頁 360）方玉潤云：「《小序》謂頌僖公能復周公之宇也。雖辭出於經，然與經異，且非詩旨。詩首尾皆以廟言，是頌爲廟祀作也，復土宇僅詩中一端，何以能賅全詩耶？」（《詩經原始》，卷十八，頁1360）吳闓生釋《閟宮》「居常與許，復周公之宇。」引先大夫曰：『居常與許』二句，頌禱之詞耳。」（《詩義會通》，卷四，頁268）。

〔註26〕朱熹云：「此但燕飲之詩，未見君臣有道之意。」（《詩序辨說，有駜》，卷下，頁29）嚴粲釋《有駜》云：「《有駜》止述燕飲，《序》辭衍矣。」（《詩緝》，卷三十五，頁6）姚際恒云：「《小序》謂『頌僖公君臣之有道』，云『僖公』，未有據；云『君臣之有道，尤不切合。』，（《詩經通論》，卷十八，頁 355）方玉潤云：「《小序》謂頌僖公君臣之有道，姚氏云頌僖公未有據，云君臣之有道，尤不切合，季明德以爲美伯禽，亦屬臆測，未有以見其然也。故《集傳》但以爲燕飲而頌禱之辭，……君臣同樂，所謂有道，唯其措辭過寬，致招譏刺，亦不善立言者之過耳。」（《詩經原始》，卷十八，頁1348）。

〔註27〕蘇轍以爲《泮水》所謂「式固爾猶，淮夷卒獲。」，是指「有所獲而欲終之，則其所獲尚少也。」，即僖公尚未完全平服淮夷，故其釋《泮水》「角弓其觩，束矢其搜。戎車孔博，徒御無斁。既克淮夷，孔淑不逆。式固爾猶，淮夷卒獲。」（七章）即云：「僖公兵戎精繕，士卒競勸，故能克淮夷，甚善而不逆，君子於是告之，使益固其道，庶幾淮夷可以盡得也。」（《詩集傳》，卷二十）與鄭玄、孔穎達以爲僖公已使淮夷盡得平服的詮釋不同（鄭、孔之詮釋，見《毛詩正義》，卷二十之一，頁19）。又蘇轍以爲《泮水》描述僖公的武功過於誇大，推測是臣下頌君之辭，蘇轍的說法，遂爲朱熹、呂祖謙、嚴粲、劉瑾、戴震、吳闓生等學者所本。朱熹釋《泮水》三章以下有關描述僖公的武功盛德之辭，爲「皆頌禱之辭也」（《詩集傳》，卷二十，頁

一步的批判與詮釋。

三、《毛詩序》言辭重複、雜取衆說，非一人之辭

1. 《邶風・旄丘・序》云：

> 《旄丘》，責衛伯也。狄人迫逐黎侯，黎侯寓于衛，衛不能修方伯連率之職，黎之臣子以責於衛也。

蘇轍云：

239)，其釋《泮水》「式固爾猶，淮夷卒獲。」云：「蓋能審固其謀猶，則淮夷終無不獲矣。」（同上）呂祖謙釋《泮水・序》「頌僖公能修泮宮也。」下引蘇氏（轍）辨析《泮水》、《閟宮》全文曰：「此詩言作泮宮，克淮夷，《閟宮》言作新廟，《春秋》皆不載，世疑之。泮宮、閟宮，僖公因舊而脩，是以不見於《春秋》。至於淮夷之功，予亦疑焉。然此詩有之：『式固爾猶，淮夷卒獲。』，有所未獲而欲終之，則其獲尚少也。今此詩之言，甚美而大，則君臣之辭歟？或曰：以君臣而爲此辭可也，而孔子錄之，可乎？曰：維可之，是以錄之，錄其所可而去其所不可，此孔子之所以爲《詩》也。子貢曰：『紂之不善，不如是之甚也，是以君子惡居下流，天下之惡皆歸焉。』孟子曰：『吾於《武成》，取二三策而已，以至仁伐不仁，何其血之流杵。』夫二子之言信矣，然孔子未嘗以廢《周書》，蓋好惡之言，必有過者，要不以惡爲善則已矣，此達者之所自諭也。」（《呂氏家塾讀詩記》，卷三十一，頁 6）又釋《泮水》七章亦引蘇氏（轍）之詮釋曰：「僖公兵戎精繕，士卒競勸，故能克淮夷，甚善而不逆，君子於是告之，使益固其道，庶幾淮夷可以盡得也。」（同上，頁 10～11）。劉瑾釋《泮水》七章引蘇轍之詮釋曰：「公之兵戎精繕，……庶幾淮夷可盡得矣。」（《詩傳通釋》，卷二十，頁 11）又詮釋《泮水》全詩之詩旨云：「胡庭芳曰：『蘇氏以爲泮宮，僖公因舊而修，是以不見於《春秋》，至於克淮夷，則亦以爲疑，而朱子於三章以下爲頌禱之辭，蓋以爲僖公存日之詩也。竊謂《春秋》，經也：《魯頌》，亦經也，今幸有《魯頌》以補《春秋》之闕，誦其詩者，尚何過疑之有哉！』愚按：朱子以作泮宮、克淮夷之事，他無所考，故不質其爲僖公之詩，而且以克服淮夷爲頌禱之辭，以愚考之，《春秋》不書常事，則夫作泮宮之事，十二公之經固宜皆無所見也。至于僖公克服淮夷，雖亦不見于《春秋》，而僖公十三年嘗從齊桓會於鹹，爲淮夷之病杞，十六年嘗從齊桓會於淮，爲淮夷之病鄫矣。但此詩所言不無過其實者，要當爲頌禱之溢辭也。」（同上，頁 12～13）。戴震《毛鄭詩考正》釋《泮水》「既作泮宮，淮夷攸服。」云：「震按：《穀梁春秋》云：『作，爲也，有加其度也。』此『作泮宮』，蓋亦增益更治耳。魯有泮水，作宮其上，故他國絕不聞有泮宮，獨魯有之。……《春秋》僖十三年『夏，會於鹹。』，《左傳》曰：『淮夷病杞故。』；『十六年冬，會於淮。』，《左傳》曰：『謀鄫，且東略也。』齊桓公會諸侯而城緣陵，遷杞又城鄫，不果城而還。其不以師加淮夷，必有淮夷求成獻賂之事。不足書，故不見於經傳。此詩至五章已後，乃及淮夷，非全無是事而徒侈言之矣。淮夷近魯，魯所當使之服，則詩又以勉魯侯矣。」（收於《清人詩說四種》，頁 103～104）。吳闓生釋《泮水》詩旨引蘇子由曰：「此詩言克淮夷，《閟宮》言作新廟，《春秋》皆不載其事，世有以此疑二詩之妄者。……然詩云『式固爾猶，淮夷卒獲。』則其事固尚未既也。要所言非無少過耳。」（《詩義會通》，卷四，頁 266～267）。

孔氏之敍《詩》也，自爲一書，故《式微》、《旄丘》之《敍》，相因之辭也。而毛氏之敍《旄丘》則又曰：「狄人迫逐黎侯，黎侯寓于衛，衛不能修方伯連率之職，黎之臣子以責於衛」，其言與前相復，非一人之辭，明矣。(《詩集傳》，卷二)

蘇轍認爲孔子作《詩序》均有前後相互沿承之辭，就《式微・序》：「《式微》，黎侯寓于衛，其臣勸以歸也。」看來，已有《旄丘・序》所云「狄人迫逐黎侯，黎侯寓于衛，衛不能修方伯連率之職，黎之臣子以責於衛」之意，若是孔子作《詩序》，不可能會有這樣言辭重複的情形，從《式微》、《旄丘》二篇《詩序》的合觀參照，蘇轍認爲《詩序》「非一人之辭」，這是非常明顯的事。

2. 《周頌・絲衣・序》云：

《絲衣》，繹賓尸也。高子曰：「靈星之尸也。」

蘇轍云：

毛氏之《序》稱高子之言曰：「靈星之尸也。」《絲衣》本宗廟之詩，其稱靈星，既已失之。然又有以知毛氏雜取眾說以解經，非皆子夏之言，凡類此耳。(《詩集傳》，卷十九)

蘇轍認爲《絲衣》是宗廟祭祖之詩，《毛詩序》稱引高子之言曰：「靈星之尸也」，就已經不合詩意，且從《毛詩序》徵引高子之說看來，更可見今存的《詩序》是「毛氏雜取眾說以解經，非皆子夏之言」。

四《毛詩序》名篇之誤

1. 《大雅・蕩・序》云：

《蕩》，召穆公傷周室大壞也。厲王無道，天下蕩蕩然無綱紀文章，故作是詩也。

蘇轍云：

《蕩》之所以爲《蕩》，由詩有「蕩蕩上帝」也。毛詩之《序》以爲「天下蕩蕩，無綱紀文章」，則其所以名篇，非其詩之意矣。(《詩集傳》，卷十八)

蘇轍認爲《蕩》所以命名《蕩》，是因爲詩中有「蕩蕩上帝」一語，並不具有《毛詩序》所解釋的「天下蕩蕩，無綱紀文章」之意。按：《詩經》各詩本無篇名，篇名均是後起的，是後人採自詩中的字句以便於記識區別而已，與全篇的意旨，並沒有關係〔註28〕。《毛詩序》以「天下蕩蕩，無綱紀文章」釋《蕩》，是出於政教的用心，

〔註28〕參黃振民〈《詩經》詩篇之命名及其排列次第考〉，收入黃氏所撰《詩經研究》，頁99～106。

當然並非《蕩》所以名篇之意，蘇轍之說，於理甚愜。宋儒黃櫄、朱熹、呂祖謙、嚴粲，清儒姚際恒、方玉潤均同意蘇轍的說法，各家在詮釋《詩經》的著作中，均加以徵引採用〔註 29〕。

2. 《大雅・召旻・序》云：

　　《召旻》，凡伯刺幽王大壞也。旻，閔也。閔天下無如召公之臣也。

蘇轍駁之云：

　　因其首章稱「旻天」，卒章稱「召公」，故謂之「召旻」，以別《小旻》而已。毛氏之《序》曰：「旻，閔也。閔天下無如召公之臣」，蓋亦衍說矣。（《詩集傳》，卷十八）

按：《詩經》各篇的命名本無一定的義例，篇名與詩旨又皆無關係〔註 30〕，《召旻》何以稱作《召旻》？《毛詩序》的解釋「旻，閔也。閔天下無如召公之臣也。」，純是附會衍說，本不足信。蘇轍認爲《召旻》所以取名《召旻》，只是名篇者就此詩的首章「旻天疾威」，與末章「有如召公」二句，各取「召」、「旻」二字而成的，僅是爲了與《小雅・小旻》作區別而已。《小雅・小旻》首章首句與《大雅・召旻》首章首句同爲「旻天疾威」，名篇者爲了區別，在《大雅》篇中謂之《召旻》，在《小雅》篇中謂之《小旻》，這種爲了識別而取名《召旻》、《小旻》，是頗有可能的。蘇轍論《召旻》所以名篇之意，頗近情理，朱熹、呂祖謙、嚴粲、姚際恒均採用蘇轍的看法〔註 31〕。

五、《毛詩序》不知《魏風》實爲晉詩而誤

1. 《魏風・葛屨・序》云：

　　《葛屨》，刺褊也。魏地狹隘，其民機巧趨利，其君儉嗇褊急，而無德以將之。

2. 《魏風・園有桃・序》云：

　　《園有桃》，刺時也。大夫憂其君，國小而迫，而儉以嗇。不能用其民，而無德教，日以侵削，故作是詩也。

〔註 29〕 見《毛詩李黃集解》，卷三十四，頁 6；朱熹《詩序辨說》卷下，《大雅・蕩》條，頁 19；呂祖謙《呂氏家塾讀詩記》，卷二十七，《蕩之什》，頁 1；嚴粲《詩緝》，卷二十九，《蕩之什》，頁 1，姚際恒《詩經通論》，卷十四，頁 298；方玉潤《詩經原始》卷十五，頁 1142。

〔註 30〕 同註 28。

〔註 31〕 見朱熹《詩集傳》，卷十八，《蕩之什》，頁 222；呂祖謙《呂氏家塾讀詩記》卷二十七，頁 64，嚴粲《詩緝》，卷三十一，頁 27；姚際恒《詩經通論》，卷十五，頁 321。

3. 《魏風・陟岵・序》云：

　　《陟岵》，孝子行役，思念父母也。國迫而數侵削，役乎大國，父母兄弟離散，而作是詩也。

4. 《魏風・十畝之間・序》云：

　　《十畝之間》，刺時也。言其國削小，民無所居焉。

蘇轍云：

　　魏本姬姓之國，晉獻公滅之，以封大夫畢萬，其地南枕河曲，北涉汾水，舜禹之都在焉。其民猶有虞夏之遺風，習於儉約。而晉自僖公以來，變風既作，及魏爲獻公所并，其人作詩以譏刺晉事，如邶鄘之詩，其實皆衛之得失，故孔子編詩，列之唐詩之上，亦如邶鄘衛之次，然《毛詩》之敘魏詩則曰：「魏地狹隘，其民機巧趨利，其君儉嗇褊急。」、「國迫而數侵削，役乎大國。」、「民無所居」，蓋猶以爲故魏詩，而不知其爲晉詩也。(《詩集傳》，卷五)

按：魏本姬姓之國，《左傳》襄公二十九年云：「叔侯曰：虞、虢、焦、滑、霍、揚、韓、魏，皆姬姓也。」(《春秋左傳正義》，卷三十九，頁 8)，其始封之時，約當周初，而始封之人及其世次，則無可考。周惠王十七年（西元前 660）爲晉獻公所滅，獻公以爲畢萬采邑，此魏遂亡。其後畢萬裔孫與韓、趙分晉，則是七國之魏，非此魏矣〔註 32〕。而《魏風》七篇究竟作於獻公滅魏之前，還是作於獻公滅魏之後，實難以考知，唯《毛詩序》、鄭玄、孔穎達均以爲作於獻公滅魏之前〔註 33〕，即《魏風》是魏詩，蘇轍則以爲作於獻公滅魏之後，即《魏風》是晉詩，故據以駁刺《毛詩序》。按：《魏風・汾沮洳》有「公路」、「公行」、「公族」之名，據《左傳》宣公二年的記載，「公路」、「公行」、「公族」皆是晉之官名〔註 34〕，蘇轍以爲《魏風》

〔註 32〕 本屈萬里先生《詩經詮釋》，頁 181。

〔註 33〕 詳鄭玄《詩譜》、孔穎達《毛詩正義》，俱見《毛詩正義》，卷五，頁 1～2。

〔註 34〕 《左傳》宣公二年云：「初，麗姬之亂，詛無畜群公子，自是晉無公族。及成公即位，乃宦卿之適而爲之田，以爲公族。又宦其餘子，其庶子爲公行。晉於是有公族、餘子、公行。趙盾請以括爲公族，曰：『君姬氏之愛子也。微君姬氏，則臣狄人也。』公許之。冬，趙盾爲旄車之族，使屏季以其故族爲公族大夫。」(《春秋左傳正義》，卷二十一，頁 12～14) 是「公路」、「公行」、「公族」皆晉官名。《魏風・汾沮洳》之二章「彼汾一方，言采其桑。彼其之子，美如英；美如英，殊異乎公行。」、三章「彼汾一曲，言采其藚。彼其之子，美如玉；美如玉，殊異乎公族。」，蘇轍釋之云：「公路、公行、公族，皆晉官也。《春秋傳》曰：『晉成公立，始宦卿之適，以爲公族，其餘子亦爲餘子，其庶子爲公行。趙盾請以括爲公族，而盾爲旄車』」。(《詩集傳》，卷五) 是蘇轍本《左傳》宣公二年之記載而爲說。

爲晉詩，即據《左傳》而爲說，如此說來，《魏風》作於獻公滅魏之後，爲晉詩，並不無可能，朱熹《詩集傳》論《魏風》云：

> 蘇氏（轍）曰：「魏地入晉久矣，其詩疑皆爲晉而作，故列於《唐風》之前，猶《邶》、《鄘》之於《衛》也」。今按：篇中「公行」、「公路」、「公族」皆晉宮，疑實晉詩。又恐魏亦嘗有此官，蓋不可考矣。（《詩集傳》，卷五，頁63）

即傾向於支持蘇轍《魏風》爲晉詩之說。

六、《毛詩序》誤斷詩之年代

1. 《小雅・采薇・序》云：

> 《采薇》，遣戍役也。文王之時，西有昆夷之患，北有玁狁之難。以天子之命命將率，遣戍役，以守衛中國，故歌《采薇》以遣之，《出車》以勞還，《杕杜》以勤歸也。

蘇轍云：

> 《采薇》、《出車》、《杕杜》此三詩皆言文王爲西伯，以紂之命而伐玁狁，故其《詩》曰：「自天子所，謂我來矣。」，天子謂紂也，然此詩之作，則非文王之世矣。故其《詩》曰：「王命南仲，往城于方」，王謂文王也。文王未王而稱王，後世之所追誦也。而毛氏以王爲紂，故《敘》以爲文王之世，歌此詩以遣勞之。夫紂得命文王，而不得命南仲，故王得爲文王而不得爲紂，王不得爲紂，則此詩非文王之世之詩，明矣。（《詩集傳》，卷九）

《毛詩序》以《采薇》、《出車》、《杕杜》三詩爲文王時代的作品、蘇轍認爲此三詩並非文王時代的作品，而是後代所追作的，大約在武王、成王之間〔註35〕。他的主要立論、根據有二：（1）《出車》「自天子所，謂我來矣」中的「天子」是指殷紂；「王命南仲，往城于方」中的「王」是指文王（按：《毛傳》：「王，殷王也。」），當時殷紂仍是天子，文王爲西伯，未稱爲王，而詩中稱文王爲王，顯然是後代追作的。（2）天子紂可以命諸侯文王攻伐玁狁，不可能直接命令文王的部屬南仲去攻打玁狁，因此，《出車》「王命南仲，往城于方」的「王」只能是文王而不能是殷紂。根據以上二點理由，他

〔註35〕蘇轍嘗推斷《小雅》正詩諸篇之時代，云：「其言伐玁狁西戎者，爲文王之詩，其言天下治安，爵命諸侯，澤及四海者，爲武、成之詩，其餘則有不可得而詳者矣。且其言文王事紂之際，猶有追稱王者，然則武、成之世所以追誦文王，而非文王之世所自作也。」（《詩集傳》，卷十）是蘇轍認爲《采薇》、《出車》、《杕杜》三詩爲武、成之際所作。

斷定《采薇》、《出車》、《杕杜》三詩非文王時代的作品，而是後代追作的〔註36〕。

由上述蘇轍對於《毛詩序》的批駁看來，《詩序》的權威在《詩集傳》中已初步瓦解。而蘇轍對於《毛詩序》的辨析、批駁，其價值就在於辨識了《毛詩序》有漢儒增益的成份；由於漢儒的附會衍說，致使詩義得不到正確的理解，蘇轍之批駁《毛詩序》，即明白告知世人《毛詩序》並非唯一而絕對正確的解釋，換言之，《毛詩序》不須完全遵信，而其廢去《續序》之舉，對於瓦解漢學典範的權威，影響尤大。南宋鄭樵《詩辨妄》，主張全廢《詩序》，力詆《詩序》爲村野妄人所作，王質作《詩總聞》，去《序》言詩，「毅然自用，別出新裁，堅銳之氣，乃視二家（按：指鄭樵、朱熹）爲加倍。」（《四庫提要・詩總聞提要》，卷十五，《經部・詩類一》），至朱熹以一代大儒作《詩集傳》，盡去《詩序》，主張涵詠詩的本文，以求得詩義；又作《詩序辨說》，專攻《詩序》，導致漢學典範的崩潰，此一反《序》主流和詮釋脈絡的形成，基本上即是順者歐陽脩的議論毛、鄭，與蘇轍辨析、批駁《毛詩序》；並廢去《續序》的精神而來，這使得蘇轍《詩集傳》在瓦解漢學典範的權威，與建立宋代的《詩經》傳統上，居於承先啓後的重要地位。

第二節　蘇轍對《詩經》其他基本問題的反省、批駁與詮釋

除了對《毛詩序》所代表的漢學典範加以批駁外，蘇轍對於《詩經》其他的基

〔註36〕關於《采薇》、《出車》、《杕杜》三詩的年代，早在漢代，即有異說。《毛詩》認爲此三詩爲文王時代的作品，《史記・匈奴列傳》以爲《出車》是周襄王時代的作品，《漢書・匈奴傳》則以爲《出車》是周宣王時代的作品。至於《采薇》，《齊詩》、《魯詩》均認爲是周懿王時代的作品，《韓詩》之說雖無可考，然當無大異。《采薇》、《出車》、《杕杜》三詩的年代究竟爲何，當代學界大抵傾向主張三詩爲宣王時代的詩，見屈萬里先生《論出車之詩著成的時代》（收錄於《書傭論學集》，頁 186～193）、陸侃如先生《『采薇』、『出車』、『六月』三詩的年代》（收錄於《詩經學論叢》，頁 435～439）。唯晚近陳紹棠先生作《采薇新探》，引據《逸周書・序》：「文王立，西距昆夷，北備玁狁，謀武以昭威懷，作武稱。」，謂能與《采薇・序》相證，因而主張《采薇》宜仍定爲文王時代的詩（見新亞學報，第十六卷上，頁 133～146）。按：根據黃沛榮先生的研究，《逸周書・序》完全仿照百篇《書序》的作法，《序》文與《逸周書》本文，往往有不能相應之處，他指出《逸周書・序》的作者與編定《逸周書》的作者並非同一人，其年代必在《逸周書》編成之後，而可能是西漢昭、宣時代的人（見黃著《周書研究》，第一章《周書的篇數》，第一節《周書序與周書的關係》，頁 17～21，臺灣大學中國文學研究所博士論文，民國六十五年七月），如此說來，《逸周書・序》之說，恐不可信，則陳先生所持觀點，恐亦難以成立。

本問題，也多所提出個人新的詮釋，其詮釋依然是透過對《詩經》漢學典範的反省與批駁而來，茲續述之如下：

一、論《周南》、《召南》的分別

關於《周南》、《召南》的分別，《詩大序》說：

> 《關雎》、《麟趾》之化，王者之風，故繫之周公，南，言化自北而南也。《鵲巢》、《騶虞》之德，諸侯之風也，先王之所以教，故繫之召公。(《毛詩正義，卷一之一，頁 17》

鄭玄《詩譜》據《詩大序》進一步闡釋說：

> 周召者，禹貢雍州岐山之陽，地名。……文主受命，作邑於豐，乃分岐邦周召之地爲周公旦、召公奭之采地，施先公之教於己所職之國。武王伐紂定天下，巡守述職，陳誦諸國之詩，以觀民風俗。六州者，得二公之德教尤純，故獨錄之，屬之太師，分而國之。其得聖人之化者，謂之《周南》，得賢人之化者，謂之《召南》，言二公之教，自岐而行於南國也。(《毛詩正義》，卷首，頁 8～9)

是《詩大序》以「王者之風」(周公)、「諸侯之風」(召公)，鄭玄以「得聖人(周公)之化者」、「得賢人(召公)之化者」分別二南，關於二南的分別，蘇轍有不同於《詩大序》、鄭玄的看法，他說：

> 文王之風，謂之《周南》、《召南》，何也？文王之治周也，所以爲其國者，屬之周公，所以交於諸侯者，屬之召公，《詩》曰：「昔先王受命，有如召公，日辟國百里」，言其治外也。故凡詩言周之內治，由內而及外者，謂之周公之詩；其言諸侯被周之澤，而漸於善者，謂之召公之詩。其風皆出於文王，而有內外之異，內得之深，外得之淺，故《召南》之詩不如《周南》之深。《周南》稱后妃，而《召南》稱夫人，《召南》有召公之詩，而《周南》無周公之詩。夫文王受命稱王，則大姒固稱后妃，而諸侯之妻，固稱夫人。周公在內，近於文王，雖有德而不見，則其詩不作；召公在外，遠於文王，功業明著，則詩作於下，此理之最明者也。然則謂之周、召者，著因其職而名之也。謂之南者，文王在西，而化行於南方，以其及之者言之也。東北則紂之所在，文王之初，所不能及也。毛詩之《敘》曰：「《關雎》、《麟趾》之化，王者之風也，故繫之周公。《鵲巢》、《騶虞》之德，諸侯之風也，先王之所以教，故繫之召公。」然則二南皆出於先王，其深淺厚薄，二公無與，而強以名之，可乎？(《詩集傳》，卷一)

蘇轍的說法可以歸納爲三個要點，第一，他認爲《周南》、《召南》的分別是在於文王治理周朝，以周公主內，召公主外，「由內而及外者，謂之周公之詩」，「諸侯被周之澤，而漸於善者，謂之召公之詩」。第二，他認爲《周南》、《召南》都是文王之風，二南之詩均是百姓霑潤自文王的教化而作的，與周公、召公無關。第三，他認爲《周南》、《召南》的命名，是因周公、召公的職稱而來的，「南」的意思，是文王的教化「在西而化行於南方」。以上三點，姑不詩蘇教所論是否諦當〔註 37〕，然而皆與舊說立異，並不拘囿於漢學典範之成說。

二、論詩之正變

《詩經》的國風與大、小《雅》有「正變」之說，「正變」之說起源於《詩大序》：

> 至于王道衰，禮義廢，政教失，國異政，家殊俗，而變風、變雅作矣。國史明乎得失之跡，傷人倫之廢，哀刑政之苛，吟詠情性，以風其上，達于事變，而懷其舊俗者也。故變風發乎情，止乎禮義。發乎情，民之性也；止乎禮義，先王之澤也。(《毛詩正義》，卷一之一，頁 12～14)

《詩大序》將詩歌和時代、政治的關係緊密地結合起來，以爲亂世時、禮崩樂壞時所作的詩是「變風」、「變雅」，所謂「變」，即指時代由盛變衰，國家的政教綱紀呈現崩壞之勢，鄭玄承《詩大序》之說，而加以推闡、系統化，他說：

> 周自后稷，播種百穀，黎民阻飢，茲時乃粒，自傳於此名也。陶唐之末，中葉公劉、亦世脩其業，以明民共財，至於大王、王季，克堪顧天。文武之德，光熙前緒，以集大命於厥身，遂爲天下父母，使民有政有居。其時詩：《風》有《周南》、《召南》，《雅》有《鹿鳴》、《文王》之屬。及成王、周公致太平，制禮作樂，而有頌聲興焉，盛之至也。本之由此風雅而來，故皆錄之，謂之詩之正經。後王稍更陵遲，懿王始受譖，亨齊哀公，夷身失禮之後，邶不尊賢。自是而下，厲也，幽也，政教尤衰，周室大壞。《十月之交》、《民勞》、《板》、《蕩》、勃爾俱作，眾國紛然，刺怨相尋。五霸之末，上無天子，下無方伯，善者誰賞，惡者誰罰，紀綱絕矣。故孔子錄懿王、夷王時詩，訖於陳靈公淫亂之事，謂之變風、變雅。(《詩譜．序》，《毛詩正義》，卷首，頁 3～5)

依照鄭玄的說法，凡文王、武王、成王盛世的詩，皆謂之正詩，懿王以後的詩（按：鄭玄《詩譜》所列，無康、昭、穆、共諸王時的詩），凡夷王、厲王、宣王、幽王、

〔註 37〕關於《周南》、《召南》的內涵及分別，陳紹棠《二南引論》有詳盡而頗近情理的探討，陳文收錄於《詩經學論叢》，頁 101～126。

平王，迄於陳靈公諸衰世之詩，皆謂之變詩。然而鄭玄既說文王、武王、成王盛世的詩爲正詩，但對認爲作於成王時代的《豳風》，卻又視爲是變詩，云：

> 成王之時，周公避流言之難，出居東都二年，後成王迎之，反之攝政，致太平，其出入也，一德不回，純似於公劉、太王之所爲。大師大述其志，主意於豳公之事，故別其詩以爲豳國變風焉。(《詩譜·豳譜》,《毛詩正義》,卷八之一，頁2)

蘇轍不同意鄭玄的觀點，他說：

> 昔之言《詩》者，以爲此詩（按：指《豳風·七月》）作於周公之遭變，故謂之豳之變風。夫言正變者，必原其時，原其時，則得其實。衛武、衛文、鄭武、秦襄之詩，一時之正也，而不得爲正，何者？其正未足以復變也。周公、成王之際，而有一不善，是亦一時之變焉耳。孰謂一時之變而足以敗其數百年之正也哉？（《詩集傳》，卷八）

蘇轍認爲論詩之正變的根據在於時代，只有就時代來定正變，才能符合事實。因此，《豳風·七月》雖是「周公遭變，故陳后稷先公風化之所由，致王業之艱難也。」（《豳風·七月·續序》，《毛詩正義》，卷八之一，頁7），但這只是一時的變故，不能因爲一時的變故，就完全動搖周朝自后稷、公劉、太王、王季諸先王以來，所奠下的正詩的基礎，就據此謂之豳之變風。蘇轍此種追溯時代以論正變的觀念，在《詩集傳》卷三釋《鄘風·定之方中》中有更清楚的說明：

> 世之學者曰：「衛武、衛文、鄭武、秦襄之風，宣王之雅，皆美之之詩也，然猶不免爲變詩，何也？」曰：「王澤之薄也，久矣，非是人之所能復也。昔周之興也，積仁行義，凡數百年，其種之也深，而蓄之也厚矣。至於文武，風俗純備，是以其詩發而爲正詩。自成、康以來，周室不競，至幽、厲而大壞，其敗亦數百年，其畜之也亦厚矣。是以其詩不復其舊而謂之變。夫自其正而至于變，其敗之也甚難，其間必有幽、厲大亂之君爲之，而後能自其變而復于正，其反之也亦難，亦必有后稷、公劉、文、武積累之勤而後能。今夫五人者，其善之積未若其變之厚矣，是以不免於變。老者之所以爲老，爲其積衰也，因其一日之安而以爲壯也，可乎？其所由來者，遠矣。

世之學者認爲《鄘風》中的衛文公，《衛風》中的衛武公，《鄭風》中的鄭武公，《秦風》中的秦襄公，《小雅》中的宣王諸詩，都是臣下頌美之作，都是「美詩」，但依據《詩大序》、鄭玄《詩譜·序》之說，卻不免列爲「變詩」，原因何在？蘇轍的回答是文武時代之詩所以稱作「正詩」，事實上是累積了自后稷、公劉等諸王數百年來的「積仁行義」，因此才得以「風俗純備」，在這種王澤濃郁的情形下，百姓感受王澤的教化既深，因此所作的詩自然全是頌讚君王的「正詩」，但自成、康以降，周室的政教日衰，至幽、厲而大壞，這一種政教的衰微也是累積了數百年，才顛覆了「正詩」的根基而形成的，因此在「變詩」已成的時代裡，雖然有衛文公、衛武公、鄭武公、秦襄公、周宣王一時的「正詩」，但就正、變詩形成的根源、依據而言，這五人的美詩，仍不得謂之正詩。

詩之正變說，原是鄭玄推衍《詩大序》而予以系統化的產物，將詩歌和時代的盛衰、政治的隆污緊密地結合起來，本身即呈現矛盾的觀點。詩之作固然與時代有關，然而並非每首詩都在反映時代，此理可不辨自明。推究鄭玄據《詩大序》而爲正變說的用意，原是具有「詩教」的用心，即將君王爲政的得失與詩歌的美刺結合起來，以爲人君勸戒之用，所說之正變，當然也就不足據信〔註 38〕。蘇轍論正變，大抵根據鄭玄的觀點而來，雖言之成理，亦不足信，他辨說《豳風・七月》非變詩的意義在於雖據鄭玄而言說，但對於鄭玄之說牴牾之處，也能有所駁正，這即是一種理性反省的態度。

三、論風、雅、頌

《詩經》有所謂的「六義」，即：風、雅、頌、賦、比、興〔註 39〕。風、雅、

〔註 38〕關於《詩》之正變説的不當，學者已多所駁詰，如舊題鄭樵《六經奧論》云：「風有正變，仲尼未嘗言，而他經不載焉，獨出于《詩序》。若以美者爲正，刺者爲變，則《邶》、《鄘》、《衛》之詩，謂之變風可也。《緇衣》之美武公，《駟驖》、《小戎》之美襄公，亦可謂之變乎？」（卷三，頁 56）、「正變之言不出于夫子而出于《序》，未可信也《小雅・節南山》之刺，《大雅・民勞》之刺，謂之《變雅》可也；《鴻鴈》、《庭燎》之美宣王也，《崧高》、《烝民》之美宣王，亦可謂之變乎？蓋《詩》之次第皆以先後爲序。文、武、成、康，其詩最在前，故《二雅》首之。厲王繼成王之後，宣王繼厲王之後，幽王繼宣王之後，故《二雅》皆順其序，國風亦然。則無有正變之説，斷斷乎不可易也。」（同上，頁 7）葉適云：「言《詩》者自《邶》、《鄘》而下，皆目爲變風，其正者，二南而已。然季札觀樂論《詩》，未嘗及變，孔子教小子以可興、可觀、可群、可怨，亦未嘗及變。夫言者之旨，其發也殊，要以歸於正爾。美而非諂，刺而非訐，怨而非憤，哀樂而非私，何不正之有？後之學《詩》者，不極其志之所之，而以正變強分之，則有蔽而無獲矣。」（《經義考》，卷九十八，頁 5 引）崔述云：「且即衰世亦未嘗無頌美之詩，若《定之方中》紀衛文之新政，《鳲鳩》美淑人之正國，以及《干旄》之下賢，《羔裘》之直節，《無衣》之勤王，較之《行露》、《死麕》之詩，果孰優而孰劣？即《君子于役》之『苟無飢渴』，亦何異于《卷耳》之『寘彼周行』？《出其東門》之『匪我思存』，豈不勝于《漢廣》之『言秣其馬』？何所見而彼當爲正，此當爲變乎？」（《讀風偶識》，卷二，頁 15～16，收於《崔東壁遺書》，第一冊）。

〔註 39〕《詩大序》：「《詩》有六義焉：一曰風，二曰賦，三曰比，四曰興，五曰雅，六曰頌。」

頌是《詩經》的三種分類，賦、比、興是《詩經》的三種作法〔註40〕。《詩大序》對於風、雅、頌的定義是：

> 一國之事，繫一人之本，謂之風；言天下之事，形四方之風，謂之雅，……頌者，美盛德之形容，以其成功告於神明者也。(《毛詩正義》，卷一之一，頁15～16)

根據孔穎遠的疏解，風是諸侯之詩，雅、頌是夫子之詩〔註41〕，蘇轍在「魯以諸侯而作頌，世或非之，余以爲不然」的回應下，發表了他對風、雅、頌的全面看法：

> 魯以諸侯而作頌，世或非之，余以爲不然。詩有夫子之風，有諸侯之風；有夫子之頌，有諸侯之頌，二者無在而不可，凡爲是詩者，則爲是名矣。古之王者，治其室家而後及於其國，故以家爲本，以國爲末。家者，風之所自出，而國者，雅之所自成也。其爲本也，必約而精，其爲末也，必大而粗，約而精者，其微也；大而粗者，其著也。微則易失，著則難喪，是以文武之詩，始於二南，而繼之以二雅，先其本也。方其盛也，其風加於天下，橫被而獨見，則有二南而無諸侯之風。其後王德既衰，衰始於室家，二南之風先絕而不繼，國異政，家殊俗，則周人之風不能及遠，而獨爲《黍離》，諸侯之風，分裂爲十一，故風之爲詩，無所不在也。當是時也，王者之風雖亡，然其所以爲國猶在也，故雖幽厲之世而雅不絕，至于平王東遷，而喪其所以爲國，則雅於是遂廢。故詩惟雅爲非夫子不作也。頌之爲詩，本於其德而已，故夫子有德於天下，則天下頌之，諸侯有德於其國，則國人頌之。商、周之頌，天下之頌也；魯人之頌，其國之頌也，故頌之爲詩，無所不在也。(《詩集傳》，卷二十)

「魯以諸侯而作頌，世或非之」蓋指歐陽脩而言，歐陽脩認爲魯以諸侯而作頌，具

(《毛詩正義》，卷一之一，頁9～10)「六義」說，蓋本《周禮・春官》:「大師教六詩：曰風，曰賦，曰比，曰興，曰雅，曰頌。」(《周禮正義》，卷二十三，頁13)之「六詩」說而來。

〔註40〕本裴普賢先生之說，見《詩經研讀指導・詩經幾個基本問題的簡述》頁12。

〔註41〕《毛詩正義》云:「詩人覽一國之意以爲己心，故一國之事繫此一人，使言之也。但所言者直是諸侯之政行，風化於一國，故謂之風，以其狹故也。言天下之事，亦謂一人言之，詩人總天下之心、四方風俗以爲己意而詠歌王政，故作詩道說天下之事，發見四方之風，所言者乃是天子之政，施齊正於天下，故謂之雅，以其廣故也。」(卷一之一，頁15)、「作頌者，美盛德之形容，則天子政教有形容也。可美之形容，正謂道教周備也。故《頌譜》云:『天子之德，光被四表，格于上下，無不覆燾，無不持載，此之謂容，其意出於此也。』」(同上，頁16)

有孔子「貶魯之疆」、「勸諸侯之不及」之意〔註42〕，蘇轍不以爲然。他認爲「詩有夫子之風，有諸侯之風；有天子之頌，有諸侯之頌」，「詩惟雅爲非天子不作」，「頌之爲詩，本於其德而已，故天子有德於天下，則天下頌之；諸侯有德於其國，則國人頌之」，這是蘇轍對於風、雅、頌的基本觀點。換言之，他認爲除了雅詩專屬於周天子之外，國風中可以有天子之詩，風詩並不專屬於諸侯，同樣的，頌詩也可以作於諸侯，並不專屬於周天子，頌詩之作的依據在於有德無德而已，魯以諸侯國而有頌，即在於魯君有德，故其臣民作頌詩於下，並無貶魯之意。在這種觀點之下，他對《詩大序》及鄭玄等學者對風、雅、頌所作的曲解均作了批判：

> 然古之說《詩》者則不然，曰：「一國之事，繫一人之本，謂之風。言天下之事，形四方之風，謂之雅」、「美盛德之形容，而告於神明，謂之頌。」然則風之作本於諸侯，而雅、頌之作本於天子，及其考之於《詩》而不然，於是從而爲之說曰：「二南之爲風，文王之未王也。」、「《黍離》之爲風，大師之自黜也。」、「魯之爲頌，諸侯之僭也。」及其考之於樂而不然，於是又從而爲之說曰：「天子之樂之歌風，下就也；諸侯之樂之歌雅，上取也。」，既爲一說而不合，又爲一說以救之，要將以尊天子而黜諸侯，是以學者疑之。今將折之，莫若反而求其所以爲風、爲頌之實曰：風言其俗，風之實也；頌，頌其德，頌之實也，豈有天子而無俗，諸侯而無德者哉？（《詩集傳》，卷二十）

《詩大序》以風專屬諸侯之詩，雅、頌專屬天子之詩，順著《詩大序》的觀點，於是學者便不得不作出「二南之爲風，文王之未王也。」、「《黍離》之爲風，太師之自黜也。」、「魯之爲頌，諸侯之僭也。」、「天子之樂之歌風，下就也；諸侯之樂之歌頌，上取也。」種種的曲解〔註43〕，所以然者，蘇轍認爲這是出於「尊天子」、「黜

〔註42〕歐陽脩《詩本義》云：「或問諸侯無正風，而魯有頌，何也？曰：非頌也，不得已而名之也。四篇之體，不免變風之例爾，何頌乎？……僖公之政，國人猶未全其惠，而《春秋》之貶尚不能逃，未知其頌何從而興乎？頌之美者，不過文、武，文武之頌非當其存而作者也，皆追述也。僖公之德，孰與文武，而曰有頌乎？先儒謂名生於不足，宜矣。然聖人所以列爲頌者，其說有二：貶魯之疆，一也；勸諸侯之不及，二也。請乎天子，其非疆乎？特取於魯，其非勸乎？或曰何謂勸？曰：僖公之善，不過復土宇，修宮室，大牧養之法爾，聖人猶不敢遺之，使當時諸侯有過於僖公之善者，聖人忍絕去而不存之乎？故曰勸爾。而鄭氏謂之備三頌，何哉？大抵不別於風，而與其爲頌者，所以憫周之失，貶魯之疆是矣，豈鄭氏之云乎？」（卷十五，《魯頌解》，頁7～8。）

〔註43〕按：「二南之爲風，文王之未王也。」見《鄭志・答張逸問》，《毛詩正義》，卷一之一，頁18引。「《黍離》之爲風，太師之自黜也。」，蓋出《詩譜・王城譜》，《毛詩正義》，卷四之一，頁3。「魯之爲頌，諸侯之僭也。」出處待考。「天子之樂之歌風，

諸侯」的理念。就《詩經》的原來分類來看，國風中有天子之詩（《王風》），頌詩中有諸侯（《魯頌》）之詩，這是不能更易的事實，何以會有這種現象？蘇轍認爲只有去探究風、頌的內涵和實質才能明瞭，即風詩的本質是「言其俗」，頌詩的本質是「頌其德」，如此，《王風》是表達平王東遷洛邑一帶的風俗之詩，《魯頌》是魯僖公有德，其臣民百姓爲其所作的頌詩，本不足怪。

風、雅、頌的內涵及其分別究竟如何，根據學者的研究：風是樂歌曲調之意，國風即是流行於各國的樂歌曲調，雅是周朝王畿內的樂歌曲調；頌是朝廷宗廟祭祀的樂歌，而其最初的分別主要是以樂調而加以區分的〔註 44〕。《詩大序》對於風、雅、頌的解說，除了「頌者，美盛德之形容，以其成功告於神明者也。」符合事實外，說風是「風，風也，教也，風以動之，教以化之。」、「上以風化下，下以風刺上，主文而譎諫，言之者無罪，聞之者足以戒，故曰風。」；雅是「雅者，正也。言王政之所由廢興也。政有小大，故有《小雅》焉，有《大雅》焉。」則純是從風教的立場作過度的衍伸。風的本意除了是音樂曲調之外，又具有表達各地風土人情的特質，朱熹云：「風者，民俗歌謠之詩也。」（《詩集傳》，卷一，頁 1）即指出了風詩所具有的特點。頌除了是朝廷宗廟祭祀的樂歌之外，也具有贊美功德的特質，或贊美鬼神的功德，或贊美當代王侯和別人的功德，以告鬼神〔註 45〕，如此說來，蘇轍所論「風言其俗，風之實也」、「頌，頌其德，頌之實也。」不但擺落漢儒舊說，同時也更切近情理。

四、論大、小雅的區別

關於大、小雅的分別，《詩大序》的解釋是「雅者，正也，言王政之所由廢興也。政有小大，故有《小雅》焉，有《大雅》焉。」（《毛詩正義，卷一之一，頁 15》）蘇轍不同意《詩大序》的解釋，他說：

> 《小雅》之所以爲小，《大雅》之所以爲大，何也？《小雅》言政事之得失，而《大雅》言道德之存亡。政事雖大，形也；道德無小，不可以形盡也。蓋其所謂小者，謂其可得而知量，盡於所知而無餘也。其所謂大者，謂其不可得而知，沛然其無涯者也。故雖爵命諸侯，征伐四國，事之大者，而在《小雅》。《行葦》言燕兄弟耆老，《靈臺》言麋鹿魚鱉，《蕩》刺飲酒

下就也；諸侯之樂之歌頌，上取也。」出處亦待考。

〔註 44〕詳高亨《詩經引論》，收錄於《詩經學論叢》，頁 19～33、胡念貽《關於『風』、『雅』『頌』的問題》，收錄於《詩經學論叢》，頁 215～242。

〔註 45〕同註 44，高亨之說，《詩經學論叢》，頁 32。

> 號呼，《韓奕》歌韓侯取妻，皆事之小者，而在《大雅》。夫政之得失利害，止於其事，而道德之存亡，所指雖小，而其所及者大矣。《毛詩》之《敘》曰：「雅者，正也。政有小大，故有《小雅》焉，有《大雅》焉。」以二雅爲皆政也，而有小大之異，蓋未之思歟？（《詩集傳》，卷九）

《詩經》中的「雅」即是「夏」，《荀子・榮辱》篇：「越人安越，楚人安楚，君子安雅。」，《儒效》篇：「居楚而楚，居越而越，居夏而夏。」，又《墨子・天志下》篇引《大雅・文王》「帝謂文王，予懷明德。毋大聲以色，毋長夏以革，不識不知，順帝之則。」六句，謂之《大夏》，凡此皆可證明古時「雅」、「夏」二字相通，「雅」即是夏。《詩經》中的大、小雅皆是西周王畿的樂歌，因爲西周王畿的所在地，正是夏人的故地，所以雅稱爲夏。西周王畿的樂歌稱爲「雅」，本來即具有天下標準之意，《論語・述而》篇「子所雅言，詩書執禮，皆雅言也。」，劉寶楠《論語正義》解釋說：「先從叔丹徒君《駢枝》曰：『夫子生長於魯，不能不魯語，惟誦《詩》、《書》執禮，必正言其音。……王都之音最正，故以雅名。』」，所謂「雅言」即指西周王畿所在地一帶的語言，即後世所謂的「官話」，以西周王畿一帶的樂調所歌奏的詩篇即是雅，王朝的一切都是四方的準則，於是雅言就成爲正言，雅樂就成爲正聲。《詩大序》訓「雅」爲「正」雖非雅的本義，但並不算錯，然而由「正」再轉訓爲「政」，以「政有大小」來區分訓釋大、小雅，則明顯係主觀、過度的推衍附會〔註46〕。關於《詩序》以「政有大小」來區分大、小雅之謬誤，學者已多所指陳，如胡念貽說：

> 我們試比較《小雅》的《黍苗》和《大雅》的《崧高》。《黍苗》是寫召伯的南征和「營謝」，《崧高》雖然是歌頌申伯，但也寫了「營謝」的事。兩詩時代相同，所寫的事也差不多相同，申伯和召伯都是當時有功的大臣，而這兩首詩，一列入《小雅》，一列入《大雅》，用「政有大小」說顯然講不通。〔註47〕

〔註46〕以上所論本屈萬里先生《說詩經之雅》，收於《屈萬里先生文存》第一冊，頁181～188。又高亨《詩經引論》、胡念貽《關於『風』、『雅』、『頌』的問題》、孫作雲《說雅》皆有類似觀點，高、胡二氏之文，同註44，孫文見《詩經學論叢》，頁127～140。

〔註47〕同註44，見《詩經學論叢》頁221。此外，華仲麐云：「所謂大政者，其中也有小事，所謂小政者，其中也有大事；雜沓矛盾，難以備述，永久無法統一的。例如《小雅・鹿鳴之什》，其中《鹿鳴》、《四牡》、《皇皇者華》，如謂之小政正音，而同什的《采薇》、《出車》之敘困苦，亦得謂之小政正音？《大雅・文王之什》誠大政正音矣，而《生民》同什中的《民勞》以次，又分割列入變《大雅》之中，尤以《瞻卬》、《召旻》之怨暴政，雖曰變雅，寧得謂之大政乎？」（《詩義述聞》，收入《詩經研究論集》，頁93）王靜芝亦云：「政有小大，故有《小雅》、《大雅》之別，卻使人感覺模糊。因我們由《小雅》和《大雅》詩中，並不能看出有何政的大小的區別。如《小雅》

蘇轍即反對《詩大序》以二雅詩篇的內容都是關於政事的說法，並反對以所寫政事的大小來區分大小雅。他認爲大小雅的內容並非都是關於政事，《小雅》的內容是「言政事之得失」，《大雅》的內容是「言道德之存亡」，大小雅的區別即在寫「政事之得失」者，謂之《小雅》；寫「道德之存亡」者，謂之《大雅》。在蘇轍的觀念中，「政事」與「道德」是有層次上的高下之別的，政事是具體可見的，它的影響是可以度量測知的，道德則是無形的，它的影響根本不能測度而知，是「沛然其無涯」的，因此，專言「道德之存亡」之詩，列在《大雅》，專言「政事之得失」之詩，列在《小雅》。大小雅的區別，究竟爲何，眾說紛耘，迄無定論〔註48〕。蘇

首篇《鹿鳴》，是宴群臣嘉賓之詩，這是國家重要的事，求忠臣得盡其心，有很大的意義。《禮記・學記》說：『大學始教……宵雅肄三。』指《小雅・鹿鳴》、《四牡》、《皇皇者華》。大學始教，必讀此三詩，所謂『官其始也。』可見其重要。但都列在《小雅》；如《大雅・既醉》，《詩序》說：『《既醉》，太平也。醉酒飽德，人有士君子之行焉。』《朱傳》說：『此父兄所以答《行葦》之詩。』《行葦》也不過是燕父兄耆老之詩，看不出屬何大政。類此情形很多，不必多舉。可見大小雅即大小政之說，並不可信。」(《經學通論》上冊，頁 265)。

〔註48〕大小雅的區別，古來大約有四說：1.依照政治內容而分，代表是《詩大序》：「政有小大，故有《小雅》焉，有《大雅》焉。」(《毛詩正義》，卷一之一，頁 15) 2.依照用途而分，其代表是鄭玄：「其用於樂，國君以《小雅》，天子以《大雅》，然而饗賓或上取，燕或下就。」(《詩譜・小大雅譜》，《毛詩正義》，卷九之一，頁 5)。3.依照詩體樂音（或主詩體，或主樂音亦歸入此類）而分，代表是孔穎達、鄭樵、程大昌、嚴粲、惠周惕。孔穎達云：「二雅……詩體既異，樂音亦殊。」(《毛詩正義》，卷一之一，頁 16) 鄭樵云：「蓋《小雅》、《大雅》者，特隨其音而寫之律耳。律有大呂、小呂，則歌《大雅》、《小雅》，宜其有別也。」(《六經奧論》，卷三，頁 7) 程大昌云：「均之爲雅，音既同，又自別爲大小，則聲度必有豐殺廉肉，亦如十二律然，既有大呂，又有小呂也。」(《詩論》一) 嚴粲云：「明白正大，直言其事者，雅之體也，純乎雅之體者，爲雅之大，雜乎風之體者，爲雅之小。」(《詩緝》，卷一，頁 10) 惠周惕云：「按：《樂記》師乙曰：『廣大而靜，疏達而信者，宜歌《大雅》，恭儉而好禮者，宜歌《小雅》。』季札觀樂，爲之歌《小雅》，曰：『美哉！思而不貳，怨而不言。』爲之歌《大雅》，曰：『廣哉！熙熙乎，曲而有直體。』據此，則大小二雅當以音樂別之，不以政之大小論也。如律有大、小呂，《詩》有大小，明義不存乎大小也。」(《詩說》，卷一，頁 1) 4.依照用途、辭氣和音節而分，代表是朱熹：「正《小雅》，燕饗之樂也。正《大雅》，會朝之樂，受釐陳戒之辭也。……辭氣不同，音節亦異，……及其變也，則事未必同，而各以其聲附之。」(《詩集傳》，卷九，頁 99) 此四說中，高亨認爲只有依照其樂音而分之說較圓通，但詩的樂音既亡，先秦古書中又無佐證，此說是否，還難論定，因此持闕疑的態度。(見《詩經引論》，《詩經學論叢》，頁 29～30) 屈萬里先生認爲大小雅之分，當依朱子之說（見《詩經詮釋・敘論》，頁 6)，裴普賢先生認爲「大小雅之別在內容而不在時代」(見《詩經研讀指導・詩經幾個基本問題的簡述》，頁 14) 胡念貽認爲「『風』、『雅』、『頌』既然是以音別，大小雅也應當以音別。」，讚同鄭樵、惠周惕的觀點（見《關於『風』、『雅』、『頌』的問題》，《詩經學論叢》，頁 222) 孫作雲認爲大、小雅的區別是以詩篇的內

轍雖反對《詩大序》對大小雅的界定，而創立新說，但所說仍嫌迂曲，純係其個人主觀的推斷，不足爲信，只可聊備一說。但就突破漢學典範之成說而言，仍有其積極正面的意義。

五、重訂《小雅》之篇什

《毛詩》於《小雅》有所謂的《鹿鳴之什》、《南山之什》、《南有嘉魚之什》、《鴻鴈之什》、《節南山之什》、《谷風之什》、《甫田之什》、《魚藻之什》，其篇目如下：

（一）《鹿鳴之什》

《鹿鳴》、《四牡》、《皇皇者華》、《常棣》、《伐木》、《天保》、《采薇》、《出車》、《杕杜》、《魚麗》、《南陔》、《白華》、《華黍》。

（二）《南有嘉魚之什》

《南有嘉魚》、《南山有臺》、《由庚》、《崇丘》、《由儀》、《蓼蕭》、《湛露》、《彤弓》、《菁菁者莪》、《六月》、《采芑》、《車攻》、《吉日》。

（三）《鴻鴈之什》

《鴻鴈》、《庭燎》、《沔水》、《鶴鳴》、《祈父》、《白駒》、《黃鳥》、《我行其野》、《斯干》、《無羊》。

（四）《節南山之什》

《節南山》、《正月》、《十月之交》、《雨無正》、《小旻》、《小宛》、《小弁》、《巧言》、《何人斯》、《巷伯》。

（五）《谷風之什》

《谷風》、《蓼莪》、《大東》、《四月》、《北山》、《無將大車》、《小明》、《鼓鐘》、《楚茨》、《信南山》。

容，講西周盛世的詩，稱爲《大雅》，講西周衰世的詩，稱爲《小雅》，大小雅的區別在內容，與音樂及其它無干。（見《論二雅》，《詩經學論叢》，頁 196～199）周滿江推測大、小雅的區別是：「編者可能把時代較早、以歌頌爲主的雅詩編爲一集，稱《大雅》；把時代較晚的民歌及一般貴族的雅樂編爲一集，稱《小雅》。」（見《詩經》，頁 17）他的理由是：「《大雅》中史詩、讚頌詩較多，共計二十篇，怨刺詩只八篇。《小雅》中有三十一首是贊頌詩和寫宴飲生活的詩；另一半是反映征戍之苦的詩，及士大夫的怨刺詩。在風格上《小雅》與國風接近。從時代方面說，《大雅》較早，其中有周初及宣王時代的詩，最晚的一般認爲是《瞻卬》、《召旻》，作於幽王時代。《小雅》中最早的詩不出宣王時代，而最晚的詩，則在東周初年。根據這兩點，我們推測，編者可能把時代較早、以歌頌爲主的雅詩編爲一集，稱《大雅》；把時代較晚的民歌及一般貴族的雅樂編爲一集，稱《小雅》。」（同上）按：大、小雅的區別，當以周氏所說較爲合理。

（六）《甫田之什》

《甫田》、《大田》、《瞻彼洛矣》、《裳裳者華》、《桑扈》、《鴛鴦》、《頍弁》、《車舝》、《青蠅》、《賓之初筵》。

（七）《魚藻之什》

《魚藻》、《采菽》、《角弓》、《菀柳》、《都人士》、《采綠》、《黍苗》、《隰桑》、《白華》、《緜蠻》、《瓠葉》、《漸漸之石》、《苕之華》、《何草不黃》。

陸德明解釋「什」之意是「歌詠之作，非止一人，篇數既多，故以十篇編爲一卷，名之爲什。」（《經典釋文》，《毛詩正義》卷九之一，頁 1）那麼所謂《鹿鳴之什》、《南有嘉魚之什》等，都應該是十篇，然而從上引《毛詩》《小雅》各篇什來看，其中《鹿鳴之什》、《南有嘉魚之什》各十三篇，《魚藻之什》十四篇，顯然與「什」義不合。鄭玄論《南陔》、《白華》、《華黍》三詩「有其義而亡其辭」說：

> 此三篇者，鄉飲酒、燕禮用焉，曰：「笙入，立于縣中，奏《南陔》、《白華》、《華黍》。」是也。孔子論《詩》，《雅》、《頌》各得其所，時俱在耳，篇第當在於此，遭戰國及秦之世亡之，其義則與眾篇之義合編，故存。至毛公爲《詁訓傳》，乃分眾篇之義，各置於其篇端云。又闕其亡者，以見在爲數，故推改什首，遂通耳，而下非孔子之舊。（《鄭箋》，《毛詩正義》，卷九之四，頁 10～11）

可知鄭玄已經認爲《毛詩》《小雅》之篇什，並不是孔子整理編次的《詩經》原貌，蘇轍在鄭玄論說的基礎上，進一步提出重訂《毛詩》《小雅》之篇什，以「復孔子之舊」的作法，他說：

> 此三詩皆亡其辭，古者鄉飲酒、燕禮皆用之，孔子編詩，蓋亦取焉。歷戰國及秦亡之，而獨存其義。毛公傳詩，附之《鹿鳴之什》，遂推改什首。予以爲非古，於是復爲《南陔之什》，則《小雅之什》皆復孔子之舊。（《詩集傳》，卷十）

蘇轍認爲將《南陔》、《白華》、《華黍》三詩附在《鹿鳴之什》，是出自毛公之手，並不是孔子整理編次的《詩經》原貌，因此他將《南陔》、《白華》、《華黍》三詩自《鹿鳴之什》抽出，而以《南陔》爲首，至《湛露》，凡十篇，定爲《南陔之什》，以下每十篇爲一什，依次爲《彤弓之什》、《祈父之什》、《小旻之什》、《北山之什》、《桑扈之什》、《都人士之什》，蘇轍認爲這樣的編排，才是孔子整理編次的《詩經》原貌。

蘇轍之重訂《小雅》篇什，姑不論是否眞的符合「孔子之舊」，但重訂的《小雅》篇什，與《毛詩》所傳的《小雅》篇什迥異，本身既是一種改經的行爲，又是對《詩經》漢學典範的一種摧毀。蘇轍此舉就《詩經》的詮釋史而言，影響頗大。呂祖謙於《呂氏家塾讀詩記》中，除《南陔之什》篇第依《小雅・六月・續序》改爲：《南陔》、《白華》、《華黍》、《由庚》、《南有嘉魚》、《崇丘》、《南山有臺》、《由儀》、《蓼蕭》、《湛露》，稍異蘇轍之外，其餘《小雅》諸篇什，皆從蘇轍所改〔註 49〕。朱熹於《小雅》篇什，據《儀禮》爲說，以爲《南陔》當在《杕杜》之後，爲《鹿鳴之什》的最後一篇，而《白華》、《華黍》、《魚麗》、《由庚》、《南有嘉魚》、《崇丘》、《南山有臺》、《由儀》、《蓼蕭》、《湛露》十篇，當稱《白華之什》，以下則同於蘇、呂二氏所改〔註 50〕。朱子弟子輔廣著《詩童子問》，於《小雅》篇什，亦從朱子所改。此外，清儒方玉潤於《小雅》篇什全從蘇轍所改〔註 51〕。凡此，皆可見蘇轍重訂《小雅》篇什在《詩經》詮釋史上的影響。

六、論《鄘風・載馳》、《王風・兔爰》、《鄭風・清人》三詩失次

蘇轍既以爲《毛詩》所定《小雅》之篇什並非「孔子之舊」，又論《鄘風・載馳》、《王風・兔爰》、《鄭風・清人》三詩失次，他說：

> 列國之詩，皆以世爲先後，非如十五國風無先後大小之次，固當以世爲斷。今《載馳》之一章曰：「言至于漕」，戴公之詩也，而列於文公之下；《王》之《兔爰》，桓王之詩也，而列於平王之上，《鄭》之《清人》，文公之詩也，而列於莊、昭之間，皆非孔氏之舊也，蓋傳者失之矣。(《詩集傳》，卷三)

蘇轍認爲國風諸詩之篇第當依據時代的先後排列，時代、世次早的當編次於前，時代、世次晚的則編次於後。就衛國所立諸公的世次而言，戴公在文公之前；就周朝所立諸王的世次而言，平王在桓王之前；就鄭國所立諸公的世次而言，莊

〔註 49〕呂祖謙云：「《六月》序《小雅》諸篇，《魚麗》之後，初一曰《南陔》，次二曰《白華》，次三曰《華黍》，次四曰《由庚》，次五曰《南有嘉魚》，次六曰《崇丘》，次七曰《南山有臺》，次八曰《由儀》，與《鄉飲酒禮》、《燕禮》奏樂之序皆合，此孔子之舊也。蘇氏復《南陔》之什，既得之矣，而《由庚》、《崇丘》尚仍毛氏之舊，今釐正之。」(《呂氏家塾讀詩記》，卷十八，頁 2)

〔註 50〕朱熹云：「按：《儀禮・鄉飲酒》及《燕禮》，前樂既畢，皆閒歌《魚麗》，笙《由庚》，歌《南有嘉魚》，笙《崇丘》，歌《南山有臺》，笙《由儀》。閒，代也。言一歌一吹也。然則此六者，蓋一時之詩，而皆爲燕饗賓客上下通用之樂。毛公分《魚麗》以足前什，而說者不察，遂分《魚麗》以上爲文、武詩，《嘉魚》以下爲成王詩，其失甚矣。」《詩集傳》，卷九，頁 110)。

〔註 51〕方玉潤云：「《南陔》以下三詩，蘇氏轍云：『此三詩皆亡其辭，古者《鄉飲酒》、《燕禮》皆用之，孔子編詩，蓋亦取焉。歷戰國及秦亡之，而獨存其義，毛公傳詩，附之《鹿鳴》之什，遂改什首，予以爲非古，於是復爲《南陔》之什，則《小雅》皆復孔子之舊。』今從之，而以《南陔》爲什首。」(《詩經原始》，卷九，頁 755)。

公、昭公在文公之前，換言之，詩的編次應是戴公之詩《載馳》在文公之詩《定之方中》、《相鼠》、《干旄》之前；平王之詩《葛藟》在桓王之詩《兔爰》之前；莊公之詩《將仲子》、《叔于田》、《大叔于田》、《遵大路》，昭公之詩《有女同車》、《山有扶蘇》、《蘀兮》、《狡童》、《揚之水》，在文公之詩《清人》之前，然而《毛詩》所傳的篇次剛好相反、錯亂，蘇轍認為這即是「傳者失之」。蘇轍此論，影響亦鉅。李樗、黃櫄均接受此一觀點〔註 52〕，其中李樗更進而考定《周頌・閔予小子之什》，認為《桓》、《賚》也失次〔註 53〕。此外，朱熹懷疑《小雅》的篇次非盡古本之舊，項安世著《毛詩前說》，考定風、雅之篇次〔註 54〕，宋末王柏更變本加厲，於風、雅篇次，多所重定〔註 55〕，凡此，皆可見蘇轍之影響。

〔註 52〕李樗云：「王族刺平王之詩也（案：指《王風・葛藟》）。今乃列之於平王之後，此可疑也。皇甫士安直指以謂桓王之詩，此則不可得而見。如《載馳》乃戴公之詩也，而列之於文公之後，《清人》乃文公之詩也，而列之於莊、昭之間，此皆因秦焚書之後，篇帙散亡，傳者失之。」（《毛詩李黃集解》，卷九，頁 6）黃櫄云：「詩之失其次者，不可一一舉，如衛懿公之詩，載於文公之後，《甘棠》之詩，載於聽訟之前，學者不必泥於篇次之末可也。」（同上，卷四十，頁 7）

〔註 53〕李樗云：「宣公十二年《左傳》曰：『武王克商而作頌』，其三曰：『敷時繹思，我徂維求定』，其六曰：『綏萬邦，屢豐年』。『敷時繹思，我徂維求定』，即《賚》之詩也，『綏萬邦，屢豐年』，即此詩也，然謂武王克商，則《桓》者乃武王之詩也，既是武王之詩，而乃序於成王之後者，蓋是成王之時而作之也，如使果是武王之為詩，則詩之言曰：『桓桓武王，保有厥士』，武王豈自言其諡邪？則知此《桓》之詩乃成王時追稱之也，雖然，成王之追稱而乃列於成王之後者，抑所作有先後邪？抑自有先後之序而後人改易之邪？左氏所載，其三乃《賚》詩，其六乃《桓》詩，今《賚》之詩乃序於《桓》詩之後者，此又先後之失其次序也。」（《毛詩李黃集解》，卷四十，頁 1）

〔註 54〕朱熹云：「《小雅》篇次，尤多不可曉者，此未易考。」（《朱子大全》，卷四十五，《答廖子晦》，頁 23）是朱熹以為《小雅》的篇次非盡古本之舊，但未能一一糾正。項氏之說見《直齋書錄解題》，卷二，頁 17，今佚。

〔註 55〕關於王柏之重定風、雅篇次，程元敏先生於《王柏之生平與學術》，第伍編、第四章、第一節《二南說》，頁 82～90、第三節《重類風雅頌與更定詩篇次》，頁 96～108，考述甚詳，王柏之結論如下：

《召南》：《鵲巢》、《采蘩》、《草蟲》、《江有汜》、《小星》、《摽梅》、《羔羊》、《采蘋》、《行露》、《殷其靁》、《騶虞》。

《邶》、《鄘》、《衛》（王柏未論及三衛詩全部篇第）：

（《鄘》）《柏舟》、（《衛》）《淇澳》、《碩人》、（《邶》）《綠衣》、《終風》、《日月》、《燕燕》、《柏舟》、（《鄘》）《載馳》、（《衛》）《竹竿》、《河廣》、（《邶》）《泉水》、《雄雉》、（《鄘》）《定之方中》、《干旄》。

《文王之什》：

《文王》、《大明》、《緜》、《皇矣》、《棫樸》、《旱麓》、《思齊》、《靈臺》、《下武》、《文王有聲》。

《清廟之什》：

七、重訂詩篇之章句

關於《詩經》之分章定句，宋以前，一依《毛傳》、《鄭箋》。《詩集傳》中則有三處與毛、鄭立異，分別是《鄘風・載馳》、《周頌・酌》、《魯頌・閟宮》。

（一）《鄘風・載馳》

《毛傳》、《鄭箋》分《鄘風・載馳》爲五章，一章六句，二章四句，一章六句，一章八句，形式如下：

載馳載驅，歸唁衛侯。驅馬悠悠，言至于漕。大夫跋涉，我心則憂。（一章）

既不我嘉，不能旋反。視爾不臧，我思不遠。（二章）

既不我嘉，不能旋濟。視爾不臧，我思不閟。（三章）

陟彼阿丘，言采其蝱。女子善懷，亦各有行。許人尤之，衆穉且狂。（四章）

我行其野，芃芃其麥。控于大邦，誰因誰極？大夫君子，無我有尤。百爾所思，不如我所之。（五章）

蘇轍根據《左傳》賦詩的記載，認爲《載馳》的正確分章應是四章，一章、三章章六句，二章、四章章八句，他的理由是：「以《春秋傳》叔孫豹賦《載馳》之四章，義取『控于大邦』，非今之四章故也。」（《詩集傳》，卷三）按：《左傳》中有二次記載賦《載馳》之四章，一在文公十三年〔註56〕，一在襄公十九年，蘇轍所據即襄公十九年的記載，云：

齊及晉平，盟于大隧。故穆叔（叔孫豹）會范宣子于柯。穆叔見叔向，賦《載馳》之四章。叔向曰：「朕敢不承命！」（《左傳正義》，卷三十四，頁8）

杜預注：「四章曰：『控于大邦，誰因誰極。』取其欲引大國以自救助。」（同上）根據杜預的解釋，叔孫豹賦《載馳》第四章，是賦「控于大邦，誰因誰極」，是「取其欲引大國以自救助」之意。杜預的說法顯然與《毛傳》、《鄭箋》的分章有所歧異，依照毛、鄭的分章，叔孫豹賦《載馳》第四章應是「陟彼阿丘，言采其蝱。女子善懷，亦各有行。許人尤之，衆穉且狂。」，而不是第五章的「控于大邦，誰因誰極。」，杜預的說法爲蘇轍所本，蘇轍因而擬定此詩的章句爲四章，一章、三章六句，二章、四章八句，即：

《維天之命》、《清廟》。

〔註56〕《左傳》文公十三年云：「鄭伯與公宴于棐，子家賦《鴻雁》，季文子曰：『寡君未免於此。』文子賦《四月》，子家賦《載馳》之四章。」（《左傳正義》，卷十九下，頁12）

載馳載驅，歸唁衛侯。驅馬悠悠，言至于漕。大夫跋涉，我心則憂。（一章）
既不我喜，不能旋反。視爾不臧，我思不遠。既不我嘉，不能旋濟。視爾不臧，我思不閟（二章）
陟彼阿丘，言采其蝱。女子善懷，亦各有行。許人尤之，衆穉且狂。（三章）
我行其野，芃芃其麥。控于大邦，誰因誰極？大夫君子，無我有尤。百爾所思，不如我所之。（四章）

蘇轍之擬定《載馳》章句，事實上頗近情理，因爲叔孫豹之賦詩倘如杜預所說是「取其欲引大國以自救助之意」，那麼，《載馳》應爲四章無疑。然而根據《左傳》所載時人賦詩之例來看，若所賦僅取末章，則皆稱「卒章」，從無例外〔註 57〕，叔孫豹賦《載馳》之四章、子家賦《載馳》之四章，均不稱「卒章」，由此看來，蘇轍之擬定《載馳》爲四章，顯然並不正確。雖然，朱熹《詩集傳》於《載馳》之章句，亦直承蘇轍所定〔註 58〕。

（二）《周頌・酌》

《毛傳》、《鄭箋》定《周頌・酌》爲一章九句，形式如下：

於鑠王師，遵養時晦。時純熙矣，是用大介。我龍受之，蹻蹻王之造。載用有嗣，實維爾公。允師。

關於《周頌・酌》一詩之意，毛、鄭的看法有異，毛公以爲此詩是「述武王取紂之事」（《毛詩正義》，卷十九之四，頁 15），鄭玄以爲此詩是「武王克殷，用文王之道，故經述文王之事，以昭成功所由」（同上），蘇轍釋此詩，傾向鄭玄的看法，他說：

文王有於鑠之師而不用，退自循養，與時皆晦，晦而益明，其後既純光矣，

〔註 57〕依據余培林先生的研究，《左傳》賦詩之例是：如賦全詩，則記詩篇之名，如僖公二十三年：「公子賦《河水》，公賦《六月》。」如賦單章，除首末二章外，皆明記其章次，如昭公元年：「賦《小宛》之二章。」文公七年：「賦《板》之三章。」文公十三年：「賦《采薇》之四章。」成公九年：「賦《韓奕》之五章。」。如賦首末二章，則皆作「首章」、「末章」，不作一、二、三、四章，如昭公元年：「賦《大明》之首章。」成公九年：「賦《綠衣》之卒章。」襄公十四年：「歌《巧言》之卒章。」襄公十六年：「賦《鴻雁》之卒章。」襄公二十年：「賦《魚麗》之卒章。」昭公六年：「賦《野有死麕》之卒章。」昭公二年：「賦《緜》之卒章。」、「賦《節》（《節南山》）之卒章。」定公十年：「賦《揚之水》之卒章。」見《三百篇分章歧異考辨》，頁 9，國文學報第二十期，1991 年 6 月。

〔註 58〕朱熹云：「舊說此詩五章，一章六句，二章三章四句，四章六句，五章八句。蘇氏合二章三章以爲一章。按：《春秋傳》叔孫豹賦《載馳》之四章，而取其『控于大邦，誰因誰極』之意，與蘇說合，今從之。」（《詩集傳》，卷三，頁 35）。

則天下無不助之者。文王於是遂寵受之，蹻然起而王之。夫文王既造其始矣，故其後有嗣之者武王之興也，實維文王之事信爲之師。夫方其不可而晦，見其可而王之，此所以爲酌也。(《詩集傳》，卷十九)

是蘇轍認爲《酌》乃讚頌文王能夠不斷修德，因而能獲致天下士民之心，助其稱王，並爲日後武王之功業奠下了極好的基礎。依據蘇轍的訓解，武王功業的興起是「實維文王之事信爲之師」，即「實維爾公允師」之意，如此，「實維爾公允師」當斷爲一句，而非「實維爾公。允師。」二句，那麼，《酌》詩實際上僅八句，而非毛、鄭所云的九句，蘇轍云：「舊說《酌》九句，其實八句耳。」(《詩集傳》，卷十九)，即是此意。依據蘇轍之說，《酌》的形式如下：

於鑠王師，遵養時晦。時純熙矣，是用大介。我龍受之，蹻蹻王之造，載用有嗣，實維爾公允師。

其後朱熹《詩集傳》(卷十九，頁235)、呂祖謙《呂氏家塾讀詩記》(卷三十，頁13)、姚際恒《詩經通論》(卷十七，頁350)、方玉潤《詩經原始》(卷十七，頁1327)於《酌》所定之章句，俱同蘇轍。

(三)《魯頌・閟宮》

《魯頌・閟宮》達一百二十句，是《詩經》中的第一長詩，《毛傳》、《鄭箋》分爲八章，二章章十七句，一章十二句，一章三十八句，二章章八句，二章章十句，形式如下：

閟宮有侐，實實枚枚。赫赫姜嫄，其德不回。上帝是依，無災無害，彌月不遲，是生后稷。降之百福，黍稷重穋，稙穉菽麥。奄有下國，俾民稼穡。有稷有黍，有稻有秬。奄有下土，纘禹之緒。(一章)

后稷之孫，實維大王。居岐之陽，實始翦商。至于文武，纘大王之緒。致天之屆，于牧之野。無貳無虞，上帝臨女。敦商之旅，克咸厥功(二章)

王曰叔父，建爾元子，俾侯于魯。大啓爾宇，爲周室輔。乃命魯公，俾侯于東。錫之山川，土田附庸。周公之孫，莊公之子。龍旂承祀，六轡耳耳。春秋匪解，享祀不忒。皇皇后帝，皇祖后稷。享以騂犧，是饗是宜，降福既多。周公皇祖，亦其福女。秋而載嘗，夏而楅衡。白牡騂剛，犧尊將將。毛炰胾羹，籩豆大房。萬舞洋洋，孝孫有慶。俾爾熾而昌，俾爾壽而臧。保彼東方，魯邦是常。不虧不崩，不震不騰。三壽作朋，如岡如陵(三章)。

公車千乘，朱英綠縢，二矛重弓。公徒三萬，貝冑朱綅，烝徒增增。戎狄是膺，荊舒是懲，則莫我敢承。俾爾昌而熾，俾爾壽而富。黃髮台背，壽

胥與試。俾爾昌而大，俾爾耆而艾。萬有千歲，眉壽無有害。(四章)

泰山巖巖，魯邦所詹，奄有龜蒙，遂荒大東。至于海邦，淮夷來同。莫不率從，魯侯之功 (五章)。

保有鳧繹，遂荒徐宅，至于海邦，淮夷蠻貊。及彼南夷，莫不率從，莫敢不諾，魯侯是若。(六章)

天錫公純嘏，眉壽保魯。居常與許，復周公之宇。魯侯燕喜，令妻壽母。宜大夫庶士，邦國是有。既多受祉，黃髮兒齒。(七章)

徂徠之松，新甫之柏，是斷是度，是尋是尺。松桷有舄，路寢孔碩。新廟奕奕，奚斯所作。孔長且碩，萬民是若。(八章)

蘇轍認爲毛、鄭所分《閟宮》之章句並不正確，他認爲應分爲十三章，五章章九句，四章章八句，一章十二句，一章十一句，二章章十句〔註 59〕。根據蘇轍的說法，《閟宮》的分章如下：

閟宮有侐，實實枚枚。赫赫姜嫄，其德不回。上帝是依，無災無害，彌月不遲，是生后稷。降之百福。(一章)

黍稷重穋，植穉菽麥。奄有下國，俾民稼穡。有稷有黍，有稻有秬。奄有下土，纘禹之緒。(二章)

后稷之孫，實維大王。居岐之陽，實始翦商。至于文武，纘大王之緒。致天之屆，于牧之野。無貳無虞，上帝臨女。敦商之旅，克咸厥功。(三章)

王曰叔父，建爾元子，俾侯于魯。大啓爾宇，爲周室輔。乃命魯公，俾侯于東。錫之山川，土田附庸。(四章)

周公之孫，莊公之子。龍旂承祀，六轡耳耳。春秋匪解，享祀不忒。皇皇后帝，皇祖后稷。享以騂犧，是饗是宜，降福既多。(五章)

周公皇祖，亦其福女。秋而載嘗，夏而楅衡。白牡騂剛，犧尊將將。毛炰胾羹，籩豆大房。萬舞洋洋。(六章)

孝孫有慶。俾爾熾而昌，俾爾壽而臧。保彼東方，魯邦是常。不虧不崩，不震不騰。三壽作朋，如岡如陵。(七章)

公車千乘，朱英綠縢，二矛重弓。公徒三萬，貝冑朱綅，烝徒增增。戎狄是膺，荊舒是懲，則莫我敢承。(八章)

〔註 59〕蘇轍云：「《閟宮》十三章，五章章九句，四章章八句，一章十二句，一章十一句，二章章十句。此詩百二十句，舊分八章，非也，當以此爲正。」(《詩集傳》，卷二十) 唯蘇轍何以認爲毛、鄭所分《閟宮》之章句爲誤，及其重定《閟宮》之章句的理由爲何，《詩集傳》中並未說明。

俾爾昌而熾，俾爾壽而富。黃髮台背，壽胥與試。俾爾昌而大，俾爾耆而艾。萬有千歲，眉壽無有害。（九章）

泰山巖巖，魯邦所詹，奄有龜蒙，遂荒大東。至于海邦，淮夷來同。莫不率從，魯侯之功（十章）

保有鳧繹，遂荒徐宅，至于海邦，淮夷蠻貊。及彼南夷，莫不率從，莫敢不諾，魯侯是若。（十一章）

天錫公純嘏，眉壽保魯。居常與許，復局公之宇。魯侯燕喜，令妻壽母。宜大夫庶士，邦國是有。既多受祉，黃髮兒齒。（十二章）

徂徠之松，新甫之柏，是斷是度，是尋是尺。松桷有舄，路寢孔碩。新廟奕奕，奚斯所作。孔長且碩，萬民是若。（十三章）

其後，朱熹於《詩集傳》中亦以毛鄭所分《閟宮》章句爲誤，並加以重定〔註60〕。

八、釋《詩》名篇之意

關於蘇轍釋《詩》名篇之意，已略述於本章第一節，《詩集傳》中除釋《大雅・蕩》、《召旻》二詩名篇之意外，尚有二處，一是《鄭風・大叔于田》，一是《小雅・小旻》、《小宛》、《小弁》、《小明》。

（一）釋《鄭風・大叔于田》

《鄭風》中有二首詩，一是《叔于田》、一是《大叔于田》，蘇轍於《大叔于田》條下云：

二詩皆曰叔于田，故此加大以別之，非謂段爲大叔也。然不知者又加大于首章，失之矣。（《詩集傳》，卷四）

蘇轍認爲《大叔于田》本來即稱作《叔于田》，由於《鄭風》有二篇《叔于田》，名詩者爲了區別，所以將篇幅較長的一篇加「大」字，毛公傳詩不知此意，於此詩首章又加「大」字，成「大叔于田」，並不正確。按：蘇轍之說蓋本《釋文》而來〔註61〕，所說頗近情理，朱熹於《詩集傳》中即加以徵引〔註62〕。

〔註60〕朱熹重定《閟宮》之章句爲：九章，五章章十七句，二章章八句，二章章十句，云：「舊說八章，二章章十七句，一章十二句，一章三十八句，二章章八句，二章章十句，多寡不均，雜亂無次。蓋不知第四章有脫句而然。今正其誤。」（《詩集傳》，卷二十，頁242）。

〔註61〕《釋文》：「《叔于田》，本或作《大叔于田》者，誤。」（《毛詩正義》，卷四之二，頁10）。

〔註62〕《詩集傳》卷四《鄭風・大叔于田》條下引蘇氏曰：「二詩皆曰《叔于田》，故加大以別之。不知者乃以段有大叔之號，而讀曰泰，又加大于首章，失之矣。」（頁49）

（二）釋《小雅・小旻》、《小宛》、《小弁》、《小明》

《小雅・小旻》、《小宛》、《小弁》、《小明》四詩的名篇之意到底爲何，蘇轍的解釋是：

> 《小旻》、《小宛》、《小弁》、《小明》四詩皆以小名篇，所以別其爲《小雅》也。其在《小雅》者謂之小，故其在《大雅》者，謂之《召旻》、《大明》，獨《宛》、《弁》闕焉。意者，孔子刪之矣。雖去其大，而其小者猶謂之小，蓋即用其舊也。(《詩集傳》，卷十一)

按：關於《小雅・小旻》、《小宛》、《小弁》、《小明》四詩名篇之意，鄭玄、孔穎達均有說明，鄭玄云：「所刺列於《十月之交》、《雨無正》，爲小，故曰《小旻》。」(《毛詩正義》，卷十二之二，頁 15）又云：「名篇曰《小明》者，言幽王日小其明，損其政事，以至於亂。」（同上，卷十三之一，頁 112）孔穎達云：「政教爲小，故曰《小宛》。」（同上，卷十二之三，頁 1）又云：「經言『弁彼鸒斯』，不言《小鳥》曰《小弁》者，弁，樂也。鸒斯卑居，小鳥而樂，故曰《小弁》。」（同上，卷十二之三，頁 4）可見鄭、孔的說解，主要是從內容、義理上來訓釋詩的名篇之意。鄭玄之釋《小旻》之意，根據孔穎達的疏通是：

> 經言「旻天」，天無小義，今謂之《小旻》，明有所對也。故言所刺者，此列於《十月之交》、《雨無正》，則此篇之事爲小，故曰《小旻》也。《十月之交》言日月告凶，權臣亂政，《雨無正》言宗周壞滅，君臣離散，皆是事之大者，此篇唯刺謀事邪僻，不任賢者，是其事小於上篇，與上別篇，所以得相比者，此四篇文體相類，是一人之作，故得自相比校，爲之立名也。毛氏雖幽厲不同，其名篇之意，或亦然之。(《毛詩正義》，卷十二之二，頁 15)

換言之，鄭玄認爲《小旻》的命名是與《十月之交》、《雨無正》二篇比較而來的，《小旻》所寫的事僅是「刺謀事邪僻，不任賢者」，與《十月之交》的「言日月告凶，權臣亂政」、《雨無正》的「言宗周壞滅，君臣離散」大事相比較之下，就是小事了，因此命名爲《小旻》。鄭玄的說法，衡諸《詩經》名篇多無義例來看，顯然並不正確，其釋《小明》之名篇，與孔穎達之釋《小宛》、《小弁》之名篇，也不免有流於穿鑿及過於深求之弊。蘇轍的說法則擺脫鄭、孔訓釋的角度，他認爲《小旻》、《小宛》、《小弁》、《小明》四篇所以命名爲小，是因爲此四詩在《小雅》，由此而推，《大雅》當有《召旻》、《大明》、《大宛》、《大弁》。而今《大雅》中只有《召旻》、《大明》，而無《大宛》、《大弁》，則可能是孔子刪去的緣故。蘇轍此論，觀點頗爲新穎，然有得有失。《小旻》首章首句爲「旻天疾威」，而名爲《小旻》；《小宛》首章首句爲「宛彼鳴鳩」，而名爲《小宛》；《小弁》首章首句爲「弁彼鸒斯」，而名爲《小弁》；《小明》首章首句爲「明明上天」，而名爲《小明》，這樣的名篇，頗令人費解，蘇轍參照《大雅・召旻》首章首句「旻天疾威」，而名爲《召旻》；《大雅・大明》首章首句爲「明明在下」，而名爲《大明》，認爲名篇者以詩之於《大雅》、《小雅》而添加小、大以示區別，就《小旻》、《小明》與《召旻》，《大明》的首句雷同看來，蘇轍的推測頗近情理，雖然未必完全正確。但《大雅》中並無《大宛》、《大弁》，推測是孔子刪去，則並非事實〔註 63〕。無論如何，蘇轍的觀點既突破鄭、孔舊說，同時也以更切近情理，而廣泛地爲學者所接受，李樗、朱熹、呂祖謙、嚴粲、方玉潤俱同意蘇轍的觀點〔註 64〕。

九、釋《小雅・鼓鐘》

就《詩經》的詮釋史而言，風、雅、頌是《詩經》最初的三種分類，風含十五國風，雅含大、小雅，頌含周、魯、商三頌，唐以前的學者均無異議。自宋以來，頗有學者認爲《周南》、《召南》與國風之體不同，如王質、程大昌〔註 65〕，顧炎武、

〔註 63〕《史記・孔子世家》：「古者詩三千餘篇，及至孔子，去其重；取可施于禮義。上采契、后稷；中述殷、周之盛；至幽、厲之缺。……三百五篇，孔子皆弦歌之，以求合韶武雅頌之音。」孔穎達據此謂：「案：書傳所引之詩，見在者多，亡逸者少，則孔子所錄，不容十分去九。馬遷言古詩三千餘篇，未可信也。」(《詩譜序》，《毛詩正義》卷前，頁 5）孔子刪詩之說，即起源於孔穎達之誤讀《史記》文，後儒踵繼，如鄭樵、葉適、朱彝尊等，均反對孔子刪詩之說，持論大抵相同。事實上，《史記》並未言孔子刪詩，只是說孔子曾經做過「去其重」的工作而已。所謂「去其重」，是指去掉《詩經》中相同重複的篇章，其性質正和漢代劉向整理校定《荀子》、《管子》，將相同重複的篇章去除一樣，詳見金德建《論孔子整理詩經去其重複》，收錄於《詩經學論叢》，頁 79～86。

〔註 64〕見《毛詩李黃集解》，卷二十四，頁 11～12；《詩集傳》，卷十二，頁 138；《呂氏家塾讀詩記》，卷二十一，頁 1；《詩緝》，卷二十一，頁 1；《詩經原始》，卷十，頁 874～875。

〔註 65〕王質云：「南，樂歌名也。見《詩》『以雅以南』；見《禮》『胥鼓南』。鄭氏以爲西南夷之樂，又以爲南夷之樂，見《春秋傳》『舞象箾南籥』，杜氏以爲文王之樂，其說不倫，大要樂歌名也。《禮》『舜作五絃之琴，以歌南風，夔始制樂，以賞諸侯』，『南』即《詩》之南也，『風』即《詩》之風也。舜始見之於琴，而夔始播之於樂。後世誤認其意，遂以爲盛夏之南風。今所傳《南風》之歌，專主于此。」(《詩總聞》，卷一，《聞南一》，頁 1)。程大昌云：「詩有南雅頌，無國風，其曰國風者，非古也。夫子嘗曰：『雅頌各得其所』，又曰：『人而不爲《周南》、《召南》』，未嘗有言國風者。予於是疑此時無國風一名，然猶恐夫子偶不及之，未敢遽自主執也。《左氏》記季札觀樂，歷敘《周南》、《召南》、《小雅》、《大雅》、《頌》，凡其名稱，與今無異；至列敘諸國，自《邶》至《豳》，其類凡十有三，率皆單紀國土，無今國風品目也。當季札觀樂時，未有夫子，而詩名有無，與今《論語》所舉悉同。吾是以知古固如此，非夫子偶于國風有遺也。蓋南、雅、頌，樂名也，若今樂曲之在某宮者也。南有周、

崔述、梁啓超繼之，更謂南是一種獨立的詩體，當獨立於風、雅、頌之外〔註66〕，近世學者張西堂亦讚同此一觀點〔註 67〕。追本溯源，此種說法實濫觴於蘇轍。《小雅・鼓鐘》「以雅以南，以籥不僭。」，蘇轍的解釋是：

雅，二雅也。南，二南也。幽王之世，風有二南而已，故播此二詩於籥，言幽王之不德，豈其樂非古歟？樂則是矣，而人則非也。（《詩集傳》，卷十三）

蘇轍釋「以雅以南」爲「二雅」、「二南」，既與《毛傳》「南夷之樂曰南」（《毛詩正義，卷十三之二，頁 2》）、《鄭箋》：「雅，萬舞也。」（同上）立異，又將「南」和「雅」對立，頗有南爲一種獨立詩體的傾向，其說遂爲王質以下的學者所本。從此，二南是否仍列於國風之中，抑或獨立於國風之外，遂成爲《詩經》詮釋史上一個極具爭擾的問題〔註 68〕，此亦可見蘇轍之勇於立說，與突破漢學典範之處。

召，頌有周、魯、商，本其所從得，而還以繫其國土也。二雅獨無所繫，以其純當周世，無用標別也。均之爲雅，音類既同，又自別爲大小，則聲度必有豐殺廉肉，亦如十二律然，既有大呂，又有小呂也。若夫《邶》、《鄘》、《衛》、《王》、《鄭》、《齊》、《魏》、《唐》、《秦》、《陳》、《檜》、《曹》、《豳》，此十三國者・詩皆可采，而聲不入樂，不入樂，則直以徒詩著之本土，故季札所見，與夫周工所歌，單舉國名，更無附語，知本無國風也。」（《詩論一》）又云：「《鼓鐘》之詩曰：『以雅以南，以籥不僭。』，季札觀樂，有『舞象箾南籥』者，詳而推之，南籥，二南之籥也。箾，雅也：象舞，頌之《維清》也。其在當時，親見古樂，凡舉雅頌，率參以南。其後《文王世子》又有所謂『胥鼓南』者，則南之爲樂名古矣。詩更秦火，簡編殘闕，學者不能自求之古，但從世傳訓故，師弟相受，于是創命古來所無者以爲國風，參匹雅頌，而文王南樂，遂包統于國風部彙之内，雖有卓見，亦莫敢出眾疑議也。」（《詩論二》）。

〔註 66〕顧炎武云：「《周南》、《召南》，南也，非風也。《豳》謂之《豳詩》，亦謂之雅，亦謂之頌，而非風也。南、豳、雅、頌爲四詩，而列國之風附焉，此詩之本序也。」（《日知錄》，卷三，《四詩》，頁 60）又云：「自《周南》至《豳》，統謂之國風，此先儒之誤，程泰之辯之詳矣。」（同上，頁 67）。崔述云：「且南者乃詩之一體，……蓋其體本起於南方，北人效之，故名以南，若漢人效《楚辭》之體，亦名之爲《楚辭》者然。故《小雅》云：『以雅以南』，自武王之世，下逮東周，其詩而雅也，則列之於雅：風也，則列之於風；南也，則列之於南，如是而已。」（《讀風偶識》卷一，頁 19）梁啓超云：「《詩・鼓鐘》篇『以雅以南』，『南』與『雅』對舉，『雅』既爲詩之一體，『南』自然也是詩之一體。《禮記・文王世子》說『胥鼓南』，《左傳》說『象箾南籥』都是一種音樂的名，都是指這一種詩歌。」（《釋『四詩』名義》，收錄於《中國文學研究》，頁 1～4）。

〔註 67〕見《詩經六論》，五《詩經的體制》，頁 98～106。

〔註 68〕清儒陳啓源《毛詩稽古編》，卷十四，《谷風之什》，頁 14：卷二十九，《數典・樂舞》，頁 3）、魏源（《詩古微》，卷十二，頁 15～17）、胡承珙（《毛詩後箋》，卷一，頁 5～6）、方玉潤（《詩經原始》卷一，頁 164）均極力反對程、王之說。當代學者則傾向南不獨立於風、雅、頌之外，如屈萬里、程俊英，屈說見《詩經詮釋・敘論》，頁 14～15，程說見《詩經注析》，上冊，頁 1～2。

第六章　蘇轍對漢儒說《詩》的批駁

第一節　駁司馬遷、班固

蘇轍在自撰的《穎濱遺老傳上》中說：「平生好讀《詩》、《春秋》，病先儒多失其指，欲更爲之傳。」（《欒城後集》，卷十二，頁 1283）實已清楚的揭示了《詩集傳》的詮釋路向，即在駁正先儒說《詩》之謬，除了前章所述蘇轍對漢學典範的反省、修正與批駁外，《詩集傳》中不乏對漢儒的批駁，處處流露出蘇轍「深思自得」的治經性格，茲續述之如下·

一、駁司馬遷

司馬遷並無詮釋《詩經》的專著，其對《詩經》的見解主要是透過《史記》中表達出來。《史記》中徵引的《詩經》諸說，主要係屬《魯詩》一派〔註1〕，間有引《韓詩》說者。蘇轍對於司馬遷在《史記·宋微子世家》中持《韓詩》的看法，以爲《商頌》爲春秋時代正考父頌美襄公的詩，提出了批駁：

> 司馬遷言「宋襄公脩仁行義，欲爲盟主，其大夫正考父美之，故追道契、湯、高宗殷之所以興，作《商頌》」，，其說蓋出於《韓詩》，近世學者因此詩有「奮伐荊楚」，則以襄公伐楚之事當之，遂以韓嬰之說爲信。予考

〔註 1〕陳喬樅《魯詩遺說考》云：「《史記》敘傳自言：『講業齊、魯之都』，子長宜習《魯詩》。又《儒林傳》言『韓嬰爲詩，與齊、魯間殊』，似不深信韓氏，且子長時，詩惟魯立博士，故《史記》所引詩皆魯說也。全氏祖望云：『太史公嘗從孔安國問古文《尚書》，安國爲《魯詩》者也。史遷所傳，當是《魯詩》。』喬樅今即以《史記》證之，其傳儒林，首列申公，敘申公弟子，首數孔安國，此太史公尊其師傳，故特先之，據是以斷，《史記》所載詩，必爲魯說無疑矣。」（卷一，頁 1）。

> 《商頌》五篇皆盛德之事，非宋之所宜有，且其詩有「邦畿千里，維民所止，肇域彼四海」、「命于下國，封建厥福」，此類非復諸侯之事，無可疑者。襄公伐楚而敗於泓，幾以亡國，此宋之大恥，既非其所當頌，《長發》之詩謂湯武王，苟誠襄公之頌，周有武王，豈復以命湯哉？（《詩集傳》卷二十，釋《商頌‧殷武》條）

《後漢書‧曹褒傳》云：「昔奚斯頌魯，考甫詠殷。」李賢注引《韓詩‧薛君章句》云：「正考父，孔子之先也，作《商頌》十二篇。」（卷三十五，頁 1204），蘇轍謂司馬遷之說出自《韓詩》，蓋本此。蘇轍對於司馬遷以《商頌》爲春秋時代宋國大夫作以頌美襄公的詩，及近世學者根據《商頌‧殷武》中的「奮伐荊楚」一句，因而認定即是描述宋襄公伐楚一事，進而採信韓嬰之說，大不以爲然。蘇轍認爲《商頌》即是商詩，不是宋詩，他的理由有三點：1. 就《商頌》五篇的內容來看，「皆盛德之事，非宋之所宜有」，2. 《商頌‧玄鳥》云：「邦畿千里，維民所止，肇域彼四海」（根據陳子展《詩經直解》的譯文是：「國都的附近千里，這是人民聚會的所在，又從頭征服了那天下四海。」，頁 1193），《殷武》云：「命于下國，封建厥福」（「便命令天下諸國，分封立國給他們福」，同上，頁 1208），這些都是天子之事，而「非復諸侯之事」，3. 「襄公伐楚而敗於泓，幾以亡國，此宋之大恥，非其所當頌」。以上三點，均言之成理，特別是第三點乃是根據史實而言的，尤能成立。據《左傳》僖公二十二年的記載，宋襄公與楚戰於泓水邊，由於講究婦人之仁，致「宋師敗績，公傷股，門官殲焉，國人皆咎公。」（《左傳正義》，卷十五，頁 3），翌年夏天五月「宋襄公卒，傷於泓故也。」（《左傳》僖公二十三年，《左傳正義》，卷十五，頁 7），這對宋國人而言確是「宋之大恥」，宋人當然不可能作詩歌詠此事。由蘇轍對司馬遷、韓嬰及近世學者的批駁，一方面可知蘇轍對於《商頌》的看法傾向於《毛詩》〔註 2〕，同時也可清楚見到其講究「深思自得」的治經性格。關於《商頌》五篇的確實年代，從漢代開始便有了爭議。今文三家認爲《商頌》是春秋時代的宋詩，作者是宋國的大夫正考甫〔註 3〕，古文《毛詩》則認爲《商頌》是周朝樂官所保存的商代詩歌，

〔註 2〕《商頌‧那‧詩序》云：「《那》，祀成湯也。微子至于戴公，其間禮樂廢壞。有正考甫者，得《商頌》十二篇於周之大師，以《那》爲首。」（《毛詩正義》，卷二十之三，頁 4）是《毛詩》以《商頌》爲商詩。蘇轍對於《商頌》的看法除見於此處對司馬遷等人的批駁外，在《詩集傳》卷二十《商頌》卷首中有更清楚的說明：「契爲舜司徒而封於商，傳十四世而成湯受命，其後既衰，則三宗迭興，及紂爲武王所滅，封其庶兄微子啓於宋，以奉商後，其地在禹貢徐州泗濱，西及豫州孟豬之野。其後政衰，商之禮樂，日以放失，七世至戴公，其大夫正考父得《商頌》十二篇於周太師，歸以祀其先王，至孔子編詩而亡其七篇。」是蘇轍對《商頌》的看法同《毛詩》。

〔註 3〕王先謙《詩三家義集疏》云「《齊》說曰：『商，宋詩也。』」（卷二十八，頁 1089）

鄭玄、孔穎達俱從毛說〔註 4〕。唐、司馬貞《索隱》曾針對漢代今文家主張正考父作頌以美襄公，提出了駁斥：

> 按：裴駰引《韓詩・商頌章句》亦美襄公，非也。今按《毛詩・商頌・序》云：「正考父於周之太師得《商頌》十二篇，以《那》爲首」，《國語》亦同此說，今五篇存，皆是商家祭祀樂章，非考父追作也。又考父佐戴、武、宣，則在襄公前且百許歲，安得述而美之，斯謬說耳。(《史記會注考證》，卷三十八，頁 619)

司馬貞根據《國語・魯語》及《左傳》的記載〔註 5〕，指出正考父的年代不及襄公；不可能作詩以頌美襄公，證明《商頌》確是商代的祭祀詩。清儒馬瑞辰推闡其說，復云：

> 正考甫佐戴、武、宣，見於《左傳》，其子孔父嘉在殤公時爲大司馬，亦見《左傳》，中隔莊公、湣公、新君、桓公，始至襄公，去戴、武、宣時甚遠，正考父安得作頌以美襄？固宜《史記索隱》以爲謬說耳。(《毛詩傳箋通釋》下，卷三十一，頁 1158)

一時《商頌》爲商詩，幾成定論。但和馬氏先後同時的魏源不信毛說，在《詩古微》中力舉十三證以證成《商頌》確實作於宋襄公之世〔註 6〕，皮錫瑞順風承流，又添舉七證以推闡魏說〔註 7〕，王先謙更據魏、皮二氏之說，云：「魏、皮二十證精確無倫，即令起古人於九原，當無異議。」(《詩三家義集疏》下，卷二十八，頁 1096)。民國以來的學者如王國維、俞平伯、傅斯年、屈萬里、程俊英等，承魏、皮、王之餘風，並主張《商頌》爲宋詩〔註 8〕，一時《商頌》爲宋詩反幾成定論。晚近大陸學者根據地下出土的文物，又開始翻案，如周滿江針對魏源所說商代不可能有伐楚的事，甚至楚國的名稱也要到魯僖公二年（西元前 656）以後才有，以此斷定《商頌・殷武》一詩所描寫的伐楚戰爭，必定是指西元前 656 年的「召陵之戰」，因而斷

是《齊詩》亦以《商頌》爲宋詩。

〔註 4〕鄭玄之說，見《詩譜・商頌譜》，《毛詩正義》，卷二十之三，頁 1～4，孔穎達之說同上。

〔註 5〕正考父的事蹟見《左傳》昭公七年，《左傳正義》，卷四十四，頁 16～17。

〔註 6〕詳《詩古微》上編之六，《商頌魯韓發微》，頁 403～410。

〔註 7〕詳王先謙《詩三家義集疏》，卷二十八，頁 1094～1096 引皮氏之說。

〔註 8〕王國維之說見《說商頌》，收錄於《詩經研究論集》(二)，頁 53～55，俞平伯之說見《論商頌的年代》，同上，頁 57～62；傅斯年之說見《詩經講義稿・魯頌商頌述》頁 251～260；屈萬里先生之說見《詩經詮釋・商頌》，頁 615；程俊英之說見《詩經注析・商頌》下冊，頁 1023～1024。

言《商頌》是宋詩的說法，提出了反駁〔註 9〕。金德建也根據河南安陽所發現的卜辭，駁斥了魏源所說「歷考傳說，從無殷高宗伐荊楚之文」（《詩古微》，上編之六，《商頌魯韓發微》，頁 408），主張《商頌》即是商詩〔註 10〕。諸說紛耘，頗令人無所適從。然而《商頌》五篇的眞相究竟如何？大陸學者梅顯懋曾撰《《商頌》作年之我見》的專文探討，他舉出七證說明《商頌》在商代末葉可能已具粗陋的原形，又舉出四證說明《商頌》五篇，必經春秋時宋人的重新改制修潤，已非原貌，他對《商頌》五篇的結論是：

> 今存《商頌》可能在商代已有粗陋的原形，商祚既亡，其祭歌由後裔宋人保存，至春秋時，宋國某一代君主欲重振雄風，故有大夫正考父奉命校《頌》。然古籍擱置近千年，難免斷簡竄亂之厄運，又要配以新樂，則考校修潤更定其辭，加工鋪衍，亦屬自然之情理。是故，今存《商頌》既有商代舊歌之遺跡，又有春秋時宋人的思想意識，既偶有古奧之處，又在整體上呈平易通暢之風格，既與《魯頌》相類，又有其自身的特異性〔註 11〕。

梅文所論頗爲深入，亦愜合情理，其說可從。那麼，蘇轍之駁司馬遷之說，要非無見。

二、駁班固

班固是漢代著名的史家，爲《漢書》主要的撰作者〔註 12〕，他雖無詮釋《詩經》的專著，但撰作《漢書》，不論敘事、論政或臧否人物，常證之以經義，且《漢書》中不乏援引《詩經》篇文以衡斷事理者〔註 13〕，偶而也在《漢書》中表露他對《詩經》的觀點，如云：

> 《書》曰：「詩言志，歌詠言。」故哀樂之心感，而歌詠之聲發。誦其言謂之詩，詠其聲謂之歌。故古有采詩之官，王者所以觀風俗，知得失，自考正也。孔子純取周詩，上采殷，下取魯，凡三百五篇，遭秦而全者，以其諷誦，不獨在竹帛故也。（《漢書》卷三十，《藝文志》第十，頁 1708）

由此可以了解班固對於《詩經》的內涵、由來的基本觀點，即三百篇是經過孔子所

〔註 9〕 詳見周氏所撰《詩經》，頁 21～26。

〔註 10〕 詳見金氏所撰《《商頌》述作考》，載於《古籍論叢》第二輯，頁 25～32。

〔註 11〕 詳見梅文，載於《文學遺產》，1986 年第 5 期。

〔註 12〕 《漢書》的成書，經過班彪、班固、班昭、馬續四人之手，而以班固爲主要的撰作者，參李威熊《漢書導讀》第二章《漢書的成書》。

〔註 13〕 同註 12，第四章《漢書的思想》。

刪錄選取的。此外，班固在《漢書‧禮樂志》中表露了「王澤既竭，而詩不能作」的觀點，關於此點，蘇轍提出了批駁：

> 詩止於陳靈，何也？古之說者曰：「王澤竭而詩不作」是不然矣。予以爲陳靈之後，天下未嘗無詩，而仲尼有所不取也。盍亦嘗原詩之所爲作者乎？詩之所爲作者，發于思慮之不能自已，而無與乎王澤之存亡也。是以當其盛時，其人親被王澤之存，其心和樂而不流，於是焉發而爲詩，則其詩無有不善，則今之正詩是也。及其衰也，有所憂愁憤怒，不得其平，淫泆放蕩，不合於禮者矣，而猶知復反於正。故其爲詩也，亂而不蕩，則今之變詩是也。及其大亡也，怨君而思叛，越禮而忘反，則其詩遠義而無所歸嚮，由是觀之，天下未嘗一日無詩，而仲尼有所不取也。故曰：「變風發乎情，止乎禮義。發乎情，民之性也；止乎禮義，先王之澤也。」先王之澤尚存，而民之邪心未勝，則猶取焉以爲變詩，及其邪心大行而禮義日遠，則詩淫而無度，不可復取，故詩止於陳靈，而非天下之無詩也，有詩而不可以訓焉耳，故曰：陳靈之後，天下未嘗無詩，由此言之也。(《詩集傳》，卷七)

班固《漢書‧禮樂志》云：「周道始缺，怨刺之詩起，王澤既竭，而詩不能作。」(卷二十二，頁 1042) 又《兩都賦‧序》云：「昔成康沒而頌聲寢，王澤竭而詩不作。」(《文選》，卷一，頁 1) 根據李善的注，「成康沒而頌聲寢」是「言周道既衰，雅頌並廢也。」，「王澤竭而詩不作」是「作詩稟乎先王之澤，故王澤竭而詩不作。」(同上) 是班固認爲陳靈公以後天下無詩，乃因爲王澤衰竭的緣故。蘇轍認爲：陳靈公以後，天下仍然有詩作的產生，因爲就詩作的動機來看，是「發于思慮之不能自已」，換言之，詩之所以作就在於個人的思想、情感的無法遏抑。既然如此，可見即使王澤衰竭，天下仍會有詩作。只是當王澤盛時（太平盛世），人們受到聖王德澤的教化均霑，發諸於詩呈現「和樂而不流」、「無有不善」的內容和情感，當王澤漸衰、政綱漸壞時，人們感情受到鼓盪，轉成「憂愁憤怒，不得其平，淫泆放蕩，不合於禮」，發諸於詩變成「亂而不蕩」，但仍知「復反於正」。到了王澤徹底衰竭銷亡、禮崩樂壞之時，人們的思想、感情是「怨君而思叛，越禮而忘反」，發諸於詩便是「遠義而無所歸嚮」、「詩淫而無度」，完全流於淫邪而不合乎禮義了，在這種情形下，孔子認爲此時的詩作已毫無勸戒教化的價值，於是不再收錄，因此說「陳靈之後，天下未嘗無詩，而仲尼有所不取也。」。

蘇轍的觀點，大抵本諸司馬遷、《詩大序》及鄭玄而來，所論當然並非完全諦當

〔註 14〕，然而他說陳靈以後「天下未嘗無詩」卻是對的，據《左傳》襄公四年記載魯人之歌臧紇（《左傳正義》，卷二十九，頁 26～27），昭公十二年記載南蒯鄉人之歌（同上，卷四十五，頁 31～34），皆可以證知陳靈以後未嘗無詩。又其所論，既是對班固的批駁，同時總的來說也較爲通達。

第二節　駁毛公、鄭玄

一、駁毛公

《詩經》中的《大雅・生民》敘述周朝始祖后稷的出生，充滿了原始神話的色彩。漢代詮釋《詩經》的學者，對於后稷的出生分別有不同的看法，今文三家以爲后稷是無父感天而生，古文毛詩則以爲后稷是姜嫄與帝嚳相配而生，蘇轍對毛公的說法，提出了反駁：

> 后稷之母，姜氏之女曰嫄，爲帝嚳元妃。稷之生也，姜嫄禋祀郊禖，以祓去無子之疾，見大人跡焉而履其拇，歆然感之，若有覺，其止之者，於是有身，肅戒不御而生后稷，蓋此詩言后稷之生甚明，無可疑者。然毛氏獨不信曰：「履帝武者，從高辛行也。」余竊非之。以履帝武爲從高辛行歟？至於牛羊字之，飛鳥覆之，何哉？要之，物之異於常物者，其取天地之氣弘多，故其生也或異，虎豹之生，異於犬羊；蛟蜃之生：異於魚鱉，物固有然者。神人之生前有以異於人，何足怪哉！雖近世猶有然者。然學者以其不可推而莫之信，夫事之不可推者，何獨此，以耳目

〔註 14〕蘇轍論「詩止於陳靈」是由於孔子不取的緣故，他認爲《詩經》是經過孔子編選刪錄的，凡經孔子編選刪錄的詩，必定具有教化垂鑑的意義，陳靈以後的詩「遠義而無所歸嚮」、「詩淫而無度」，所以孔子不取，這是本《史記・孔子世家》所說的：「古者詩三千餘篇，及至孔子，去其重，取可施於禮義。上采契、后稷；中述殷、周之盛，至幽、厲之缺。……三百五篇，孔子皆弦歌之，以求合韶、武雅頌之音。禮樂自此可得而述，以備王道，成六藝。」(《史記會注考證》，卷四十七，頁 69～72）觀點而來，然而《詩經》的結集在孔子之前，《詩經》並不曾經過孔子刪錄；孔子只是曾對《詩經》作過一番重編或整理的工夫而已（參屈萬里先生《詩經詮釋・敘論》，頁 10～12；繆鉞《詩三百篇纂輯考》，收載於《詩經學論叢》，頁 45～56），如此說來，蘇轍之說，並不正確。又蘇轍論王澤盛衰，與詩之正變的關係，是本《詩大序》，鄭玄《詩譜・序》的觀點而來。《詩經》何以止於陳靈，繆鉞有較合理的推測：「蓋周室東遷，威靈雖損，而齊桓、晉文創興霸業，猶以尊王相召，各國亦惟奉王室。獻詩之制仍存，桓文既沒，諸侯強恣自雄，尊王之心益泯，故不但楚國不獻詩，即中夏諸侯，亦廢此制，太師編錄，止於陳靈三百之篇，遂爲定數矣。」（同上）。

之陋，而不信萬物之變，物之變無窮而耳目之見有限，以有限待無窮，則其爲說也勞，而世不服古之聖人。不然，苟誠有之，不以所見疑所不見，故河圖、洛書、稷、契之生，皆見於《詩》、《易》，不以爲怪，其說蓋廣如此。無是固不可少之，而有是亦不足怪，此聖人之意也。(《詩集傳》，卷十七)

關於《大雅．生民》敘述后稷的出生，漢代今古文家即持對立的看法，今文三家主張后稷是無父感天而生，毛詩古文則主張后稷是姜嫄與帝嚳結合而生，《史記．周本紀》云：

周后稷名棄，其母有邰氏女曰姜原，姜原爲帝嚳元妃。姜原出野，見巨人跡，心忻然說，欲踐之。踐之而身動如孕者，居期而生子。以爲不祥，棄之隘巷，馬牛過者，皆避不踐。徙置之林中，適會山林多人，遷之而棄渠中冰上，飛鳥以翼覆薦之。姜原以爲神，遂收養長之。初欲棄之，因名曰棄。(《史記會注考證》卷四，頁 64)

劉向《列女傳》亦云：

棄母姜嫄者，邰侯之女也。當堯之時，行見巨人跡，好而履之，歸而有娠。浸以益大，心怪惡之，卜筮禋祀，以求無子，終生子。以爲不祥，而棄之隘巷，牛羊避而不踐，乃送之平林之中。後伐平林者，咸薦之、覆之。乃取置寒冰之上，飛鳥傴翼之。姜嫄以爲異，乃收以歸，因名曰棄。(卷一，頁 2)

《史記》、《列女傳》之說皆出自《魯詩》〔註 15〕，又《大雅．生民．毛詩正義》云：「《異義》，詩《齊》、《魯》、《韓》、《春秋公羊》說，聖人皆無父感天而生。」(《毛詩正義》，卷十七之一，頁 8）可知今文三家皆主張后稷是無父感天而生。唯《列女傳》所載尙保存了后稷出生的原始神話的面貌，《史記》之說，增入「姜原爲帝嚳元妃」，則明係調停之說〔註 16〕。《大雅．生民》：「厥初生民，時維姜嫄，克禋克祀，以祓無子，履帝武敏歆。」《毛傳》：「履，踐也。帝，高辛氏之帝也。武，跡，敏，疾也，從于帝而見于天，將事齊敏也。」(《毛詩正義》，卷十七之一，頁 2）可知毛公不採后稷無父感天而生之說，而主張后稷是姜嫄、帝嚳相配而生。鄭玄《箋》詩，一方面以爲后稷無父感天而生，一方面又以爲姜原是帝嚳的世妃〔註 17〕，也是有取

〔註 15〕見《魯詩遺說考》卷十六，頁 2。

〔註 16〕參戴君仁《兩漢經學思想的變遷——《詩經》部分》，收載於《梅園論學續集》頁 1～22。

〔註 17〕《大雅．生民》：「厥初生民，時維姜嫄。」《鄭箋》：「姜姓者，炎帝之後，有女名嫄，

於司馬遷的調停之說，蘇轍言后稷有父感天而生，即本《鄭箋》的說法而來。蘇轍對於《毛傳》將「履帝武」解釋爲「從高辛行也」的說法，大表不滿。蘇轍觀念是「神人之生而有以異於人」，這是不足爲奇的，因爲「物之異於常物者，其取天地之氣弘多，故其生也或異，虎豹之生，異於犬羊；蛟蜃之生，異於魚鱉，物固有然者。」，換言之，蘇轍認爲聖人、神人的出生是可以允許和其他凡人不同的，「牛羊字之，飛鳥覆之」，詩中有關牛羊飛鳥對后稷愛護的描寫，正足以證明后稷的出生異於凡人。此外，河圖、洛書見載於《周易・繫辭》〔註 18〕，《商頌・玄鳥》也記載簡狄呑鳥卵而生契的事〔註 19〕，《詩》、《易》裏既然都有此種記載，說明后稷感天而生的說法，是絕對可以成立的。蘇轍相信后稷是姜嫄感天而生，所說的理由，固然不無玄虛之處，而《大雅・生民》、《商頌・玄鳥》敘述稷、契的出生，如此神奇，衡諸事理，當然並非事實，只是蘇轍的論說，既是對於典範的批駁，同時《生民》、《玄鳥》的敘述也更接近原始神話的面貌，戴君仁先生說：

> 關於契稷出生，今文派以爲無父感天而生，古文派以爲都是前代帝王之後。表面上看起來，自然古文說合理，因爲人類決不會無父而生的。但是仔細研究起來，倒是無父感天，比較接近事實。因爲一個民族的興起，常有類似的傳說，如蒙古之始祖，傳說寡婦夢金色神人而有身；滿洲之始祖，則爲天女呑朱果而孕，和中國所傳契稷無父感天而生，是相同的。這種無父感天之說，當是上古時代，男女配偶尚未固定，人民知有母不知有父，遂發生了這類神話。我們可從神話的背後，測知其事實。古文常說是帝王之後，他們可能也有根據，但這種根據，當是矯正無父不合理而造成的傳說，是後起的，距離事實的眞象反遠了。(《兩漢經學思想的變遷——詩經部份》,《梅園論學續集》，頁 18)

朱熹《詩集傳》釋《大雅・生民》也不採《毛傳》之說，對於蘇轍論說后稷感天而生的觀點，則加以徵引，並說「斯言得之矣」(《詩集傳》，卷十七，頁 190)

當堯之時，爲高辛氏之世妃，本后稷之初生，故謂之生民。」(《毛詩正義》，卷十七之一，頁 1) 又《大雅・生民》:「履帝武敏歆，攸介攸止。載震載夙，載生載育，時維后稷。」《鄭箋》:「帝，上帝也。……祀郊禖之時，時則有大神之跡，姜嫄履之，足不能滿，履其拇指之處，心體歆歆然，其左右所止住，如有人道感己者也，於是遂有身，而肅戒不復御，後則生子而養長，名之曰棄。舜臣堯而舉之，是爲后稷。」(《毛詩正義》，卷十七之一，頁 2)。

〔註 18〕《周易・繫辭》:「是故天生神物，聖人則之，天地變化，聖人效之。天垂象，見吉凶，聖人象之。河出圖，洛出書，聖人則之。」(《周易正義》，卷七，頁 29～30)。

〔註 19〕《商頌・玄鳥》:「天命玄鳥，降而生商。」《鄭箋》:「降，下也。天使鳦下而生商者，謂鳦遺卵，娀氏之女簡狄呑之而生契。」(《毛詩正義》，卷二十之三，頁 14)。

二、駁鄭玄

（一）駁鄭玄定《小雅・十月之交》、《雨無正》、《小旻》、《小宛》為厲王時詩

《小雅・十月之交》、《雨無正》、《小旻》、《小宛》四詩，《毛詩序》以爲是幽王時代的詩，鄭玄提出異議，認爲此四詩俱是厲王時代的詩，蘇轍對鄭玄的說法提出了批駁：

> 《小雅》無厲王之詩。鄭氏以爲《十月之交》、《雨無正》、《小旻》、《小宛》皆厲王之詩也，毛公作《詁訓傳》，而遷其第，因改之耳。其言此詩所以非幽王者，曰：「師尹、皇父不得並政；褒姒艷妻，不得偕寵；番與鄭桓不得同位。」此其所挾以爲厲王者也。使幽王之世，師尹、皇甫，番與鄭桓先後在事，褒姒以色居正位，謂之艷妻，其誰曰不可？且漢之諸儒，異師相攻，甚于仇讎，苟毛公誠改詩第，則他師將不肯信，而《韓詩》之次與《毛詩》合，此足以明其非厲王也。(《詩集傳》，卷十一)

鄭玄認爲《小雅・十月之交》、《雨無正》、《小旻》、《小宛》四詩俱是厲王時代的詩，他的立論是：

> （毛公）作《詁訓傳》時，移其篇第，因改之耳。《節》刺師尹不平，亂靡有定，此篇（按：指《小雅・十月之交》）譏皇父擅恣，日月告凶，《正月》惡褒姒滅周，此篇疾艷妻煽方處。又幽王時司徒乃鄭桓公友，非此篇之所云番也，是以知然。(《毛詩正義，卷十二之二，頁 1)

根據孔穎達的的疏釋，鄭玄的意思是：《十月之交》本應列在《六月》宣王時詩之前，而爲厲王時代的詩，因爲毛公作《詁訓傳》時，將此詩置於《正月》之後，因此遂將《十月之交》、《雨無正》、《小旻》、《小宛》四詩，改爲幽王時代的詩。《節南山》「刺師尹不平，亂靡有定」，《十月之交》「譏皇父擅恣，日月吉凶」，師尹及皇父均是掌握國家權柄的大臣，在幽王之時不可能同時出現二位權臣，師尹既是幽王時的權臣，則皇父不會是幽王時的權臣，皇父既不是幽王時的權臣，則《十月之交》非幽王時詩可知。《正月》「惡褒姒滅周」，《十月之交》「疾艷妻煽方處」，根據「王無二后」的原則，幽王的寵后是褒姒，不是艷妻，則《十月之交》非幽王時詩可知。幽王時的司徒是鄭桓公友，而不是《十月之交》所說的番氏，根據以上四點，鄭玄認爲《十月之交》是厲王時代的詩〔註 20〕。

蘇轍針對鄭玄以《十月之交》爲厲王時詩的四點理由，一一提出批駁，他認爲

〔註 20〕詳《小雅・十月之交・毛詩正義》，卷十二之二，頁 1。

漢代經師治經「異師相攻，甚于仇讎」，《毛詩》屬古文學派，假如毛公私自竄亂詩之篇第，今文三家必定不肯相信，而查證《韓詩》篇第之次，與《毛詩》正同。鄭玄認爲「師尹、皇父不得並政；褒姒豔妻，不得偕寵；番與鄭桓不得同位。」，蘇轍認爲師尹、皇甫、番氏、鄭桓公是可以先後在位的；褒姒因容貌受寵，由妾成爲幽王的寵后，稱她豔妻，是非常恰當的，據此，蘇轍認爲「《小雅》無厲王之詩」。

根據孔穎達的說明，鄭玄應是根據《中候擿雒貳》的說法而來，因爲《中候擿雒貳》是「緯候之書，人或不信，故鄭不引之。」（《毛詩正義》，卷十二之二，頁 2）鄭玄據以說明推論《十月之交》等四詩爲厲王時詩，其蔽就在太泥於「以史證詩」，將詩和史等同起來，完全忽視詩、史在本質上所具有的差異。因此他執定幽王時的權臣只能是師尹，不能是皇父；幽王時的司徒只能是鄭桓公，不能是番氏；幽王的寵后只能是褒姒，不能是豔妻，不容許與史實有一點的出入，完全忽略了詩在敘述上的自由，與作者作詩的主觀感受，蘇轍以師尹、皇甫；番氏、鄭桓公可以先後在位，豔妻即褒姒來反駁鄭玄之說，是完全可以成立的。

《詩經》各詩的年代，載籍既無明確的記載，後人自難以究知，然而編詩者將時代相同的詩匯集在一起，這應是可信的，《十月之交》中所描述的日食，根據學者的研究，確是幽王六年（公元前 776）所發生的情形〔註 21〕，如此，《十月之交》確是幽王時代的詩無疑，那麼，列於《十月之交》之後的《雨無正》、《小旻》、《小宛》，說是幽王時代的詩，當是較可信的。

（二）駁鄭玄釋魯、宋無《風》之說

《詩經》十五國風中，沒有《宋風》、《魯風》，鄭玄從周朝王室尊禮魯、宋二國的角度作了解釋，蘇轍對鄭玄的說法也提出了批駁：

> 春秋之際，大國略皆有變風，宋、魯獨無風而有頌，鄭氏疑而爲之說曰：「宋，王者之後也；魯，聖人之後也，是以夫子巡守，不陳其詩，蓋所以禮之也。」予聞周之盛時千八百國，雖後世陵遲，力強相吞，而《春秋》所見，猶百有七十餘國。變風之作，先於春秋數世矣，而詩之載於太師者，獨十三國，其不見於詩者，豈復皆有說哉！意者，列國不皆有詩，其有詩者，雖檜、曹之小，邶、鄘、魏之亡而有不能已，其無詩者，雖燕、蔡之成國，宋、魯之禮樂而有不能作，且非獨此也，齊桓、晉文，霸者之盛也，而皆不得有詩，桓附於衛，文附於秦，皆止於一見，衛莊姜、齊襄公、鄭昭公事至微矣，然其詩屢作而不止，蓋事有適然而無足疑者。若夫吳楚之

〔註 21〕詳阮元《詩十月之交四篇屬幽王》，收錄於《揅經室一集》，卷四，頁 73～74。

大國，雖大而用夷，且僭周室，則雖其無詩，蓋亦學者之所不道也。(《詩集傳》，卷二十)

鄭玄認爲魯、宋無風，是周室尊禮二國的緣故，他說：

初，成王以周公有太平制典法之勳，命魯郊祭天三望，如天子之禮，故孔子錄其詩之頌，同於王者之後。問者曰：「列國作詩，未有請於周者，行父請之，何也？」曰：「周尊魯，巡守述職，不陳其詩，至於臣頌君功樂，周室之聞，是以行父請焉」。(《魯頌譜》，《毛詩正義》，卷二十之一，頁3～4)

問者曰：「列國政衰，則變風作，宋何獨無乎？」曰：「有焉，乃不錄之。王者之後，時王所客也，巡守述職，不陳其詩，亦示無貶黜客之義也。」(《商頌譜》，《毛詩正義》，卷二十之三，頁4)

根據《魯頌》、《商頌》二《譜》的說法，鄭玄認爲魯、宋所以無風詩，是因周朝王室尊禮魯爲周公之後、宋爲王者之後，所以當天子巡守述職，以觀民風時，魯、宋二國可以不陳其風詩，因此《詩經》中便沒有《魯風》、《宋風》。蘇轍所謂「鄭氏疑而爲之說曰」云云，即撮鄭玄《魯頌譜》、《商頌譜》之意。蘇轍反對鄭玄對魯、宋無風的曲解。蘇轍的批駁有二個要點：第一，凡是不被收錄於《詩經》國風中的國家，其原因就是這些國家沒有詩，因爲沒有詩，所以便沒有收錄於《詩經》中；第二，以歷史的事實來看，「周之盛時千八百國，雖後世陵遲，力強相呑，而《春秋》所見，猶百有七十餘國。」，周時有這麼多的國家，然而收錄於《詩經》中的卻僅十三國，如果依照鄭玄對魯、宋二國沒有風詩而作出周室尊禮二國的解釋，那麼，凡是不被收錄於《詩經》中的國家，勢必都要一一解釋，因此，蘇轍對於魯、宋無風的解釋是「列國不皆有詩」，即魯、宋二國沒有風詩，正和其他未收錄於《詩經》的諸國一樣，只是因爲沒有風詩的緣故而已，並不具任何深意。魯、宋何以無風而入頌，載籍既無明文記載，後人實難以究知〔註22〕，鄭玄、蘇轍之解釋均係個人主觀

〔註22〕屈萬里先生云：「鄭康成以爲魯、商兩頌，是孔子編入《詩經》的（說見《詩譜．魯譜》及《商譜》），這話雖不能絕對證實，但或係孔子新編入詩，或係孔子由別處抽出，改編在頌裏，二者必居其一。因爲魯是侯國，宋是亡國之餘，它們的詩既不應該和王朝的頌一視同仁的平列。而且如《魯頌》的《駉》和《有駜》，絕不像頌而像國風；《魯頌》的《泮水》、《閟宮》，《商頌》的《殷武》，這些阿諛時君之詩，論其體裁，也類雅而不類頌（《商頌》他篇，體亦近於雅）。而這些詩竟都被編在頌裏，實在不能不使人感覺著奇怪。按：《春秋》於魯僖公三十一年，開始書『卜郊』，這說明了好大喜功的魯僖公，可能有稱王的意願；孟子引孔子的話，說：『知我者，其惟春秋乎！罪我者，其惟春秋乎！』話說得那麼嚴重，推其原因，似乎不單是爲了庶人不應該操褒貶之權，而必有更重要的意義。恐怕公羊家『新周、故宋、王魯』之說，恰恰搔著了癢處。如此說來，孔子把魯詩編入頌和《周頌》等量齊觀，正合

的立論、推斷，然或是或非，並無從驗證，蘇轍之駁鄭玄，其意義在於批駁漢學典範而樹立新說。

春秋的意旨。《商頌》作於正考父的說法，雖不足信；但，它們是宋人的作品，則絕無可疑。然而，『丘也殷人也』，那麼，把這『亡國之餘』的詩歌，高抬到和王朝之頌平列，在孔子做起來，也是人情之常。」（《詩經詮釋・敘論》，頁 9～10），屈氏之說，可備一說。

第七章　《詩集傳》在《詩經》詮釋史上的影響

第一節　辨析《詩序》及廢去《續序》的影響

關於蘇轍辨析《詩序》的內涵及其廢去《續序》以言《詩》的詳細情形，已見諸本論文第五章，其要點是：1.《毛詩序》的作者不是子夏，說子夏作《毛詩序》是後代傳《詩》者附會《論語・八佾》篇的記載而來的，2.據《南陔》等六亡詩《詩序》的簡要，指出今存的《毛詩序》「其言時有反覆煩重，類非一人之詞者」，是出自漢儒的附益——「凡此皆毛氏之學而衛宏之所集錄」，3.根據《後漢書・儒林傳》、《隋書・經籍志》的記載，也能證成《毛詩序》確是「毛氏之學而衛宏之所集錄」，4.《毛詩序》非成於一時一人，《毛詩序》的首句推測是孔子作《序》的原貌，首句以下的餘文，則是漢代經師的附益——「凡此皆毛氏之學而衛宏之所集錄」，5.《續序》既出於漢儒，則不必完全信從，詮釋各詩詩旨，純以《毛詩序》首句爲主，對於《續序》則全數刪汰，並多所批駁。以上五點，就《詩經》的詮釋史而言，蘇轍的說法都較前儒時賢深入突出，以其頗近情理〔註1〕，往後有不少的學者，均同意、接受或順著蘇轍的理路、觀點，進行對《詩經》的詮釋與思考，影響頗爲深遠，《四庫提要》對於蘇轍辨析《詩序》的觀點，頗表讚同，並指出宋代學者「王得臣、程

〔註1〕關於《詩序》的作者及作成年代，學界迄今未有定論，然《詩序》的作者並非一人，其時代亦非一時，《首序》傳自先秦，《續序》出於漢代的經師而爲衛宏寫定、潤益，應是較合理的說法，參趙沛霖編著《詩經研究反思》第三章《關於《詩序》的作者》，頁 249～269。又參胡平生、韓自強《阜陽漢簡詩經簡論》，收入林師慶彰編《詩經研究論集》（二），頁 431～453。

大昌、李樗皆以轍說爲祖，良有由也。」（卷十五，《經部・詩類》，《詩集傳・提要》），此外，清儒周中孚對於蘇轍廢去《續序》，僅留存首句一語，也指出：「自此端一開，因之去《序》言《詩》者，相繼而起，豈非潁濱爲之作俑乎？」（《鄭堂讀書記》，卷八，頁6），言辭之間，雖有責難，但也看出蘇轍廢去《續序》的影響，事實上，從宋至清，有不少學者的辨析《詩序》及對《詩經》的詮釋方式，均直接或間接受到蘇轍觀點的影響，茲略作察考如下：

一、宋　代

1. **王得臣**（仁宗嘉祐四年進士，1059）

王得臣以爲《詩序》的作者並非子夏，而是孔子，凡《詩序》的首句，如「《關雎》，后妃之德也。」、「《葛覃》，后妃之本也。」，都出自孔子之筆，首句以下的申述語，則是毛公發明首句而作〔註2〕。

2. **鄭樵**（徽宗崇寧三年，1104，至高宗紹興三二年，1160）

鄭樵以爲漢代說《詩》者首推《齊》、《魯》、《韓》三家，《毛詩》最後出，不爲當時的學者所取信，因此詭稱其書傳自子夏，這是附會《論語・八佾》篇中「起予者商也，始可與言《詩》已矣。」而來的〔註3〕。

3. **李樗**（福建閩縣人，生卒年不詳）

李樗以爲《詩序》的作者眾說紛紜，學者如王肅、沈重、韓愈、王安石、程頤、蘇轍皆各有說，其中只有蘇轍根據《後漢書・儒林傳》「衛宏從謝曼卿受學，作《毛詩序》，善得風雅之旨，于今傳於世。」，及《隋書・經籍志》「先儒相承，謂《毛詩序》子夏所創，毛公及衛敬仲又加潤益」，論斷《詩序》「其文時有反覆煩重，類非一人之詞者，凡此皆毛氏之學而衛宏之所集錄也。」，最爲深入可信〔註4〕。

4. **晁公武**（高宗紹興二年進士，1132）

王安石謂《詩序》是詩人自作，晁公武舉《韓詩・芣苢・序》「傷夫也。」、《漢廣序》「悅人也。」，與《毛詩序》不同，證明《詩序》並非詩人自作。晁氏又謂《詩序》「文意繁雜」，很顯然並非出於一人之手〔註5〕。

5. **程大昌**（徽宗宣和五年，1123，至寧宗慶元元年，1195）

程大昌以爲《詩序》當分《古序》、《宏序》，凡《詩序》發端二語，如「《關雎》，

〔註2〕見《麈史》，《經義考》卷九十九，頁3引。

〔註3〕見《詩辨妄》，頁12。

〔註4〕見《毛詩李黃集解》卷一，頁2～3。

〔註5〕見《郡齋讀書志》，卷二，頁346。

后妃之德也。」，謂之《古序》，二語以下的申述語，謂之《宏序》。《古序》傳自先秦，《宏序》則出自衛宏。漢儒所以相信《古序》出自子夏，程氏認爲是因爲相信《論語·八佾》篇中孔子讚美子夏「始可與言《詩》」的記載。又說根據鄭玄注《南陔》六亡詩的解釋，《詩序》原爲一卷合編，毛公作《傳》時才將《詩序》置於各詩之上，是以《詩》雖亡佚，而《詩序》仍在，衛宏所以能就《古序》而加以衍述者以此〔註 6〕。

6. 朱熹（高宗建炎四年，1130，至寧宗慶元六年，1200）

朱熹以爲學者說《詩序》的作者是孔子、子夏或國史，在文獻上都無法取得印證，只有《後漢書·儒林傳》謂衛宏作《毛詩序》，今傳於世，可供稽考。因此，朱熹認爲《毛詩序》的作者是衛宏無疑。唯根據鄭玄釋《南陔》六亡詩，所謂《詩序》本自合爲一編，毛公作《傳》，始將《詩序》置於各詩之上的說法，朱熹認爲《詩序》「則是毛公之前，其傳已久，宏特增廣而潤色之耳。」。對於近世諸儒認爲《詩序》首句爲毛公作《傳》時所分，首句以下的申述語出於漢儒的增益，朱熹以爲「理或有之」。唯朱熹進一步認爲《詩序》不論首句或首句以下的申述語，皆不能盡得詩人的本意，因此，不必完全據信〔註 7〕。朱熹論說《詩序》，除以上見諸《詩序辨說》外，在《詩傳遺說》及《朱子語類》中亦皆有說，如云：

> 《詩序》，東漢《儒林傳》分明說道是衛宏作，後來經意不明，都是被他壞了。某又看得亦不是衛宏一手作，多兩三手合成一《序》，愈說愈疏。（《詩傳遺說》，卷二，頁 12）
>
> 王德修曰：「六經惟《詩》最分明。」曰：「《詩》本易明，只被前面《序》作梗。《序》出於漢儒，反亂《詩》本意。」（《朱子語類》，卷八十，頁 2074）

以上二條，可與《詩序辨說》中所云相互發明。

7. 呂祖謙（高宗紹興七年，1137，至孝宗淳熙八年，1181）

呂祖謙論《詩》，宗法毛、鄭、《詩序》，爲宋代《詩經》詮釋尊《序》派的代表〔註 8〕，然而其論《詩序》也頗多取資蘇轍的觀點，如云：

> 魯、齊、韓、毛，師讀既異，義亦不同，以魯、齊、韓之義尚可見者較之，獨《毛詩》率與經傳合。《關雎》，正風之首，三家者乃以爲刺，餘可知矣，是則《毛詩》之義最爲得其眞也。間有反覆煩重，時失經旨，如《葛覃》、

〔註 6〕見《詩論》第十、第十三。

〔註 7〕見《詩序辨說》卷上，頁 1。

〔註 8〕參賴炎元《呂祖謙的詩經學》，載於《中國學術年刊》六期，頁 1～17，民國 73 年 6 月。

《卷耳》之類，蘇氏以爲非一人之辭，蓋近之。(《呂氏家塾讀詩記》，卷二，頁6)

呂祖謙雖宗《毛詩》，然而他說《毛詩序》「間有反覆煩畫，時失經旨」，又說《毛詩序》「非一人之辭」，皆採自蘇轍的觀點。呂氏又云：

三百篇之義，首句當時所作，或國史得詩之時，載其事以示後人，其下則說詩者之辭也。說詩者非一人，其時先後亦不同。以《毛傳》考之，有毛氏已見其說者，時在先也；有毛氏不見其說者，時在後也。……《鵲巢》之義，其末曰：「德如鳲鳩，及可以配焉」，《毛傳》止曰：「鳲鳩不自爲巢，居鵲之成巢」，未嘗言鳲鳩之德，然則《鵲巢》之義，有毛公所不見者也；意者，後之爲毛學者，如衛宏之徒附益之耳。(同上，卷三，頁1～2)

呂祖謙謂《詩序》的首句是當時所作，或國史所傳，首句以下的申述語，則是說詩者之辭；說詩者並非一人，其時代先後亦有所不同；又謂《首序》以下的申述語是出自衛宏的附益，凡此，與蘇轍所論，在觀點上頗多相合。

8. 周孚（高宗紹興五年，1135，至孝宗淳熙四年，1177）

鄭樵作《詩辨妄》，力詆《詩序》，其間言語太甚，遂引起周孚的反動。周孚作《非詩辨妄》一卷，凡四十二事以攻鄭樵，其中一事，周孚即引據蘇轍論析《詩序》的觀點以駁鄭樵，周孚云：

鄭子曰：「據六亡詩，明言有其義而亡其辭，何得是秦火前人語！『《裳裳者華》，古之仕者世祿』，則知非三代之語。」

非曰：鄭子之所疑者似矣，而說非也。吾以爲不若蘇子之言曰：「是詩也，言是事也，昔孔氏之遺說也，其反覆煩重，類非一人之辭者，毛氏之學，而衛宏之所集錄也。」夫學經而不辨乎眞僞，是徒學也，鄭子疑毛氏之所《序》，衛宏之所集錄，而併廢子夏之《序》，是猶怒於室而色於市也，其可乎？(《非詩辨妄》頁1～2)

9. 楊簡（高宗紹興十年，1140，至理宗寶慶元年，1225）

楊簡據《後漢書・儒林傳》以爲衛宏作《毛詩序》，不足深信，又詆子夏爲小人儒，放言自恣，無所畏避〔註9〕。

10. 錢文子（永嘉人，生卒年不詳）

錢氏撰《白石詩傳》三十卷，只存《序》首一言，作爲詮釋的依據，《首序》以

〔註9〕參《四庫全書總目提要》，卷十五，《慈湖詩傳》之提要。

下諸講師增益之說，皆廢棄不用，約文述指，篇爲一贊〔註10〕。

11. **嚴粲**（邵武人，生卒年不詳）

嚴粲撰《詩緝》，以爲《詩序》首句爲國史所題，首句以下的申述語，則是說詩者之辭，往往不得詩之本意，他說：

> 國史所題，此一語而已（案：指《周南·葛覃》之《首序》「《葛章》，后妃之本也。」）。其下則說詩者之辭，如言在父母家則志在女功之事，非詩意也。（《詩緝》，卷一，《周南·葛覃》下注，頁18～19）
>
> 《後序》附益講師之說，時有失詩之意者，一斷之以經可也。《首序》之傳，源流甚遠，方作詩之時，非國史題其事於篇端，雖孔子無由知之。或欲併《首序》盡去之，不可也。古說相傳，猶不之信，千載之下，一一以胸臆決之，難矣。（同上，卷十三，《陳風·東門之枌》下注，頁3）

12. **章如愚**（寧宗慶元二年進士，1196）

章如愚以爲說子夏作《詩序》，自沈重之言始，說衛宏作《詩序》，自《後漢書·儒林傳》范曄之言始，他自己經過對《詩序》的考察，認爲《詩序》「文辭淆亂，知其非出於一人之手也。」（《山堂考索·別集》，卷七，頁8～9）

宋代《詩經》詮釋的新貌，是在疑《序》、議《序》、駁《序》的基礎上展開的，蘇轍繼歐陽脩的議論毛、鄭之後，進一步深入地辨析《詩序》的內涵，並採取廢去《續序》的驚人之舉，南宋王質、鄭樵的去《序》言《詩》、力詆《詩序》，至朱熹的集廢《序》之大成，建立宋代《詩經》詮釋的新典範，此一發展脈絡，受蘇轍之啓發、影響，固不必論，《四庫提要》評論蘇轍辨析《詩序》的觀點，謂「厥後王得臣、程大昌、李樗皆以轍說爲祖」（卷十五，《經部·詩類一》，《詩集傳·提要》），透過上述所徵引的宋代學者的論析《詩序》的觀點，吾人可知即如宋代《詩經》詮釋尊《序》的代表呂祖謙、嚴粲，亦不乏採用蘇轍辨析《詩序》的觀點，凡此，皆可見蘇轍辨析《詩序》及廢去《續序》的影響。

二、明　代

1. **朱謀㙔**（世宗嘉靖二十九年，1550，至熹宗天啓四年，1624）

朱謀㙔撰《詩故》十卷，是書在詮釋各篇的詩旨上，以《詩序》的首句爲主，全書在各詩的篇名之下，僅錄《詩序》首句，作爲思考、詮釋詩旨的起點，然後再就首句加以申述或辨正，在體例上略同蘇轍《詩集傳》之例〔註11〕。

〔註10〕同註2，卷一百九，魏了翁序錢文子《白石詩傳》，頁1～2。

〔註11〕同註9，卷十六，《詩故》之提要，又參林師慶彰《朱謀㙔詩故研究》，《中國文哲研

2. 郝　敬（世宗嘉靖三十七年，1558，至思宗崇禎十二年，1639）

郝敬撰《毛詩原解》三十六卷，詮釋《詩經》以《序》首一句爲根據，於每篇的首句之上增「古《序》曰」三字，首句以下的伸述語，則添上「毛公曰」三字以示區別，大旨在駁正朱熹《詩集傳》刪改《詩序》之非〔註 12〕。

3. 張次仲（神宗萬曆十七年，1589，至清康熙十五年，1766）

張次仲撰《待軒詩記》八卷，是書以《詩序》首句爲可信，云:「《序》首一語，片言居要，不瑣述詩中之詞，而推原詩前之意，其理明切，推隱而可以知著，其語淵微，舉近而可以見遠」(《待軒詩記》，卷首，頁 77)，而以首句以下的申述語爲「穿鑿支離」(同上)。全書在各詩的篇名之下僅錄《詩序》的首句，作爲詮釋詩旨的依據，並兼採諸家之說加以會通，在體例上大抵用蘇轍《詩集傳》之例〔註 13〕。

4. 朱朝瑛（神宗萬曆三十三年，1305，至清康熙九年，1670）

朱朝瑛撰《讀詩略記》六卷，是書詮釋詩旨以《詩序》的首句爲主，謂《南陔》等六詩的《詩序》僅存首句，則首句作於未亡之前，首句以下的申述語，乃作於既亡之後，蓋出於後人的增益。對於蘇轍《詩集傳》僅存《詩序》首句作爲詮釋詩旨的依據，認爲「頗爲得之」〔註 14〕

5. 沈堯中（神宗萬曆八年進士，1580）

沈氏論《詩序》，以爲首句當采詩時已有，首句以下的申述語，則出自後世講師之口，「或得或失，不可盡信」。從《南陔》等六亡詩僅存《詩序》首句來看，正可證明後儒不見詩辭，故無從衍釋，對於朱熹以衍釋之文而一併廢去《詩序》首句，沈氏不表讚同，對於蘇轍《詩集傳》僅錄首句作爲釋詩的依據，則認爲「乃爲得之」〔註 15〕。

6. 賀貽孫（約生於神宗萬曆三十三年，1605，卒年不詳）

賀貽孫撰《詩觸》四卷，是書詮釋詩旨以《詩序》首句爲主，以首句以下的演文爲毛萇、衛宏之徒的附益，故首句以下的演文悉盡刪汰，蓋宗蘇轍《詩集傳》之例〔註 16〕。

自朱熹《詩集傳》集宋儒廢《序》之大成，建立宋代《詩經》學的新典範以降，由宋末以迄明中葉的《詩經》詮釋，基本上皆爲「述朱」之作，如許謙撰《詩集傳名物鈔》，專考名物音訓，以補朱《傳》之闕遺；劉瑾撰《詩傳通釋》，大旨在於發

究集刊》第二期，頁 291～322，民國 81 年 3 月。

〔註 12〕同註 9，卷十七，《經部・詩類存目一》，《毛詩原解》之提要；《毛詩原解・序》。

〔註 13〕同註 9，卷十六，《待軒詩記》之提要。

〔註 14〕同註 9，卷十六，《讀詩略記》之提要；《讀詩略記》，卷首，《論小序》，頁 1。

〔註 15〕《經義考》，卷九十九，頁 19 引。

〔註 16〕同註 9，卷十七，《經部・詩類存目一》，《詩觸》之提要。

明《朱傳》，於《朱傳》之迂曲矛盾處，一一加以回護；梁益撰《詩傳旁通》，於《朱傳》所引故實，分別引據出處，辨析源委；朱公遷撰《詩經疏義》，於《朱傳》如注之有疏，故名「疏義」；劉玉汝撰《詩纘緒》，亦在發明《朱傳》，故名「纘緒」，凡《朱傳》中一二字之斟酌，必求其命意所在，或存此說而遺彼說，或宗主此論而兼用彼論，無不尋繹其所以然；梁寅撰《詩演義》，旨在推演《朱傳》，故以「演義」爲名；朱善撰《詩解頤》，其意亦在推闡朱說。至明初永樂年間，敕胡廣等人修撰《四書》、《五經大全》，其中《詩經大全》全襲劉瑾《詩傳通釋》爲說，而略變其體例。《四書》、《五經大全》完成後，即成爲當時科舉考試的用書，至是士人所知僅宋元人之經說而已，於漢唐古注疏則多所不知。明中葉以來，漢唐古注疏的傳統漸受學者重視，就《詩經》的研究而言，批評朱熹廢《序》言《詩》的言論增多，肯定《詩序》的價值，漸漸成爲當時學者研治《詩經》的共同取向，朱謀瑋之《詩故》、郝敬之《毛詩原解》、張次仲之《待軒詩記》、朱朝瑛之《讀詩略記》、賀貽孫之《詩觸》等，皆以《詩序》首句作爲釋《詩》依據，既是代表重倡《詩經》漢學傳統的開始，而諸人對於《詩序》所作的思考與辨析，又多與蘇轍所論合轍，凡此，亦可見蘇轍在明代《詩經》詮釋上的影響。

三、清　代

1. 錢澄之（明神宗萬曆四十年，1612，至清康熙三十二年，1693）

錢澄之撰《田間詩學》十二卷，是書釋《詩》，大旨以《詩序》首句爲主，他認爲《詩序》發端二語，如「《關雎》，后妃之德也。」、「《葛覃》，后妃之本也。」等，「其所從來者古」，大要可信，發端二語以下的申述語，則是衛宏附會《左傳》、《國語》而作，不能盡信。對於蘇轍辨析《詩序》的觀點：《詩序》若是出於孔子，則不會如此委曲詳盡，從《南陔》六亡詩《詩序》的簡要來看，說明今存《毛詩序》的委曲詳盡，正是出於漢儒的附益，錢氏完全讚同，對於朱熹以《詩序》首句已有不得詩之本意的說法，則認爲是「刻論」〔註17〕。

2. 陳啟源（生年不詳，卒於聖祖康熙二十八年，1689）

陳啓源撰《毛詩稽古編》三十卷，其釋《詩》雖宗《詩序》，然所論《詩序》之觀點，亦偶有與蘇轍相合者，如云：「《小序》傳自漢初，其《後序》或出後儒增益，至《首序》則采風時已有之，由來古矣」。（《毛詩稽古編》，卷二十五，《總詁．舉要》，頁2）

〔註17〕同註9，卷十六，《田間詩學》之提要；《田間詩學》，《凡例》，頁1、《卷首》，頁20～21。

3. **朱鶴齡**（明神宗萬曆三四年，1606，至清聖祖康熙二二年，1683）

朱鶴齡撰《詩經通義》十二卷，其釋詩雖以《詩序》爲主，然也多所指陳《詩序》首句以下的申述語，爲漢儒如衛宏所附益，致文辭淆雜，因取歐陽脩、蘇轍、呂祖謙、嚴粲之說，加以辨正〔註 18〕。

4. **萬斯同**（明思宗崇禎十一年，1638，至清聖祖康熙四十一年，1702）

萬斯同以爲《詩序》並無大、小《序》之分，關於《詩序》的作者，眾說紛耘，他認爲《詩序》的作者就是衛宏。理由是：(1)《關睢．序》，三家《詩》以爲刺，《毛詩》以爲美，《詩序》假如眞出於孔子、子夏、太史的話，不應該會有這種情形，舉此一端，可推其他，(2)《詩序》之說多穿鑿，又失詩人之意，可見《詩序》並非孔子、子夏、太史、毛公所作，而是衛宏所作，(3)《後漢書．儒林傳》明確記載衛宏作《毛詩序》，衛宏作《毛詩序》之說，自是可信。對於蘇轍《詩集傳》直斥衛宏作《毛詩序》，他認爲是正確的，但對於蘇轍《詩集傳》仍留存毛詩序首句，則認爲是「擇之未盡善」〔註 19〕。

5. **姚際恆**（清世祖順治四年，1647～？）

姚際恆據《後漢書．儒林傳》，以爲《詩序》是衛宏所作，「大抵《序》之首一語爲衛宏講師傳授，即謝曼卿之屬，而其下則宏所自爲也。」（《詩經通論》卷前，《詩經論旨》，頁 2～3），又謂《詩序》非子夏作，說子夏作《詩序》是附會《論語．八佾》篇孔子「起予者商也」之語〔註 20〕。

6. **崔述**（高宗乾隆五年，1740，至仁宗嘉慶二十一年，1816）

崔述據《後漢書．儒林傳》所載「謝曼卿善《毛詩》，乃爲其訓，宏從曼卿受學，因作《毛詩序》，善得風雅之旨，於今傳於世。」，認爲《詩序》的作者是東漢的衛宏，顯然無疑〔註 21〕。

7. **黃中松**（上海人，生卒年不詳）

黃中松以爲《詩序》之作已久，但不全爲子夏所作，觀《周頌．絲衣．序》中有高子之言可知。又以爲「《序》與《詩》同出，不可盡廢，但其中淺鄙附會者不少」，是自漢以前經師傳授，所聞異詞，遂不免乖舛〔註 22〕。

〔註 18〕同註 9，卷十六，《詩經通義》之提要；《詩經通義》，《凡例》，頁 1、卷八，頁 67；李光筠《朱鶴齡詩經通義研究》，東吳大學中國文學研究所碩士論文，民國 78 年 5 月。

〔註 19〕見《群書疑辨》，卷一，頁 11～13。

〔註 20〕見《古今僞書考》，《僞書通考》上冊，頁 292 引。

〔註 21〕見《讀風偶識》，卷一，頁 5～6。

〔註 22〕見《詩疑辨證》，卷一，頁 2～3。

8. 范家相（高宗乾隆十九年進士，1754）

范家相以爲《漢書・藝文志》載毛公自謂《詩序》傳自子夏，並未說是子夏作《詩序》。毛公之所謂「傳」，其意是「經師遞以相授，蓋講論口授之大旨也。」，由於經師聞見異辭，記錄舛錯，所以得失互見。對於蘇轍之辨析子夏不作《詩序》，云：「子夏嘗言《詩》於孔子，孔子稱之，故後世之爲《詩》者附之，要之，豈必出於子夏，其亦出于孔子或弟子之知詩者爲之。」，稍有微辭，范氏以爲蘇轍既說《詩序》非出於子夏，但又臆測《詩序》出於孔子或孔門弟子之知《詩》者，顯然並不恰當。他認爲孔子曾讚譽子夏可與言《詩》，說明子夏論《詩》不會不及同門弟子，他的觀點是：「蓋聖人述而不作，信而好古，諸弟子莫不恪守師承，故七十子之中，未聞有自作一書，自注一經，以垂後世者。」「子夏在孔門，年爲最少，晚而設教西河，其尊所聞以傳經於來學則有之矣，作則未聞矣。」〔註23〕。

9. 姜炳璋（高宗乾隆十九年進士，1754）

姜炳璋撰《詩序補義》二十四卷，是書以爲《詩序》首句爲國史所傳，是「詩學之津梁」，首句以下的申述語，爲後代講師所加，致雜汨支離，多不得《首序》之意，故全書以闡釋《首序》、訂正《續序》之謬爲主。在體例上宗法蘇轍《詩集傳》，然稍有差異，即蘇轍《詩集傳》將《續序》全部刪汰，《詩序補義》則將《續序》留存，但每篇皆與《首序》隔一字書之，以示區別〔註24〕。

10. 顧鎭（聖祖康熙五九年，1720，至高宗乾隆五七年，1792）

顧鎭撰《虞東學詩》十二卷，以爲說子夏序《詩》，是經師推崇所學，欲援子夏以爲重，後儒沿而成訛所致。他認爲衛宏受學於謝曼卿，曼卿之學出於毛公，淵源有自，於傳習之餘，纂述所聞，以相驗證，理宜有之。且今存《毛詩序》其詞往往反覆煩重，顯非成於一人之手，說是衛宏集錄經師傳習之言，應是可信的。對於蘇轍《詩集傳》僅以《詩序》首句作爲釋《詩》的依據，顧氏以爲庶幾得其體要〔註25〕。

11. 《四庫全書總目提要》

《四庫提要》對於蘇轍《詩集傳》以《詩序》反覆煩重，類非一人之辭，疑爲毛公之學，衛宏之所集錄的觀點，及其僅存發端一語，而以下餘文，悉從刪汰的作法，頗表讚同，云：

> 案：《禮記》曰：「《騶虞》者，樂官備也。《貍首》者，樂會時也。《采蘋》

〔註23〕見《詩瀋》，卷二，《詩序一》，頁9、卷二，《詩序二》，頁10～11。
〔註24〕同註9：卷十六，《詩序補義》之提要；《詩序補義》，卷首，頁2～6。
〔註25〕見《虞東學詩》卷首，《詩說》，《序說上》，頁2。

者，樂循法也。」，是足見古人言《詩》，率以一語括其旨，《小序》之體，實肇於斯。王應麟《韓詩考》所載，如「《關雎》，刺時也」，「《芣苢》，傷夫有惡疾也」；「《漢廣》，悅人也」，……是《韓詩序》亦括以一語也。又蔡邕書石經，悉本《魯詩》，所作《獨斷》，載《周頌・序》三十一章，大致皆與《毛詩》同，而但有其首句，是《魯詩序》亦括以一語也。轍取《小序》首句爲毛公之學，不爲無見。史傳言《詩序》者，以《後漢書》爲近古，而《儒林傳》稱謝曼卿善《毛詩》，乃爲其訓，衛宏從曼卿受學，因作《毛詩序》，轍以爲衛宏所集錄，亦不爲無徵。（卷十五，《經部・詩類一》，《詩集傳・提要》）

12. **顧昺**（世宗雍正二年舉人，1724）

顧昺撰《詩經序傳合參》，大旨從蘇轍之說，以《詩序》首句爲國史舊文，首句以下的申述語爲後儒所附益〔註 26〕。

13. **諸錦**（聖祖康熙二五年，1686，至高宗乾隆三四年，1769）

諸錦撰《毛詩說》二卷，是書以《詩序》爲主，故題爲《毛詩》。惟僅存《詩序》首句，作爲釋《詩》的依據，乃用蘇轍《詩集傳》之例〔註 27〕。

14. **許伯政**（高宗乾隆七年進士，1742）

許伯政撰《詩深》二十六卷，是書用蘇轍之說，以《詩序》首句爲《古序》，而以首句以下的申述語爲《續序》〔註 28〕。

清代的《詩經》研究，乾（隆）、嘉（慶）以前，大抵家法未立，或雜采漢、唐之說，或兼及宋、明之言，亦有涉及文字聲音、訓詁名物之處，其特色是漢宋學兼採，如錢澄之撰《田間詩學》，大抵以《詩序》首句爲主，所採諸儒論說，自注疏、集傳而外，凡二程、張載、歐陽脩、蘇轍、王安石、楊時、范祖禹、呂祖謙、陸佃、羅願、謝枋得、嚴粲、輔廣、眞德秀、邵忠允、季本、郝敬、黃道周、何楷二十家；朱鶴齡撰《詩經通義》，亦專主《詩序》，而力駁朱熹廢《序》之非，所採諸家，於漢用毛、鄭，唐用孔穎達，宋用歐陽脩、蘇轍、呂祖謙、嚴粲，清用顧炎武、陳啓源等；康熙欽定之《詩經傳說彙纂》，首列朱熹《詩集傳》，其次兼採漢唐諸儒之訓釋與朱傳合者存之，其義異而理長者則別爲附錄，折衷同異，間出己意，所採自漢以下諸儒計二百六十餘家。乾嘉以後，研究《詩經》的學者，多標舉漢學之名，而詳考文字聲音、訓詁名物，代表學者如胡承珙《毛詩後箋》、馬瑞辰《毛詩傳箋通釋》

〔註 26〕同註 9，卷十八，《經部・詩類存目二》，《詩經序傳合參》之提要。
〔註 27〕同註 9，卷十八，《經類・詩存目二》，《毛詩說》之提要。
〔註 28〕同註 9，卷十八，《經類・詩類存目二》，《詩深》之提要。

及陳奐《詩毛氏傳疏》。而此期研治《詩經》，宗法漢學，實以清初陳啓源所撰《毛詩稽古篇》爲其先導。嘉（慶）、道（光）以還，研治今文三家之說轉趨興盛，代表人物如魏源《詩古微》、陳喬樅《三家詩遺說考》、皮錫瑞《詩經通論》及王先謙《詩三家義集疏》。此外又有不拘囿於漢、宋學風，而獨立治《詩》思考的學者，如姚際恆《詩經通論》、崔述《讀風偶識》及方玉潤《詩經原始》。就清代詮釋《詩經》的學者而言，其辨析、思考《詩序》的觀點，及釋《詩》的方法，不乏由蘇轍早啓端倪，或與蘇轍相合者，透過上述所徵引的清代十餘位學者的論說，蘇轍對清儒釋《詩》的影響，亦可概見。

第二節　對朱熹說《詩》影響的考察

宋代的《詩經》詮釋，自歐陽脩的議論毛、鄭及蘇轍的刪去《續序》以來，由《詩序》、《毛傳》、《鄭箋》、《毛詩正義》所構建的漢學傳統受到極大的衝擊，南渡之後，鄭樵作《詩辨妄》力詆《詩序》，王質作《詩總聞》逕去《詩序》以言《詩》，至朱熹《詩集傳》以一代大儒集宋人廢《序》之大成，《詩經》的漢學典範於是瓦解，宋學典範興起，支配了元代至明中葉約六百年的《詩經》詮釋。

朱熹的《詩集傳》所以能成爲宋代《詩經》學的典範之作，就在於他能總結、承繼、吸收自漢以來眾多《詩經》詮釋學者的成果，他說：

> 某舊時看《詩》，數十家之說，一一都從頭記得，初間那裡敢便判斷那說是，那說不是，看熟久之，方見得這說似是，那說似不是，或頭邊是，尾說不相應；或中間數句是，兩頭不是；或尾頭是，頭邊不是。然也未敢便判斷，疑恐是如此。又看久之，方審得這說是，那說不是。又熟看久之，方敢決定斷說這說是，那說不是。這一部《詩》，並諸家解都包在肚裡。（《朱子語類》，卷八十，頁 2092）

在這數十家的學者之中，除訓詁多取資《毛傳》、《鄭箋》之外〔註 29〕，朱熹的立說主要是受到宋儒的啓發，特別是歐陽脩、蘇轍、鄭樵三人。《詩集傳》中徵引宋人詩說達二十家〔註 30〕，其中以徵引蘇轍之說最多，達四十三條，說明了蘇轍對朱熹論

〔註 29〕明、王褘云：「朱子《集傳》，其訓詁多用毛、鄭。」（《欽定《詩經傳說彙纂》卷首下，《綱領》，頁 28 引）《四庫全書總目提要》亦云：「朱子從鄭樵之說，不過攻《小序》耳，至於詩中訓詁，用毛、鄭者居多。」（卷十五，《經部・詩類》，《毛詩正義・提要》）。

〔註 30〕《詩集傳》中徵引宋人說詩之名氏如下：歐陽脩、劉彝、劉敞、曾鞏、張載、王安石、程頤、蘇轍、范祖禹、劉安世、呂大臨、楊時、董逌、李樗、吳棫、鄭樵、張

《詩》的影響頗大。考蘇轍對朱熹說《詩》的影響約可分爲七點：一、對《詩序》的批駁，二、詩旨的訓釋，三、訓詁，四、釋《詩》的篇名，五、國風的解題，六、重訂《小雅》的篇什，七、章句之重訂，茲述之如下：

一、對《詩序》的批駁

朱熹對北宋諸儒如劉敞、歐陽脩、蘇轍等對《詩經》的詮釋，能擺落毛、鄭舊說，自創新意，頗爲推崇，云：

> 《詩》自齊、魯、韓氏之說不得傳，而天下之學者盡宗毛氏，毛氏之學，傳者亦眾，而王述之類，今皆不存，則推衍毛說者，又獨鄭氏之《箋》而已。唐初諸儒爲作疏義，因訛踵陋，百千萬言，而不能有以出乎出二氏之區域。至于本朝劉侍讀、歐陽公、王丞相、蘇黃門、河南程氏、橫渠張氏，始用己意，有所發明，雖其淺深得失有不能同，然自是之後，三百五篇之微詞奧義，乃可得而尋繹。蓋不待講於齊、魯、韓氏之《傳》，而學者已知《詩》之不專於毛、鄭矣。(《呂氏家塾讀詩記後序》,《朱文公文集》，卷七十六，頁 67)

其中對於蘇轍的解詩，尤爲讚賞，云:「蘇黃門《詩說》疏放覺得好。」(《朱子語類，卷八十，頁 2089)、「子由《詩解》好處多。」(同上，頁 2090) 蘇轍既以北宋大儒而大膽廢去《續序》以言《詩》，則朱熹的盡去《詩序》，主張涵泳《詩》的本文以求得詩義，除受鄭樵力詆《詩序》的觸發外〔註 31〕，其直承蘇轍廢去《續序》的主張及觀點而作進一步的發展，自然不言可喻。朱熹說：

> 《詩序》之作，說者不同，或以爲孔子，或以爲子夏，或以爲國史，皆無明文可考。唯《後漢書・儒林傳》以爲衛宏作《毛詩序》，今傳於世，則《序》乃宏作明矣。然鄭氏又以爲諸《序》本自合爲一編，毛公始分以寘諸篇之首，則是毛公之前，其傳已久，宏持增廣而潤色之耳。故近世諸儒，多以《序》之首句爲毛公所分，而其下推說云云者，爲後人所益，理或有之。但今考其首句，則已有不得詩人之本意，而肆爲妄說者矣，況沿襲云

栻、呂祖謙、陳傅良。關於《詩集傳》中徵引各家說《詩》之情形，參許英龍《朱熹詩集傳研究》，第四章《集傳引用漢人宋人說研究》，第二節《引宋人說》，頁 105～124。

〔註 31〕朱子云:「《詩序》實不足信。向見鄭漁仲有《詩辨妄》，力詆《詩序》，其間言語太甚，以爲皆是村野妄人所作。始亦疑之，後來仔細看一兩篇，因質之《史記》、《國語》，然後知《詩序》之果不足信。」(《朱子語類》，卷八十，頁 2067) 是朱熹對於《詩序》的看法，嘗受鄭樵的啓發。

云之誤哉！（《詩序辨說》，卷上，頁 1）

朱熹據《後漢書．儒林傳》認定《詩序》的作者是衛宏，又據鄭玄「諸《序》本自合爲一編，毛公始分以寘諸篇之首」，謂衛宏只是附益《詩序》的作者，並說「近世諸儒，多以《序》之首句爲毛公所分，而其下推說云云者，爲後人所益」，這些觀點，蘇轍於論《詩序》時，均早已倡之，或啓端倪（詳第五章、第一節）。《朱子語類》，卷八十云：

> 王德修云：「《詩序》只是『國史』一句可信，如『《關雎》，后妃之德也。』此下即講師說，如《蕩》詩自是說『蕩蕩上帝』，《序》卻言是『天下蕩蕩』，《賚》詩自是說『文王既勤止，我應受之』，是說後世子孫賴其祖宗基業之意，他《序》卻說『賚，予也』，豈不是後人多被講師瞞耶？』曰：『此是蘇子由曾說來，然亦有不通處。如《漢廣》，『德廣所及也』，有何義理？卻是下面『無思犯禮，求而不可得』幾句卻有理。若某，只上一句亦不敢信他。」（頁 2068）

由弟子王德修與朱熹的對話，可見蘇轍指出《續序》出於漢代傳習《毛詩》學者的觀點，爲朱熹所熟知，只是朱熹進一步認爲連蘇轍相信的《首序》也不可信，反倒是《續序》有時顯得有點道理，《朱子語類》，卷八十又云：

> 《詩序》，東漢《儒林傳》分明說道是衛宏作，後來經意不明，都是被他壞了。某又看得亦不是衛宏一手作，多是兩三手合成一《序》，愈說愈疏。浩云：「蘇子由卻不取《小序》。」曰：「他雖不取下面言語，留了上一句，便是病根。」（頁 2074）

蘇轍留存《首序》作爲釋《詩》的依據，朱熹認爲留存《首序》一句「便是病根」，這是遺憾蘇轍之廢《序》不夠徹底，《朱文公文集》，卷五十二，《答吳伯豐》亦表露了此一觀點，云：「蘇氏《詩傳》比之諸家，若爲簡直，但亦看《小序》不破，終覺有惹絆處耳。」（頁 7），那麼，說在蘇轍廢去《續序》的基礎上，朱熹進一步刪去《詩序》，當可以成立。

二、詩旨的詮釋

朱熹《詩集傳》中採用蘇轍之說以詮釋詩旨者頗多，約可分爲二類，一是明言徵引蘇轍之說者，《詩集傳》中凡云「蘇氏曰」者，即指蘇轍，如《鄘風．定之方中》：「定之方中，作于楚宮。揆之以日，作于楚室。樹之榛栗，椅桐梓漆，爰伐琴瑟。」（一章）《詩集傳》云：「蘇氏曰：『種木者求用於十年之後，其不求近功，凡此類也。』」（卷三，頁 31），即係明言採用蘇轍之說者；一是酌用、採用或檃括蘇轍之說而未明言者，如《魏風‧十畝之間》:「十畝之間兮，桑者閑閑兮，行與子還兮。」(一章)，蘇轍詮釋此詩云：

> 此君子不樂仕於其朝之詩也。曰：雖有十畝之田，桑者閑閑，其可樂也，行與子歸居之。夫有十畝之田，其所以爲樂者亦鮮矣。而可以易仕之樂，則仕之不可樂也甚矣。(卷五)

蘇轍以爲此詩是描述「君子不樂仕於其朝」的詩，朱熹詮釋此詩云：

> 政亂國危，賢者不樂仕於其朝，而思與其友歸於農圃，故其詞如此。(《詩集傳》卷五，頁65)

即是採採用蘇轍之說而未明言者〔註32〕。又如《大雅‧桑柔》:「菀彼桑柔，其下侯旬。捋采其劉，瘼此下民。不殄心憂，倉兄填兮。倬彼昊天，寧不我矜。」(一章)，蘇轍詮釋此章云：

> 桑之爲物，其葉最盛，然及其采之也，一朝而盡，無黃落之漸，故詩人取以爲比。言周之盛也，如柔桑之茂，其陰無所不徧。至於厲王肆行暴虐，以敗其成業，則王室忽焉凋弊，如桑之既采，民失其蔭而受其病，故君子憂之，不絕於心，悲之益久而不已，號天而訴之也。(卷十八)

蘇轍認爲詩人摹寫桑樹平時枝葉繁茂，人民可以棲息乘涼於其下，一旦遭人採擷其枝葉，立時而盡，桑樹廣大茂密之樹蔭不再，而人民也因無法乘涼於桑蔭之下而害病，這是用來比喻周王朝的盛衰。當周室盛時，王澤如茂密普遍的桑蔭，潤澤棲息於其下的每一位人民，當厲王肆行暴虐、專斷自爲，致政綱昏亂、王業毀敗時，人民遂如立於採擷之後、葉盡枝落的桑樹底下，由於無蔭可棲息，以致害病，君子見此情景，憂傷愴懷不止，至於號天而訴。朱熹對於此章的詮釋，完全採自蘇轍，他說：

> 以桑爲比者，桑之爲物，其葉最盛，然及其采之也，一朝而盡，無黃落之漸，故取以比周之盛時，如葉之茂，其陰無所不徧。至於厲王肆行暴虐，以敗其成業，王室忽焉凋弊，如桑之既采，民失其蔭而受其病。故君子憂之，不絕於心，悲閔之甚而至於病，遂號天而訴之也。(《詩集傳》，卷十八，頁207～208)

此亦是朱熹採用蘇轍之說而未明言之一例，凡此之例頗多，茲將朱熹採用蘇轍之說以詮釋詩旨，概分二類，臚列如下，以見蘇轍對朱熹說詩之影響：

〔註32〕朱鶴齡《詩經通義》云:「『閑閑泄泄』，毛氏訓往來多人，以見國之削小，此解未安。朱子謂政亂國危，賢者不樂仕於其朝，思相率歸于農圃，語意豁然，蓋本之穎濱。」(卷四，頁6)

（一）明言徵引蘇轍之說者

1.《鄘風・定之方中》

一章：「定之方中，作于楚宮。揆之以日，作于楚室。樹之榛栗，椅桐梓漆，爰伐琴瑟。」

《詩集傳》：「蘇氏曰：『種木者求用於十年之後，其不求近功，凡此類也。』」（卷三，頁 31）

2.《唐風・葛生》

四章：「夏之日，冬之夜，百歲之後，歸于其居。」

《詩集傳》：「蘇氏曰：『思之深而無異心，此唐風之厚也。』」（卷六，頁 73）

3.《秦風・無衣》

一章：「豈曰無衣，與子同袍。王于興師，修我戈矛，與子同仇。」

《詩集傳》：「蘇氏曰：『秦本周地，故其民猶思周之盛時而稱先王焉。』」（卷六，頁 79）

4.《豳風・七月》

八章：「二之日鑿冰沖沖，三之日納于淩陰，四之日其蚤，獻羔祭韭。九月肅霜，十月滌場。朋酒斯饗，曰殺羔羊。躋彼公堂，稱彼兕觥，萬壽無疆。」

《詩集傳》：「蘇氏曰：『古者藏冰發冰，以節陽氣之盛。夫陽氣之在天地，譬猶火之著於物也，故常有以解之。十二月陽氣蘊伏，錮而未發，其盛在下，則納冰於地中。至於二月，四陽作，蟄蟲起，陽始用事，則亦始啓冰而薦廟之。至於四月，陽氣畢達，陰氣將絕，則冰於是大發。食肉之祿，老病喪浴，冰無不及。是以冬無愆陽，夏無伏陰，春無淒風，秋無苦雨，雷出不震，無災霜雹，癘疾不降，民不夭札也。』」（卷八，頁 93）

5.《小雅・魚麗》

六章：「物其有矣，維其時矣。」

《詩集傳》：「蘇氏曰：『多則患其不嘉，旨則患其不齊，有則患其不時。今多而能嘉，旨而能齊，有而能時，言曲全也。』」（卷九，頁 109）

6.《小雅・蓼蕭》

一章：「蓼彼蕭斯，零露湑兮。旣見君子，我心寫兮。燕笑語兮，是以有譽處兮。」

《詩集傳》：「蘇氏曰：『譽、豫通。凡詩之譽，皆言樂也。』」（卷九，頁 111）

7.《小雅・車攻》

六章：「四黃旣駕，兩驂不猗。不失其馳，舍矢如破。」

《詩集傳》：「蘇氏曰：『不善射御者，詭遇則獲，不然不能也。今御者不失其馳

驅之法，而射者舍矢如破，則可謂善射御矣。』」（卷十，頁 117～118）

8.《小雅・節南山》

二章：「節彼南山，有實其猗。赫赫師尹，不平謂何。天方薦瘥，喪亂弘多。民言無嘉，憯莫懲嗟。」

《詩集傳》：「蘇氏曰：『為政者不平其心，則下之榮瘁勞佚，有大相絕者矣。是以神怒而重之以喪亂，人怨而謗讟其上。然尹氏曾不懲創咨嗟，求所以自改也。』」（卷十一，頁 127）

六章：「不弔昊天，亂靡有定。式月斯生，俾民不寧。憂心如酲，誰秉國成。不自為政，卒勞百姓。」

《詩集傳》：「蘇氏曰：『天之不恤，故亂未有所止，而禍患與歲月增長。君子憂之曰：誰秉國成者，乃不自為政，而以付之姻亞之小人，其卒使民為之受其勞弊以至此也。』」（卷十一，頁 128）

9.《小雅・正月》

九章：「終其永懷，又窘陰雨。其車既載，乃棄爾輔，載輸爾載，將伯助予。」

《詩集傳》：「蘇氏曰：『王為淫虐，譬如行險而不知止，君子永思其終，知其必有大難，故曰『終其永懷，又窘陰雨。』，王又不虞難之將至，而棄賢臣焉，故曰『乃棄爾輔』。君子求助於未危，故難不至。苟其載之既墮，而後號伯以助予，則無及矣。』」（卷十一，頁 131）

10.《小雅・十月之交》

一章：「十月之交，朔月辛卯，日有食之，亦孔之醜。彼月而微，此日而微。今此下民，亦孔之哀。」

《詩集傳》：「蘇氏曰：『日食，天變之大者也。然正陽之月，古尤忌之。夏之四月為純陽，故謂之正月。十月純陰，疑其無陽，故謂之陽月。純陽而食，陽弱之甚也。純陰而食，陰壯之甚也。』」（卷十一，頁 132）

11.《小雅・雨無正》

六章：「維曰于仕，孔棘且殆。云不可使，得罪于天子。亦云可使，怨及朋友。」

《詩集傳》：「蘇氏曰：『人皆曰往仕耳，曾不知仕之急且危也。當是之時，直道者，王之所謂不可使，而枉道者，王之所謂可使也。直道者得罪于君，而枉道者見怨于友，此仕之所以難也。』」（卷十一，頁 135）

12.《小雅・巧言》

二章：「亂之初生，僭始既涵。亂之又生，君子信讒。君子如怒，亂庶遄沮。君子如祉，亂庶遄已。」

《詩集傳》:「蘇氏曰:『小人爲讒於其君，必以漸入之。其始也進而嘗之，君容之而不拒，知言之無忌，於是復進。既而君信之，然後亂成。』」(卷十二，頁 142)

13. 《小雅・大東》

三章:「有冽氿泉，無浸穫薪。契契寤歎，哀我憚人，薪是穫薪，尚可載也。哀我憚人，亦可息也。」

《詩集傳》:「蘇氏曰:『薪已穫矣，而復漬之，則腐。民已勞矣，而復事之，則病。故已艾，則庶其載而畜之。已勞，則庶其息而安之。』」(卷十二，頁 147)

14. 《小雅・鼓鐘》

三章:「鼓鐘伐鼛，淮有三洲。憂心且妯。淑人君子，其德不猶。」

《詩集傳》:「蘇氏曰:『始言湯湯，水盛也。中言湝湝，水流也。終言三洲，水落而洲見也。言幽王之久於淮上也。』」(卷十三，頁 152)

四章:「鼓鐘欽欽，鼓瑟鼓琴，笙磬同音。以雅以南，以籥不僭。」

《詩集傳》:「蘇氏曰:『言幽王之不德，豈其樂非古歟?樂則是而人則非也。』」(同上)

15. 《小雅・大田》

一章:「大田多稼，既種既戒，既備乃事。以我覃耜，俶載南畝，播厥百穀。既庭且碩，曾孫是若。」

《詩集傳》:「蘇氏曰:『田大而種多，故於今歲之冬，具來歲之種，戒來歲之事。凡既備矣，然後事之，取其利耜而始事於南畝，既耕而播之。其耕之也勤，而種之也時，故其生者皆直而大，以順曾孫之所欲。』」(卷十三，頁 157)

16. 《小雅・鴛鴦》

三章:「乘馬在廄，摧之秣之。君子萬年，福祿艾之。」

《詩集傳》:「蘇氏曰:『艾，老也。言以福祿終其身也。』」(卷十四，頁 161)

17. 《小雅・賓之初筵》

二章「籥舞笙鼓，樂既和奏。烝衎烈祖，以洽百禮。百禮既至，有壬有林。錫爾純嘏，子孫其湛。其湛曰樂，各奏爾能。賓載手仇，室人入又。酌彼康爵，以奏爾時。」

《詩集傳》「時，時祭也。蘇氏曰:『時物也。』」(卷十四，頁 164)

18. 《小雅・白華》

七章:「有鶖在梁，有鶴在林。維彼碩人，實勞我心。」

《詩集傳》:「蘇氏曰:『鶖鶴皆以魚爲食，然鶴之於鶖，清濁則有間矣。今鶖在梁而鶴在林，鶖則飽而鶴則飢矣。幽王進褒姒而黜申后，譬之養鶖而棄鶴也。』」(卷

十五，頁 172）

19. 《大雅・緜》

九章：「虞芮質厥成，文王蹶厥生。予曰有疏附，予曰有先後，予曰有奔奏，予曰有禦侮。」

《詩集傳》：「蘇氏曰『虞之在陝之平陸，芮在同之馮翊，平陸有閒原焉，則虞芮之所讓也。』」（卷十六，頁 181）

20. 《大雅・生民》

一章：「厥初生民，時維姜嫄。生民如何，克禋克祀，以弗無子。履帝武敏歆，攸介攸止，載震載夙，載生載育，時維后稷。」

《詩集傳》：「姜嫄出祀郊禖，見大人跡而履其拇，遂歆歆然如有人道之感，於是即其所大所止之處而震動有娠，乃周人所由以生之始也。周公制禮，尊后稷以配天，故作此詩，以推本其始生之祥，明其受命於天，固有以異於常人也。然巨跡之說，先儒或頗疑之。而張子曰：『天地之始，固未嘗先有人也，則人固有化而生者矣，蓋天地之氣生之也。』蘇氏亦曰：『凡物之異於常物者，其取天地之氣常多，故其生也或異，麒麟之生，異於犬羊，蛟龍之生，異於魚鱉，物固有然者矣。神人之生，而有以異於人，何足怪哉！』斯言得之矣。」（卷十七，頁 190）

21. 《大雅・民勞》

一章：「民亦勞止，汔可小康。惠此中國，以綏四方。無縱詭隨，以謹無良。式遏寇虐，憯不畏明。柔遠能邇，以定我王。」

《詩集傳》：「蘇氏曰：『人未有無故而妄從人者，維無良之人，將悅其君而竊其權以爲寇虐，則爲之。故無縱詭隨，則無良之人肅，則寇虐無畏之人止，然後柔遠能邇，而王室定矣。』」（卷十七，頁 199～200）

22. 《大雅・板》

四章：「天之方虐，無然謔謔。老夫灌灌，小子蹻蹻。匪我言耄，爾用憂謔。多將熇熇，不可救藥。」

《詩集傳》：「蘇氏曰：『老者知其不可，而盡其款誠以告之，少者不信而驕之。故曰非我老耄而妄言，乃汝以憂爲戲也。夫憂未至而救之，猶可爲也。苟俟其益多，則如火之盛，不可復救矣。』」（卷十七，頁 201）

23. 《大雅・蕩》

八章：「文王曰咨，咨女殷商。人亦有言，顛沛之揭，枝葉未有害，本實先撥。殷鑒不遠，在夏后之世。」

《詩集傳》：「蘇氏曰：『商周之衰，典型未廢，諸侯未畔，四夷未起，而其君先

爲不義以自絕於天，莫可救止，正猶此爾。殷鑒在夏，蓋爲文王歎紂之辭，然周鑒之在殷，亦可知矣。』」（卷十八，頁 204）

24. 《大雅・桑柔》

五章：「爲謀爲毖，亂況斯削。告爾憂恤，誨爾序爵。誰能執熱，逝不以濯。其何能淑，載胥及溺。」

《詩集傳》:「蘇氏曰:『王豈不謀且愼哉！然而不得其道，適所以長亂而自削耳。故告之以其所當憂，而誨之以序爵。且曰：誰能執熱而不濯者，賢者之能已亂，猶濯之能解熱耳。不然，則其何能善哉，相與入於陷溺而已。』」（卷十八，頁 208）

六章「如彼遡風，亦孔之僾。民有肅心，荓云不逮。好是稼穡，力民代食。稼穡維寶，代食維好。」

《詩集傳》「蘇氏曰：『君子視厲王之亂，悶然如遡風之人，唈而不能息。雖有欲進之心，皆使之曰世亂矣，非吾所能及也。於是退而稼穡，盡其筋力，與民同事，以代祿食而已。當是時也，仕進之憂，甚於稼穡之勞，故曰:『稼穡維寶，代食維好。』，言雖勞而無患也。』」（同上）

25. 《大雅・瞻卬》

一章：「瞻卬昊天，則不我惠。孔塡不寧，降此大厲。邦靡有定，士民其瘵。蟊賊蟊疾，靡有夷屆。罪罟不收，靡有夷瘳。」

《詩集傳》:「蘇氏曰：『國有所定，則民受其福，無所定，則受其病。於是有小人爲之蟊賊，刑罪爲之罔罟，凡此皆民之所以病也。』」（卷十八，頁 220）

26. 《周頌・噫嘻》

「噫嘻成王，既昭假爾。率時農夫，播厥百穀。駿發爾私，終三十里。亦服爾耕，十千維耦。」

《詩集傳》:「蘇氏曰：『民曰雨我公田，遂及我私，而君曰駿發爾私，終三十里。其上下之間，交相忠愛如此。』」（卷十九，頁 228）

27. 《周頌・雝》

「有來雝雝，至止肅肅。相維辟公，天子穆穆。於薦廣牡，相予肆祀。假哉皇考，綏予孝子。宣哲維人，文武維后。燕及皇天，克昌厥後。」

《詩集傳》:「蘇氏曰：『周人以諱事神，文王名昌，而此詩曰『克昌厥後』，何也？曰：周之所謂諱，不以其名號之耳，不遂廢其文也。諱其名而廢其文者，周禮之末失也。』」（卷十九，頁 230）

28. 《魯頌・駉》

四章：「駉駉牡馬，在坰之野。薄言駉者，有駰有騢。有驔有魚，以車祛祛。思無邪，思馬斯徂。」

《詩集傳》:「孔子曰:『詩三百，一言以蔽之，曰思無邪。』蓋詩之言美惡不同，或勸或懲，皆有以使人得其情性之正。然其明白簡切，通于上下，未有若此言者，故特稱之，以爲可當三百篇之義・以其要爲不過乎此也。學者誠能深味其言，而審於念慮之間，必使無所思而不出於正，則日用云爲，莫非天理之流行矣。蘇氏曰:『昔之爲詩者，未必知此也。孔子讀詩至此，而有合於其心焉，是以取之，蓋斷章云爾。』」（卷二十，頁 238）

29. 《魯頌・閟宮》

六章:「公車千乘，朱英綠縢，二矛重弓。公徒三萬，貝冑朱綅。烝徒增增，戎狄是膺，荊舒是懲，則莫我敢承。俾爾昌而熾，俾爾壽而富，黃髮台背，壽胥與試。俾爾昌而大，俾爾耆而艾，萬有千歲，眉壽無有害。」

《詩集傳》:「『壽胥與試』之義未詳。王氏曰:『壽考者，相與爲公用也。』蘇氏曰:『願其壽而相與試其才力以爲用也。』」（卷二十，頁 242）

30. 《商頌・那》

「猗與那與，置我鞉鼓。奏鼓簡簡，衎我烈祖。湯孫奏假，綏我思成。鞉鼓淵淵，嘒嘒管聲。既和且平，依我磬聲。於赫湯孫，穆穆厥聲。」

《詩集傳》:「《禮記》曰:『齊之日，思其居處，思其笑語，思其志意，思其所樂，思其所嗜，齊三日乃見其所爲齊者。祭之日，入室，僾然必有見乎其位；周旋出戶，肅然必有聞乎其容聲；出戶而聽，愾然必有聞乎其歎息之聲』，此之謂思成。蘇氏曰:『其所見聞本非有也，生於思耳』。此二說近是，蓋齊而思之，祭而如有見聞，則成此人矣。鄭注頗有脫誤，今正之。」（卷二十，頁 243）

31. 《商頌・長發》

三章:「帝命不違，至于湯齊。湯降不遲，聖敬日躋。昭假遲遲，上帝是祇，帝命式于九圍。」

《詩集傳》:「湯齊之義未詳。蘇氏曰:『至湯而王業成，與天命會也。』」（卷二十，頁 245）

五章:「受小共大共，爲下國駿厖。何天之龍，敷奏其勇，不震不動，不戁不竦，百祿是總。」

《詩集傳》:「蘇氏曰:『共、珙通，合珙之玉也。』」（同上，頁 246）

總論《長發》詩旨，《詩集傳》:「《序》以此爲大禘之詩，蓋祭其祖之所出，而以其祖配也。蘇氏曰:『大禘之祭，所及者遠，故其詩歷言商之先君，又及其卿士伊尹，蓋與祭於禘者也。』《商書》曰:『茲予大享于先王，爾祖其從與享之』，是禮也，

豈其起於商之世歟。今按：大禘不及群廟之主，此宜爲祫祭之詩，然經無明文，不可考也。」（同上，頁 246～247）

32. 《商頌・殷武》

二章：「維女荊楚，居國南鄉。昔有成湯，自彼氐羌，莫敢不來享，莫敢不來王，曰商是常。」

《詩集傳》：「蘇氏曰：『既克之，則告之曰：爾雖遠，亦居吾國之南耳。昔成湯之世，雖氐羌之遠，猶莫敢不來朝，曰：此商之常禮也。況汝荊楚，曷敢不至哉！』」（卷二十，頁 247）

（二）酌用、採用或檃括蘇轍之說而未明言者

1. 《邶風・凱風》

四章：「睍睆黃鳥，載好其音。有子七人，莫慰母心。」

蘇轍《詩集傳》（以下簡稱《蘇傳》）：「鳥猶能好其音以說人，而我獨不能說吾母哉！」（卷二）

朱熹《詩集傳》（以下簡稱《朱傳》）：「言黃鳥猶能好其音以悅人，而我七子獨不能慰悅母心哉！」（卷二，頁 19）

2. 《邶風・雄雉》

四章：「不忮不求，何用不臧。」

《蘇傳》：「苟不忮害，不貪求，斯可矣，何用之不善哉！」（卷二）

《朱傳》：「若能不忮害又不貪求，則何所爲而不善哉！」（卷二，頁 20）

3. 《邶風・簡兮》

四章：「山有榛，隰有苓。云誰之思，西方美人。彼美人兮，西方之人兮。」

《蘇傳》：「賢者仕於諸侯而不得志，則思愬之天子。西方，周之所在也。周衰而天子不能正諸侯，雖復知其賢，亦將無如之何矣。故曰『彼美人兮，西方之人兮』，言其不能及遠也。」（卷二）

《朱傳》：「西方美人，託言以指西周之盛王，如《離騷》亦以美人目其君也。又曰西方之人者，歎其遠而不得見之詞也。賢者不得志於衰世之下國，而思盛際之顯王，故其言如此，而意遠矣。」（卷二，頁 24）

4. 《齊風・甫田》

一章：「無田甫田，維莠驕驕。無思遠人，勞心忉忉。」

《蘇傳》：「無田甫田，田甫田而力不給，則莠盛矣；無思遠人；思遠人而德不及，則心勞矣。田甫田則必自其小者始，小者之有餘而甫田可啓矣。思遠人則必自

其近者始，近者之既服，而遠人自至矣。」（卷五）

《朱傳》：「言無田甫田也，田甫由而力不給，則草盛矣；無思遠人也，思遠人而人不至，則心勞矣。以戒時人厭小而務大，忽近而圖遠，將徒勞而無功也。」（卷五，頁61）

5. 《魏風・十畝之間》

一章：「十畝之間兮，桑者閑閑兮，行與子還兮。」

《蘇傳》：「此君子不樂仕於其朝之詩也。曰：雖有十畝之田，桑者閑閑，其可樂也，行與子歸居之。夫有十畝之田，其所以爲樂者亦鮮矣。而可以易仕之樂，則仕之不可樂也甚矣。」（卷五）

《朱傳》：「政亂國危，賢者不樂仕於其朝，而思與其友歸於農圃，故其詞如此。」（卷五，頁65）

6. 《唐風・揚之水》

三章：「揚之水，白石粼粼。我聞有命，不敢以告人。」

《蘇傳》：「命，桓叔之政命也。聞而不敢以告人，爲之隱也。桓叔將以傾晉而民爲之隱，欲其成矣。」（卷六）

《朱傳》：「聞其命而不敢以告人者，爲之隱也。桓叔將以傾晉，而民爲之隱，蓋欲其成矣。」（卷六，頁69）

7. 《小雅・四牡》

五章：「駕彼四駱，載驟駸駸。豈不懷歸，是用作歌，將母來諗。」

《蘇傳》：「使者未嘗不懷歸也。故君爲作此歌，於其來而告之，以其欲養父母之意，獨言將母，因四章之文也。」（卷九）

《朱傳》：「以其不獲養父母之情而來告於君也。非使人作是歌也，設言其情以勞之耳。獨言將母者，因上章之文也。」（卷九，頁101）

8. 《小雅・斯干》

四章：「如跂斯翼，如矢斯棘，如鳥斯革，如翬斯飛。君子攸躋。」

《蘇傳》：「此章言其堂也。其嚴正如人之跂而翼翼其恭也，其廉隅如矢之急而直也。其峻起如鳥之驚而革也，其軒翔如翬之飛而矯其翼也，君子於此升而聽朝焉。」（卷十一）

《朱傳》：「言其大勢嚴正，如人之竦立，而其恭翼翼也。其廉隅整飭，如矢之急而直也。其棟宇峻起，如鳥之警而革也。其簷阿華采而軒翔，如翬之飛而矯其翼也。蓋其堂之美如此，而君子之所升以聽事也。」（卷十一，頁125）

9. 《小雅・正月》

四章：「瞻彼中林，侯薪侯蒸。民今方殆，視天夢夢。既克有定，靡人弗勝。有皇上帝，伊誰云憎。」

《蘇傳》：「幽王播其虐于天下，大家世族散為皁隸，亦猶是也。民方在危殆之中，視天夢夢若無能為者，不知此天理之未定故也。蓋天地之間，陰陽相盪，高下相傾，大小相使，此治亂禍福之所從主也。方其未定，何所不至，及其既定，人未有不為天所勝者。申包胥曰：『人眾則勝天，天定亦能勝人。』而老子以為『天網恢恢，疏而不失』，不然，天豈有所憎而禍之耶？適當其未定故耳。」（卷十一）

《朱傳》：「民今方危殆，疾痛號訴於天，而視天反夢夢步然，若無意於分別善惡者。然此特值其未定之時耳，及其既定，則未有不為天所勝者也。夫天豈有所憎而禍之乎？福善禍淫，亦自然之理而已。申包胥曰：『人眾則勝天，天定亦能勝人。』，疑出於此。」（卷十一，頁130）

六章：「謂天蓋高，不敢不局。謂地蓋厚，不敢不蹐。維號斯言，有倫有脊。哀今之人，胡為虺蜴。」

《蘇傳》：「君子之處于世，小心畏慎，未嘗敢肆。天雖高，不敢不局，地雖厚，不敢不蹐，畏其傷之也。失為此言則過矣，然亦有倫理，非妄言也。哀今之人，胡敢為虺蜴之行，曾無所畏哉！」（卷十一）

《朱傳》：「言遭世之亂，天雖高而不敢不局，地雖厚而不敢不蹐。其所號呼而為此言者，又皆有倫理而可考也。哀今之人，胡為肆毒以害人，而使之至此乎！」（卷十一，頁130）

10. 《小雅・十月之交》

七章：「黽勉從事，不敢告勞。無罪無辜，讒口囂囂，下民之孽，匪降自天，噂沓背憎，職競由人。」

《蘇傳》：「無罪猶且見讒，而況敢告勞乎？故曰下民之孽，非天之所為也。蹲蹲沓沓，多言以相說而背相憎，專力為此者，人也，而豈天哉！」（卷十一）

《朱傳》：「言黽勉從皇父之役，未嘗敢告勞也，猶且無罪而遭讒。然下民之孽，非天之所為也。噂噂沓沓，多言以相說，而背則相憎，專力為此者，皆由讒口之人耳。」（卷十一，頁133）

11. 《小雅・雨無正》

七章：「謂爾遷于王都，曰予未有室家。鼠思泣血，無言不疾。昔爾出居，誰從作爾室。」

《蘇傳》：「仕之多患也，故君子有去者，有居者。居者不忍王之無臣與己之無徒也，則告之使復遷于王都。去者不聽而以無家辭之，居者於是憂思泣血，患其出

言而舉皆疾之，無與和之者，故詰之曰：昔爾之去也，誰爲爾作室者，而今以是辭我哉！」（卷十一）

《朱傳》：「當是時，言之難能而仕之多患如此。故群臣有去者，有居者。居者不忍王之無臣，己之無徒，則告去者使復遷于王都。去者不聽，而託於無家以拒之，至於憂思泣血，有無言而不痛疾者，蓋其懼禍之深，至於如此。然所謂無家者，則非其情也，故詰之曰：昔爾之去也，誰爲爾作室者，而今以是辭我哉！」（卷十一，頁 135）

12. 《小雅・小旻》

六章：「不敢暴虎，不敢馮河。人知其一，莫知其他。戰戰兢兢，如臨深淵，如履薄冰。」

《蘇傳》：「小人智慮，不能及遠，暴虎馮河之患，近在目前，則知避之，喪國亡家之禍，遠在歲月而不知憂也。故曰『戰戰兢兢，如臨深淵，如履薄冰』，臨淵恐墜，而履冰恐陷，善爲國者，常如是矣。」（卷十二）

《朱傳》：「眾人之慮，不能及遠，暴虎馮河之患，近而易見，則知避之。喪國亡家之禍，隱於無形，則不知以爲憂也。故曰『戰戰兢兢，如臨深淵，如履薄冰』，懼及其禍之詞也。」（卷十二，頁 138）

13. 《小雅・小弁》

三章：「維桑與梓，必恭敬止。靡瞻匪父，靡依匪母。不屬于毛，不離于裏。天之生我，我辰安在。」

《蘇傳》：「桑梓久而不斃，見父母之所植，猶不敢不敬，況于父母之無不瞻依也哉！然父母之不我愛，豈我獨無所離屬乎。不然，我生之辰不善哉！何不祥至是也。」（卷十二）

《朱傳》：「言桑梓父母所植，尚且必加恭敬，況父母至尊至親，宜莫不瞻依也。然父母之不我愛，豈我不屬于父母之毛乎，豈我不離于父母之裏乎。無所歸咎，則推之於天曰：豈我生時不善哉，何不祥至是也。」（卷十二，頁 140）

14. 《小雅・何人斯》

七章：「伯氏吹壎，仲氏吹篪。及爾如貫，諒不我知。出此三物，以詛爾斯。」

《蘇傳》：「與女義如兄弟，和如壎篪，勢相次比，如物之在貫，女誠不我知而譖我哉？苟誠不我知也，則出犬豕雞三物以詛之可也。」（卷十二）

《朱傳》：「伯氏吹壎，而仲氏吹篪，言其心相親愛，而聲相應和也。與法如物之在貫，豈誠不我知而譖我哉？苟曰誠不我知，則出此三物以詛之可也。」（卷十二，頁 144）

15. 《小雅・四月》

一章：「四月維夏，六月徂暑。先祖匪人，胡寧忍予。」

《蘇傳》：「四月始夏，而六月暑遂往矣。言周之治世，未幾而亂作也。是以君子自傷生于亂世曰：先祖非人哉！而忍生我於是，此所謂窮則反本，『浩浩昊天，不駿其德』、『先祖匪人，胡寧忍予？』，一也，皆無所歸怨之辭也。」（卷十二）

《朱傳》：「此亦遭亂自傷之詩。言四月維夏，則六月徂暑矣。我先祖豈非人乎，何忍使我遭此禍也。無所歸咎之詞也。」（卷十二，頁 149）

16. 《小雅・無將大車》

一章：「無將大車，祇自塵兮。無思百憂，祇自疧兮。」

《蘇傳》：「大車，牛車也。疧，病也。將大車則塵汙之，思百憂則病及之。譬如任小人者，患及其身，亦不可逃也。」（卷十三）

《朱傳》：「此亦行役勞苦而憂思者之作。言將大車則塵污之，思百憂則病及之矣。」（卷十三，頁 151）

17. 《小雅・楚茨》

四章：「我孔熯矣，式禮莫愆。工祝致告，徂賚孝孫。苾芬孝祀，神嗜飲食。卜爾百福，如幾如式。既齊既稷，既匡既敕。永錫爾極，時萬時億。」

《蘇傳》：「禮行既久，筋力竭矣，而式禮莫愆，敬之至也。……于是祭將畢，祝致神意以嘏主人曰：爾飲食芳潔，故報爾以福祿，使其來如幾，其多如法。爾禮容莊敬，故報爾以中和，應萬物而不匱，言各隨其事而報之以其類也。」（卷十三）

《朱傳》：「禮行既久，筋力竭矣，而式禮莫愆，敬之至也。於是祝致神意以嘏主人曰：爾飲食芳潔，故報爾以福祿，使其來如幾，其多如法。爾禮容莊敬，故報爾以眾善之極，使爾無一事而不得乎此。各隨其事而報之以其類也。」（卷十三，頁 154）

18. 《大雅・假樂》

二章：「干祿百福，子孫千億。穆穆皇皇，宜君宜王。不愆不忘，率由舊章。」

《蘇傳》：「成王干祿而得百福，故其子孫之蕃，至于千億，適爲夫子，庶爲諸侯，無不穆穆皇皇，以遵成王之法者。」（卷十七）

《朱傳》：「言王者干祿而得百福，故其子孫之蕃，至於千億。適爲夫子，庶爲諸侯，無不穆穆皇皇，以遵先王之法者。」（卷十七，頁 195）

四章：「之綱之紀，燕及朋友。百辟卿士，媚于天子。不解于位，民之攸塈。」

《蘇傳》：「成王綱紀四方，而臣下賴之以安，故百辟卿士，思所以媚之者曰維不解于位，不解于位，故民獲休息也。」（卷十七）

《朱傳》:「言人君能綱紀四方,而臣下賴之以安,則百辟卿士,媚而愛之,維欲其不解于位,而爲民所安息也。」(卷十七,頁195)

19. 《大雅・桑柔》

一章:「菀彼桑柔,其下侯旬。捋采其劉,瘼此下民。不殄心憂,倉兄填兮。倬彼昊天,寧不我矜。」

《蘇傳》:「桑之爲物,其葉最盛,然及其采之也,一朝而盡,無黃落之漸,故詩人取以爲比。言周之盛也,如柔桑之茂,其陰無所不徧。至於厲王肆行暴虐,以敗其成業,則王室忽焉凋弊,如桑之既采,民失其蔭而受其病,故君子憂之,不絕於心,悲之益久而不已,號天而訴之也。」(卷十八)

《朱傳》:「以桑爲比者,桑之爲物,其葉最盛,然及其采之也,一朝而盡,無黃落之漸。故取以比周之盛時,如葉之茂,其陰無所不徧。至於厲王肆行暴虐,以敗其成業,王室忽焉凋弊,如桑之既采,民失其蔭而受其病。故君子憂之不絕於心,悲閔之甚而至於病,遂號天而訴之也。」(卷十八,頁207～208)

九章:「瞻彼中林,甡甡其鹿。朋友已譖,不胥以穀。人亦有言,進退維谷。」

《蘇傳》:「朋友相譖,不能相善,曾鹿之不如,是以進退無不陷焉者。」(卷十八)

《朱傳》:「言朋友相譖,不能相善,曾鹿之不如也。」(卷十八,頁209)

20. 《大雅・崧高》

六章:「申伯信邁,王餞于郿。申伯還南,謝于誠歸。王命召伯,徹申伯土疆,以峙其粻,式遄其行。」

《蘇傳》:「王在岐周,故餞之於郿。……召伯之營謝也,則已峙其餱糧,使廬市有止宿之委積,故能使申伯無留行也。」(卷十八)

《朱傳》:「時王在岐周,故餞于郿也。言信邁誠歸,以見王之數留,疑於行之不果故也。……召伯之營謝也,則已斂其稅賦,積其餱糧,使廬市有止宿之委積,故能使申伯無留行也。」(卷十八,頁213)

七章:「申伯番番,既入于謝,徒御嘽嘽。周邦咸喜,戎有良翰。不顯申伯,王之元舅,文武是憲。」

《蘇傳》:「申伯既入于謝,周人皆曰:汝有良翰蔽矣。文武是憲,言其文武皆足法也。」(卷十八)

《朱傳》:「申伯既入于謝,周人皆以爲喜,而相謂曰:汝今有良翰矣。元,長。憲,法也。言文武之士皆以申伯爲法也。」(卷十八,頁213)

21. 《大雅・韓奕》

六章：「溥彼韓城，燕師所完。以先祖受命，因時百蠻。王錫韓侯，其追其貊，奄受北國，因以其伯。實墉實壑，實畝實籍，獻其貔皮，赤豹黃羆。」

《蘇傳》：「王以韓侯之先，因是百蠻而長之，故錫之以追人貊人，受之以北方之國，使復爲之伯焉。韓侯於是命諸侯各修其城池，治其田畝，正其稅法，以時貢其所有於王。」（卷十八）

《朱傳》：「王以韓侯之先，因是百蠻長之，故錫之追貊，便爲之伯，以脩其城池，治其田畝，正其稅法，而貢其所有於王也。」（卷十八，頁 217）

22. 《大雅・江漢》

三章：「江漢之滸，王命召虎，式辟四方，徹我疆土。匪疚匪棘，王國來極。于疆于理，至于南海。」

《蘇傳》：「王命召公，闢四方之侵地，而治其疆界，非以病之，非以急之也，使來於王國取中焉耳。召公於是疆理其地，至南海而止。」（卷十八）

《朱傳》：「言江漢既平，王又命召公闢四方之侵地，而治其疆界。非以病之，非以急之也，但使其來取正於王國而已。於是遂疆理之，盡南海而止也。」（卷十八，頁 217）

23. 《大雅・召旻》

七章：「昔先王受命，有如召公，日辟國百里，今也日蹙國百里。於乎哀哉！維今之人，不尚有舊。」

《蘇傳》：「世雖亂，豈不猶有舊德可用之人哉！言有之而不用耳。文王之世，周公治內，召公治外，故周人之詩，謂之《周南》，諸侯之詩，謂之《召南》，所謂日闢國百里云者，言文王之化自北而南，至於江漢之間，服從之國，日益眾耳。蓋虞、芮質成於周，其旁諸侯聞之，相帥而歸周者四十餘國，然則日闢百里之言，不爲過矣。」（卷十八）

《朱傳》》：「文王之世，周公治內，召公治外，故周人之詩，謂之《周南》，諸侯之詩，謂之《召南》。所謂日闢國百里云者，言文王之化自北而南，至於江漢之間，服從之國，日以益眾，及虞、芮質成，而其旁諸侯聞之，相帥歸周者四十餘國焉。……今世雖亂，豈不猶有舊德可用之人哉！言有之而不用耳。」（卷十八，頁 222）

24. 《周頌・訪落》

「訪予落止，率時昭考。於乎悠哉，朕未有艾。將予就之，繼猶判渙。維予小子，未堪家多難，紹庭上下，陟降厥家。休矣皇考，以保明其身。」

《蘇傳》：「《閔予小子》，成王朝廟，言將繼其祖考之詩也。《訪落》，謀所以繼之之詩也。……曰：予將謀之於始，以循我昭考武王之德，然而其道遠矣，予不能及也。將使予勉強以就之，猶恐判渙不合也。令將紹文王，以其直心交際上下，常若陟降，近在其家者美哉，此皇考之所以保明其身者，將何以致此哉！」（卷十九）

《朱傳》:「成王既朝于廟，因作此詩，以道延訪群臣之意。言我將謀之於始，以循我昭考武王之道。然而其道遠矣，予不能及也。將使予勉強以就之，而所以繼之者，猶恐其判渙而不合也，則亦繼其上下於庭，陟降於家，庶幾賴皇考之休，有以保明吾身而已矣。」（卷十九，頁 232）

25. 《周頌・絲衣》

「絲衣其紑，載弁俅俅。自堂徂基，自羊徂牛。鼐鼎及鼒，見觩其觓。旨酒思柔，不吳不敖，胡考之休。」

《蘇傳》:「禮繹於廟門之外，其禮薄於正祭，故使士升門堂，視壺濯及籩豆，降適於基，告濯具，遂視牲，自羊而之牛，反告充，已乃舉鼎冪告潔，然後祭，祭終旅酬，而置罰爵，無有讙譁敖慢者，於是神畀之以胡考之福，」（卷十九）

《朱傳》:「此亦祭而飲酒之詩。言此服絲衣爵弁之人，升門堂，視壺濯籩豆之屬，降往於基。告濯具，又視牲，從羊至牛，反告充，已及舉鼎冪告潔，禮之次也。又能謹其威儀，不諠譁，不怠敖，故能得壽考之福。」（卷十九，頁 235）

26. 《周頌・桓》

「綏萬邦，婁豐年。天命匪解。桓桓武王，保有厥士。于以四方，克定厥家。於昭于天，皇以閒之。」

《蘇傳》:「武王克商以安天下，屢獲豐年之祥矣。然天命之於周，久而不厭也。故武王桓桓，保有其眾，用之四方之不服，以定其家，其德上昭于天，遂以代商有天下，言武之不可廢也。」（卷十九）

《朱傳》:「大軍之後，必有凶年。而武王克商，則除害以安天下，故屢獲豐年之祥。傳所謂周饑克殷而年豐是也。然天命之於周，久而不厭也。故此桓桓之武王，保有其士而用之於四方，以定其家，其德上昭于天也。閒字之義未詳。傳曰:『閒，代也。』言君天下以代商也。」（卷十九，頁 236）

27. 《周頌・賚》

「文王既勤止，我應受之。敷時繹思，我徂維求定。時周之命，於！繹思。」

《蘇傳》:「文王之勤勞天下至矣，其子孫應受而有之，然而不敢專也。是以布陳之，以與人，維以行求天下之定而已。非求利也，此周之所以命諸侯者，於乎其陳之歎之也。」（卷十九）

《朱傳》:「言文王之勤勞天下至矣，其子孫受而有之，然而不敢專也。布此文王功德之在人而可繹思者，以賚有功而往求天下之安定。又以爲凡此皆周之命，而

非復商之舊矣。遂嘆美之，而欲諸臣受封賞者，繹思文王之德而不忘也。」（卷十九，頁 236）

28.《商頌・那》

「鞉鼓淵淵，嘒嘒管聲。既和且平，依我磬聲。於赫湯孫，穆穆厥聲。庸鼓有斁，萬舞有奕。我有嘉客，亦不夷懌。」

《蘇傳》:「於是鞉鼓管籥，作於堂下，其聲依堂上之玉磬，無相奪倫者，至於九獻之後，鐘鼓交作，萬舞陳於廷，而祀事畢矣。於時王者之後，皆來助祭，無不和悅者。」（卷二十）

《朱傳》:「蓋上文言鞉鼓管籥作於堂下，其聲依堂上之玉磬，無相奪倫者，至於此。則九獻之後，鐘鼓交作，萬舞陳於庭，而祀事畢矣。嘉客，先代之後，來助祭者也。夷，悅也。亦不夷懌者，言皆悅懌也。」（卷二十，頁 243）

29.《商頌・長發》

六章:「武王載旆，有虔秉鉞。如火烈烈，則莫我敢曷。苞有三櫱，莫遂莫達，九有有截。韋顧既伐，昆吾夏桀。」

《蘇傳》:「湯既受命，載旆秉鉞，以征不義。桀與三櫱，皆不能自達於天下，故天下截然歸商，於是遂伐韋顧，既克之，則以伐昆吾夏桀焉。」

《朱傳》:「言湯既受命，載旆秉鉞，以征不義。桀與三櫱，皆不能遂其惡，而天下截然歸商矣。初伐韋，次伐顧，次伐昆吾，乃伐夏桀，當時用師之序如此。」（卷二十，頁 246）

30.《商頌・殷武》

一章:「撻彼殷武，奮伐荊楚。罙入其阻，裒荊之旅。有截其所，湯孫之緒。」

《蘇傳》:「自盤庚沒而殷道衰，楚人叛之。高宗撻然用武，以伐其國，入其險阻，以致其眾，戮有罪以齊一之使，皆即用高宗之次緒，《易》曰:『高宗伐鬼方，三年克之。』，蓋謂此歟。」（卷二十）

《朱傳》:「蓋自盤庚沒而殷道衰，楚人叛之，高宗撻然用武，以伐其國，入其險阻，以致其眾，盡平其地，使截然齊一，皆高宗之功也。《易》曰:『高宗伐鬼方，三年克之。』，蓋謂此歟。」

三、訓　詁

朱熹《詩集傳》中的訓詁，除了採用《毛傳》、《鄭箋》居多外，對於蘇轍《詩集傳》的訓詁，亦有所採用、吸收，如《周南・葛覃》:「言告師氏，言告言歸。薄污我私，薄澣我衣。」（三章）「言」字和「衣」字，《毛傳》據《爾雅・釋詁》釋爲:

「言，我也。」,《鄭箋》釋「衣」爲:「衣謂褘衣以下至褖衣。」(以上俱見《毛詩正義》，卷一之二，頁4)，蘇轍則釋「言」爲語助辭、「衣」爲「禮服」，云:「言，辭也。」、「衣，禮服也。」(《詩集傳》，卷一)，朱熹《詩集傳》云:「言，辭也。」、「衣，禮服也。」(卷一，頁3)，即採自《蘇傳》。又如《周南・螽斯》:「螽斯羽，薨薨兮。」(二章)「薨薨」,《毛傳》釋爲:「薨薨，眾多也。」(《毛詩正義》，卷一之二，頁13)，蘇轍則釋爲:「薨薨，群飛聲也。」(《詩集傳》，卷一)，朱熹《詩集傳》云:「薨薨，群飛聲。」(卷一，頁 4)，即採自《蘇傳》。此外，如《衛風・考槃》:「考槃在陸，碩人之軸。」(四章)「軸」字,《毛傳》釋爲:「軸，進也。」,《鄭箋》釋爲:「軸，病也。」(以上俱見《毛詩正義》，卷三之二，頁14)，蘇轍則釋爲:「磐桓不行，從容自廣之謂也。」(《詩集傳》，卷三)，朱熹《詩集傳》云:「軸，槃桓不行之意。」(卷三，頁36)，也採自《蘇傳》。凡此之例頗多，茲臚列如下:

1. 《周南・葛覃》

　　「言告師氏，言告言歸。薄污我私，薄澣我衣。」(三章)「言」字和「衣」字,《朱傳》云:「言，辭也。」「衣，禮服也。」(卷一，頁3) 即採自《蘇傳》。

2. 《周南・螽斯》

　　「螽斯羽，薨薨兮。」(二章)「薨薨」,《朱傳》云:「薨薨，群飛聲。」(卷一，頁4)，即採自《蘇傳》。

3. 《衛風・考槃》

　　「考槃在陸，碩人之軸。」(三章)「軸」字,《朱傳》云:「軸，槃桓不行之意。」(卷三，頁36)，即採自《蘇傳》。

4. 《鄭風・大叔于田》

　　「叔善射忌，又良禦忌，抑磬控忌，抑縱送忌」(二章)「送」字,《朱傳》云:「覆鐮曰送。」(卷四，頁49)，即採自《蘇傳》。

5. 《鄭風・遵大路》

　　「無我惡兮，不寁故也。」(一章)「故」字,《朱傳》云:「故，舊也。」(卷四，頁51)，即採自《蘇傳》。

6. 《鄭風・女曰雞鳴》

　　「子興視夜，明星有爛。」(一章)「明星」,《朱傳》云:「明星，啓明之星先日而出者也。」(卷四，頁51)，即採自《蘇傳》。

7. 《鄭風・山有扶蘇》

　　「山有橋松，隰有游龍。」(二章)「橋」字,《朱傳》云:「上竦無枝曰橋，亦作喬。」(卷四，頁52)，即採自《蘇傳》。

8. 《魏風・陟岵》

「上愼旃哉，猶來無止。」（一章）「上」字，《朱傳》云：「上，猶尚也。」（卷五，頁 65），即採自《蘇傳》。

9. 《魏風・十畝之間》

「桑者泄泄兮，行與子逝兮。」（二章）「泄泄」，《朱傳》云：「泄泄，猶閑閑也。」（卷五，頁 65），即採自《蘇傳》。

10. 《豳風・七月》

「女執懿筐，遵彼微行，爰求柔桑。」（二章）「微行」，《朱傳》云：「微行，小逕也。」（卷八，頁 91），即採自《蘇傳》。又「蠶月條桑，取彼斧斨，以伐遠揚，猗彼女桑。」（三章）「猗」字，《朱傳》云：「取葉存條曰猗。」（卷八，頁 91），即採自《蘇傳》。

11. 《小雅・常棣》

「儐爾籩豆，飲酒之飫。」（六章）「飫」字，《朱傳》云：「飫，饜。」（卷九，頁 103），即採自《蘇傳》。

12. 《小雅・出車》

「彼旟旐斯，胡不旆旆。」（二章）「旆旆」，《朱傳》云：「旆旆，飛揚之貌。」（卷九，頁 107），即採自《蘇傳》。

13. 《小雅・采芑》

「薄言采芑，于彼新田，于此中鄉。」（二章）「中鄉」，《朱傳》云：「中鄉，民居，其田尤治。」（卷十，頁 116），即採自《蘇傳》。

14. 《小雅・吉日》

「漆沮之從，天子之所。」（二章）「漆沮」，《朱傳》云：「漆沮，水名，在西都畿內涇渭之北，所謂洛水。」（卷十，頁 118），即採自《蘇傳》。又「悉率左右，以燕天子。」（三章）「燕」字，《朱傳》云：「燕，樂也。」（卷十，頁 118），即採自《蘇傳》。

15. 《小雅・祈父》

「胡轉予于恤，有母之尸饔」。（三章）「尸」字，《朱傳》云：「尸，主也。」（卷十一，頁 122），即採自《蘇傳》。

16. 《小雅・斯干》

「約之閣閣，椓之橐橐。」（三）章「閣閣」、「橐橐」，《朱傳》云：「閣閣，上下相乘也，橐橐，杵聲也。」（卷十一，頁 125），即採自《蘇傳》。

17. 《小雅・小旻》

「滃滃訿訿，亦孔之哀。」（二章）「滃滃訿訿」，《朱傳》云：「滃滃，相和也。訿訿，相詆也。」（卷十二，頁137），即採自《蘇傳》。又「國雖靡止，或聖或否。」（五章）「止」字，《朱傳》云：「止，定也。」（卷十二，頁138），即採自《蘇傳》。

18. 《小雅・巧言》

「秩秩大猷，聖人莫之。」（四章）「秩秩」及「莫」字，《朱傳》云：「秩秩，序也。莫，定也。」（卷十二，頁142），即採自《蘇傳》。

19. 《小雅・鼓鐘》

「鼓鐘欽欽，鼓瑟鼓琴，笙磬同音。以雅以南，以籥不僭。」（四章）「雅」及「南」字，《朱傳》云：「雅，二雅也。南，二南也。」（卷十三，頁152），即採自《蘇傳》。

20. 《小雅・楚茨》

「君婦莫莫，爲豆孔庶。」（三章）「庶」字，《朱傳》云：「庶，多也。」（卷十三，頁153），即採自《蘇傳》。又「我孔熯矣，式禮莫愆。……既齊既稷，既匡既敕。」（四章）「熯」、「匡」及「敕」字，《朱傳》云：「熯，竭也。匡，正。敕，戒。」（卷十三，頁154），即採自《蘇傳》。

21. 《小雅・甫田》

「田畯至喜，攘其左右。」（三章）「攘」字，《朱傳》云：「攘，取。」（卷十三，頁156），即採自《蘇傳》。

22. 《小雅・桑扈》

「君子樂胥，受天之祜。」（一章）「胥」字，《朱傳》云：「胥，語詞。」（卷十四，頁160），即採自《蘇傳》。

23. 《小雅・賓之初筵》

「其湛曰樂，各奏爾能。……酌彼康爵，以奏爾時。」（三章）「康」字，《朱傳》云：「康，安也。」（卷十四，頁164），即採自《蘇傳》。

24. 《小雅・白華》

「有扁斯石，履之卑兮。」（八章）「扁」字，《朱傳》云：「扁，卑貌。」（卷十五，頁172），即採自《蘇傳》。

25. 《大雅・文王》

「命之不易，無遏爾躬。」（七章）「遏」字，《朱傳》云：「遏，絕。」（卷十六，頁176），即採自《蘇傳》。

26. 《大雅・大明》

「昭事上帝，聿懷多福。」（三章）「懷」字，《朱傳》云：「懷，來。」（卷十六，頁 178)，即採自《蘇傳》。

27. 《大雅・緜》

「迺慰迺止，迺左迺右。迺疆迺理，迺宣迺畝。」(四章)「左右」及「宣」字，《朱傳》云：「左右，東西列之也。宣，布散而居也。或曰：導其溝洫也。」(卷十六，頁 180)，又「肆不殄厥慍，亦不隕厥問。」(八章)「殄」字，《朱傳》云：「殄，絕。」(卷十六，頁 180)，即採自《蘇傳》。

28. 《大雅・思齊》

「刑于寡妻，至于兄弟，以御于家邦。」(二章)「寡妻」，《朱傳》云：「寡妻，猶言寡小君也。」(卷十六，頁 183)，即採自《蘇傳》。

29. 《大雅・下武》

「昭茲來許，繩其祖武。」(五章)「許」字，《朱傳》云：「許，猶所也。」(卷十六，頁 188)，即採自《蘇傳》。

30. 《大雅・生民》

「誕實匍匐，克岐克嶷，以就口食。」(四章)「岐」及「嶷」字，《朱傳》云：「岐、嶷，峻茂之狀。」(卷十七，頁 191)，即採自《蘇傳》。

31. 《大雅・假樂》

「之綱之紀，燕及朋友。」《朱傳》云：「燕，安也。」(卷十七，頁 195)，即採自《蘇傳》。

32. 《大雅・民勞》

「無縱詭隨，以謹無良。」(一章)「詭隨」，《朱傳》云：「詭隨，不顧是非而妄隨人也。」(卷十七，頁 199)，即採自《蘇傳》。又「無縱詭隨，以謹繾綣。」(五章)「繾綣」，《朱傳》云：「繾綣，小人之固結其君者也。」(卷十七，頁 200)，即採自《蘇傳》。

33. 《大雅・板》

「天之方虐，無然謔謔。」(四章)「謔」字，《朱傳》云：「謔，戲侮也。」(卷十七，頁 201) 又「天之方懠，無爲夸毗。」(五章)「夸」及「毗」字，《朱傳》云：「夸，大。毗，附也。小人之於人，不以大言夸之，則以諛言毗之也。」(卷十七，頁 201)，即採自《蘇傳》。

34. 《大雅・蕩》

「蕩蕩上帝，下民之辟。」(一章)「蕩蕩」，《朱傳》云：「蕩蕩，廣大貌。」(卷十八，頁 203)，即採自《蘇傳》。

35. 《大雅・柔柔》

「捋採其劉，瘼此下民。」（一章）「劉」字，《朱傳》云：「劉，殘。」（卷十八，頁 207），即採自《蘇傳》。

36. 《大雅・雲漢》

「旱既大甚，蘊隆蟲蟲。不殄禋祀，自郊徂宮。」（二章）「隆」及「殄」字，《朱傳》云：「隆，盛也。殄，絕也。」（卷十八，頁 211），即採自《蘇傳》。又「大夫君子，昭假無贏。」（八章）「昭」字，《朱傳》云：「昭，明。」（卷十八，頁 212），即採自《蘇傳》。

37. 《大雅・崧高》

「有俶其城，寢廟既成。既成藐藐，王錫申伯。」（四章）「藐藐」，《朱傳》云：「藐藐，深貌。」（卷十八，頁 213），即採自《蘇傳》。

38. 《大雅・烝民》

「古訓是式，威儀是力。」（二章）「力」字，《朱傳》云：「力，勉。」（卷十八，頁 214），即採自《蘇傳》。

39. 《大雅・韓奕》

「慶既令居，韓姞燕譽。」（五章）「譽」字，《朱傳》云：「譽，樂也。」（卷十八，頁 217），即採自《蘇傳》。

40. 《大雅・江漢》

「江漢浮浮，武夫滔滔。匪安匪遊，淮夷來求。」（一章）「浮浮」、「滔滔」、「淮夷」，《朱傳》云：「浮浮，水盛貌。」「滔滔，順流貌。」「淮夷，夷之在淮上者也。」（卷十八，頁 217），即採自《蘇傳》。又「肇敏戎公，用錫爾祉。」（四章）「肇」字，《朱傳》云：「肇，開。」（卷十八，頁 218），即採自《蘇傳》。

41. 《大雅・常武》

「王猶允塞，徐方既來。」（六章）「猶」字，《朱傳》云：「猶，道。」（卷十八，頁 219），即採自《蘇傳》。

42. 《大雅・瞻卬》

「蟊賊蟊疾，靡有夷屆。」（一章）「夷」字，《朱傳》云：「夷，平。」（卷十八，頁 220），即採自《蘇傳》。

43. 《大雅・召旻》

「池之竭矣，不云自頻。泉之竭矣，不云自中。溥斯害矣，職兄斯弘，不烖我躬」（六章）。「池」、「泉」及「弘」字，《朱傳》云：「弘，大也。池，水之鍾也。泉，水之發也。故池之竭由外之不入，泉之竭由內之不出。」（卷十八，頁 222），即採自《蘇傳》。

44. 《周頌・臣工》

「王釐爾成，來咨來茹。」「釐」字，《朱傳》云：「釐，賜也。」（卷十九，頁227），即採自《蘇傳》。

45. 《周頌・小毖》

「予其懲而毖後患，莫予荓蜂，自求辛螫。」「荓」字，《朱傳》云：「荓，使也。」（卷十九，頁233），即採自《蘇傳》。

46. 《周頌・載芟》

「載穫濟濟，有實其積，萬億及秭。」「濟濟」，《朱傳》云：「人眾貌。」（卷十九，頁234），即採自《蘇傳》。

47. 《周頌・良耜》

「載筐及筥，其饟伊黍。其笠伊糾，其鎛斯趙，以薅荼蓼。」「筐」、「筥」、「糾」及「荼」字，《朱傳》云：「筐、筥，饟具也。糾，然笠之輕舉也。荼，陸草。」（卷十九，頁234），即採自《蘇傳》。

48. 《周頌・酌》

「於鑠王師，遵養時晦。」「鑠」字，《朱傳》云：「鑠，盛。」（卷十九，頁235），即採自《蘇傳》。

49. 《周頌・賚》

「敷時繹思，我徂維求定」「時」字，《朱傳》云：「時，是也。」（卷十九，頁236），即採自《蘇傳》。

50. 《周頌・般》

「敷天之下，裒時之對，時周之命」「對」字，《朱傳》云：「對，答也。」（卷十九，頁236），即採自《蘇傳》。

51. 《魯頌・駉》

「思無期，思馬斯才。」（二章）「才」字，《朱傳》云：「才，材力也。」（卷二十，頁237），即採自《蘇傳》。又「思無斁，思馬斯作」（三章）「作」字，《朱傳》云：「作，奮起也。」（卷二十，頁237），即採自《蘇傳》。

52. 《魯頌・有駜》

「君子有穀，詒孫子。于胥樂兮。」（三章）「穀」字，《朱傳》云：「穀,善也。或曰：祿也。」（卷二十，頁238），「或曰」即採自《蘇傳》。

53. 《魯頌・泮水》

「其旂茷茷，鸞聲噦噦。」（一章）「茷茷」字，《朱傳》云：「茷茷，飛揚也。」（卷二十，頁239），即採自《蘇傳》。又「角弓其觩，束矢其搜。」（七章）之「觩」

字；「憬彼淮夷，來獻其琛。」（八章）之「憬」字，《朱傳》云：「觩，弓健貌。」（卷二十，頁239）、「憬，覺悟也。」（卷二十，頁240），即採自《蘇傳》。

54. 《魯頌・閟宮》

「閟宮有侐，實實枚枚。」（一章）「實實」，《朱傳》云：「實實，鞏固也。」（卷二十，頁 240），即採自《蘇傳》。又「公車千乘，朱英綠縢，二矛重弓。……戎狄是膺，荊舒是懲，則莫我敢承。」（五章）「綠縢」，《朱傳》云：「綠縢，所以約弓也。」（卷二十，頁241），即採自《蘇傳》。

55. 《商頌・長發》

「玄王桓撥，受小國是達，受大國是達，率履不越，遂視既發。」（二章）「桓」字，《朱傳》云：「桓，武。」（卷二十，頁245），即採自《蘇傳》。又「武王載旆，有虔秉鉞。如火烈烈，則莫我敢曷。」（六章）「曷」字，《朱傳》云：「曷、遏通。」（卷二十，頁246），即採自《蘇傳》。

四、釋《詩》的篇名

朱熹《詩集傳》於《鄭風・大叔于田》、《小雅・小旻》、《小宛》、《小弁》、《小明》、《大雅・召旻》諸詩篇名之意；《詩序辨說》於《大雅・蕩》一詩篇名之意，均採用蘇轍的說法，茲臚列如下：

1. 《鄭風・大叔于田》

朱熹云：「蘇氏曰：『二詩皆曰叔于田，故加大以別之，不知者乃以段有大叔之號，而讀曰泰，又加大于首章，失之矣。』」（《詩集傳》，卷四，頁49）

2. 《小雅・小旻》、《小宛》、《小弁》、《小明》

朱熹云：「蘇氏曰：『《小旻》、《小宛》、《小弁》、《小明》四詩皆以小名篇，所以別其爲《小雅》也。其在《小雅》者謂之小，故其在《大雅》者謂之《召旻》、《大明》，獨《宛》、《弁》闕焉，意者孔子刪之矣。雖去其大而其小者猶謂之小，蓋即用其舊也。』」（《詩集傳》，卷十二，頁138）

3. 《大雅・召旻》

朱熹云：「因其首章稱『旻天』，卒章稱『召公』，故謂之『召旻』，以別『小旻』也。」（卷十八，頁222）

4. 《大雅・蕩》

朱熹云：「蘇氏曰：『《蕩》之名篇，以首句有『蕩蕩上帝』耳，《序》說云云，非詩之本意也。』」（《詩序辨說》，卷下，頁19）

五、國風的解題

蘇轍以爲《魏風》爲晉詩，朱熹《詩集傳》論《魏風》，即傾向於支持蘇轍之說，云：

> 蘇氏曰：「魏地入晉久矣，其詩疑皆爲晉而作，故列於《唐風》之前，猶《邶》、《鄘》之於《衛》也」。今按：篇中「公行」、「公路」、「公族」皆晉官，疑實晉詩。又恐魏亦嘗有此官，蓋不可考矣。(《詩集傳》，卷五，頁 63）〔註 33〕。

六、重訂《小雅》篇什

蘇轍認爲《毛詩》所傳的《小雅》篇什，並非孔子之舊，乃以《南陔》爲首，至《湛露》，凡十篇，定爲《南陔之什》，以下每十篇爲一什，依次爲《彤弓之什》、《祈父之什》、《小旻之什》、《北山之什》、《桑扈之什》、《都人士之什》。朱熹於《小雅》篇什，據《儀禮》爲說，以爲《南陔》在當在《杕杜》之後，爲《鹿鳴之什》的最後一篇，而《白華》、《華黍》、《魚麗》、《由庚》、《南有嘉魚》、《崇丘》、《南山有臺》、《由儀》、《蓼蕭》、《湛露》十篇當稱《白華之什》，以下則同蘇轍所改〔註 34〕。

七、重訂詩篇章句

蘇轍據《左傳》襄公十九年叔孫豹的賦詩，擬定《鄘風・載馳》爲四章，一章、三章章六句，二章、四章章八句，又重定《魯頌・閟宮》的章句爲十三章，五章章九句，四章章八句，一章十二句，一章十一句，二章章十句，朱熹《詩集傳》於《鄘風・載馳》之章句即採蘇轍之說，於《魯頌・閟宮》亦以毛、鄭所分章句爲誤，而加以重定〔註 35〕。

朱熹《詩集傳》爲《詩經》宋學的典範之作，透過上述，可知朱熹說《詩》，取資蘇轍之說非常廣泛，說明了蘇轍《詩集傳》在宋學典範的建立上，具有深遠的意義和貢獻。

〔註 33〕參本論文第五章、第一節「蘇轍之廢《續序》及對《詩序》的批駁」，五、《毛詩序》不知《魏風》實爲晉詩而誤條。

〔註 34〕參本論文第五章、第二節「蘇轍對《詩經》其他基本問題的反省、批駁與詮釋」，五、重訂《小雅》之篇什條。

〔註 35〕同註 34，七、重訂詩篇之章句條。

第八章　結　論

就經典的研究與詮釋而言，由於漢學傳統存在不少的缺失與限制，洎自中唐，樹立新說，異於漢學傳統的旁流已經出現，宋仁宗慶曆以後，議論漢唐舊注、疑經議經蔚成風潮，經學的研究進入了一個新局。宋代《詩經》詮釋的新貌，也在宋儒通過對漢學典範的反省、修正與批駁下展開，歐陽脩、張載、王安石、二程、蘇轍均爲其中一員，其中以歐陽脩撰《詩本義》議論《毛傳》、《鄭箋》之失，及蘇轍撰《詩集傳》辨析《毛詩序》是「毛氏之學而衛宏之所集錄」，刪去《續序》，對於漢學典範的崩潰與宋學典範的建立上，影響尤大。王質、鄭樵、朱熹的去《序》言《詩》，基本上是順著歐、蘇批判漢學典範的路向而來。宋代《詩經》詮釋的新貌，在歐陽脩撰《詩本義》議論毛、鄭釋《詩》之謬揭開之後，蘇轍在「病先儒多失其指」的動機、講究「深思自得」的治經性格與抱持「回歸原典」的態度下，對於《詩經》漢學典範詮釋下的種種問題，進行了更深入而廣泛的反省、修正與批判，蘇轍在《詩集傳》中對於漢學典範的反省、修正與批判，包含以下幾點：

一、對《毛詩序》的辨析

對於前儒所謂子夏撰作、信奉一如經典的《毛詩序》，蘇轍指出：1. 《毛詩序》並非子夏作，說子夏作《毛詩序》，是後代傳《詩》者附會《論語・八佾》篇的記載而來的，2. 《毛詩序》是漢代《毛詩》經師附益的結果──「毛氏之學而衛宏之所集錄」。理由是：根據《南陔》、《白華》、《華黍》、《由庚》、《崇丘》、《由儀》六篇亡詩《詩序》的簡要來看，這正是由於漢代經師未見此六篇亡詩的詩文，所以無從附會衍伸，其他的三百零五篇詩，由於詩文俱在，因此經師乃能加以附會衍伸，今存的《毛詩序》所以如此詳盡，且「其言時有反覆煩重，類非一人之詞」，正是由此而來，3. 《毛詩序》是「毛氏之學而衛宏之所集錄」，根據《後漢書・儒林傳》、《隋書・經籍志》的記載，也可以證成此點，4.《毛詩序》非成於一時一人，《毛詩序》的首句推測是孔子作《序》的原貌，首句以下的餘文，則是漢代傳習《毛詩》的經師所作——所謂「毛氏之學而衛宏之所集錄」。

二、刪去《續序》、批駁《毛詩序》

蘇轍以爲《毛詩序》既是「毛氏之學而衛宏之所集錄」，既是「其言時有反覆煩重，類非一人之詞」，故不足以完全揭示《詩經》的眞義，因此將《毛詩序》首句以下的餘文（《續序》）全數刪除，凡《毛詩序》有明顯錯誤及不合乎詩旨的，皆加以批駁，所謂「其尤不可者，皆明著其失」。蘇轍對《毛詩序》的批駁，共三十二篇，凡《周南・麟之趾》、《召南・鵲巢》、《羔羊》、《邶風・柏舟》、《雄雉》、《旄丘》、《簡兮》、《衛風・竹竿》、《鄭風・將仲子》、《山有扶蘇》、《蘀兮》、《野有蔓草》、《齊風・東方未明》、《魏風・葛屨》、《園有桃》、《陟岵》、《十畝之間》、《陳風・墓門》、《小雅・采薇》、《出車》、《杕杜》、《庭燎》、《雨無正》、《裳裳者華》、《魚藻》、《大雅・蕩》、《召旻》、《周頌・絲衣》、《酌》、《魯頌・有泌》、《泮水》、《閟宮》。大致可分爲六類：1. 詩中無此意，出於《毛詩序》的附會衍說，2.《毛詩序》解釋不當，不合詩旨，3.《毛詩序》言辭重複，雜取眾說，非一人之詞，4.《毛詩序》解釋篇名之誤，5.《毛詩序》不知《魏風》實爲晉詩而誤，6.《毛詩序》誤定詩之年代。

以上兩點，在《詩經》的詮釋史上，就辨析《詩序》及《詩序》的作者而言，蘇轍的說法都較前儒時賢深入精闢，超邁了以往無數詮釋《詩經》的學者，往後有爲數甚眾的學者，均順著蘇轍的理路、觀點，重新進行對《詩經》的詮釋與思考。而其辨析《毛詩序》有漢儒的增益，多所舛誤，因而加以批駁，並刪去《續序》，僅以《毛詩序》首句作爲詮釋《詩經》的依據，此一詮釋路向，在《詩經》詮釋史上，尤爲一種革命性之舉，初步動搖了《詩序》所具有的典範性質，影響頗爲深遠。從宋以迄清代的《詩經》詮釋，均可考見蘇轍辨析《毛詩序》的內涵，及其刪去《續序》，對學者所造成的影響，宋代的學者如王得臣、鄭樵、李樗、晁公武、程大昌、朱熹、呂祖謙、周孚、楊簡、嚴粲、錢文子、章如愚，明代的學者如朱謀瑋、郝敬、張次仲、朱朝瑛、沈堯中、賀貽孫，清代的學者如錢澄之、陳啓源、朱鶴齡、萬斯同、姚際恒、崔述、黃中松、范家相、姜炳璋、顧鎮、紀昀、顧昺、諸錦、許伯政，在有關《詩序》的辨析及《詩經》詮釋的思考上，均有所取資於蘇轍的觀點，所論或從或合，或由蘇轍早起端倪，此皆可歸諸蘇轍辨析《毛詩序》及刪去《續序》在《詩經》詮釋史上的流風餘響。

三、對《詩經》基本問題的詮釋

除了對於《毛詩序》所代表的漢學典範加以批駁外，蘇轍對於以下《詩經》基本問題的詮釋，也多所立異於漢學典範之成說，顯示出其勇於立說、批判的精神，而其立論也以更切近情理，而頗受學者的支持、採納。它們是：1. 論《周南》、《召南》的分別，2. 論《詩》之正變，3. 論風、雅、頌，4. 論大、小雅的區別，5. 重訂《小雅》之篇什，6. 論《鄘風・載馳》、《王風・兔爰》、《鄭風・清人》三詩失次，7. 重訂《鄘風・載馳》、《周頌・酌》、《魯頌・閟宮》之章句，8. 釋《鄭風・大叔于田》、《小雅・小旻》、《小宛》、《小弁》、《小明》、《大雅・蕩》、《召旻》名篇之意，9. 釋《小雅・鼓鐘》。

四、對漢儒說《詩》的批判

蘇轍對於漢儒說《詩》的批判包括：1. 批判司馬遷在《史記・宋微子世家》持《韓詩》的看法，謂《商頌》為春秋時代正考父頌美襄公的詩，2. 批判班固在《漢書・禮樂志》、《兩都賦・序》中所持「王澤竭而詩不作」的觀點，3. 批判毛公釋《大雅・生民》所言后稷是姜嫄與帝嚳相配而生的說法，4. 批判鄭玄定《小雅・十月之交》、《雨無正》、《小旻》、《小宛》四詩為厲王時代的詩；批判鄭玄釋國風中無《宋風》、《魯風》，是周室尊禮魯、宋二國的緣故。蘇轍對以上四家的批判，均言之成理，主觀上係緣於個人講究「深思自得」的治經性格，及抱持「回歸原典」的治經態度，客觀上則仍是對於漢學典範的批判。

以上四點，顯示蘇轍《詩集傳》勇於創立新說、批判漢學典範的詮釋路向及精神，對於瓦解漢學典範的權威，導引《詩經》研治的新風氣，與宋學傳統的建立上，具有非常可貴的意義與價值。朱熹以一代大儒，作《詩集傳》、《詩序辨說》，集宋人廢《序》之大成，主張涵詠詩文以求得本義，不必盡信《詩序》，《詩集傳》並成為宋代《詩經》詮釋的典範之作，支配元代至明中葉六百年的《詩經》詮釋。振葉尋根，觀瀾索源，朱熹之論《詩》，實深受宋人的啓發，蘇轍即為其中重要的一位。朱熹《詩集傳》中徵引宋人詩說達二十家，其中以徵引蘇轍之說最多，達四十三條，且嘗言「蘇黃門《詩說》疏放覺得好」、「子由《詩解》好處多」，足以說明蘇轍釋《詩》在朱熹心目中的份量。考蘇轍對朱熹說《詩》的影響約有七點：1. 對《詩序》的批駁，2. 詩旨的訓釋，3. 訓詁，4. 釋詩的篇名，5. 國風的解題，6. 重訂《小雅》的篇什，7. 章句之重訂。朱熹《詩集傳》為宋代《詩經》詮釋的典範之作，而取資蘇轍之說如此廣泛，說明蘇轍《詩集傳》在《詩經》宋學典範的建立上，所具有的價值和貢獻。而蘇轍《詩集傳》在《詩經》詮釋史上的地位與價值，亦由此可以確立。

參考書目

一、經　部

《尚書集釋》　屈萬里撰　臺北　聯經出版事業公司　民國75年元月第二次印行

《詩經注疏》　漢・毛公傳、鄭玄箋　唐・孔穎達等疏　臺北　藝文印書館影印南昌府學刊本　民國78年

《毛詩草木鳥獸蟲魚疏》　吳・陸璣撰　臺北　臺灣商務印書館影印文淵閣四庫全書本　民國72年

《毛詩指說》　唐・成伯璵撰　臺北　漢京文化事業公司影印通志堂經解本　民國69年

《詩本義》　宋・歐陽脩撰　臺北　漢京文化事業公司影印通志堂經解本　民國69年

《詩集傳》　宋・蘇轍撰　北京　書目文獻出版社影印南宋孝宗淳熙七年蘇詡筠州公使庫刻本　民國79年6月

《詩集傳》　宋・蘇轍撰　明萬曆二十五年畢氏刊《兩蘇經解本》（藏臺北國立中央圖書館）

《詩集傳》　宋・蘇轍撰　臺北　臺灣商務印書館影印文淵閣四庫全書本　民國72年

《詩辨妄》　宋・鄭樵撰　顧頡剛輯點　北平　樸社　民國22年7月

《詩總聞》　宋・王質撰　臺北　新文豐出版公司據經苑本印　民國74年

《毛詩李黃集解》　宋・李樗、黃櫄撰　臺北　漢京文化事業公司影印通志堂經解本　民國69年

《詩論》　宋・程大昌撰　臺北　新文豐出版公司據學海類編本印　民國74年

《詩集傳》（二十卷）　宋・朱熹集註　臺北　臺灣中華書局　民國78年6月12版

《詩集傳》(八卷)　宋・朱熹集註　臺北　群玉堂出版事業公司　民國 80 年 10 月初版
《詩序辨說》　宋・朱熹撰　臺北　臺北臺灣商務印書館影印文淵閣四庫全書本　民國 72 年
《呂氏家塾讀詩記》　宋・呂祖謙撰　臺北　臺灣商務印書館影印文淵閣四庫全書本　民國 72 年
《非詩辨妄》　宋・周孚撰　臺北　新文豐出版公司據涉聞梓舊本印　民國 74 年
《慈湖詩傳》　宋・楊簡撰　臺北　臺灣商務印書館影印文淵閣四庫全書本　民國 72 年
《詩緝》　宋・嚴粲撰　臺北　廣文書局影印味經堂本　民國 78 年 8 月 4 版
《詩傳遺說》　宋・朱鑑編　臺北　漢京文化事業公司影印通志堂經解本　民國 69 年
《詩童子問》　宋・輔廣撰　臺北　臺灣商務印書館影印文淵閣四庫全書本　民國 72 年
《詩疑》　宋・王柏撰　臺北　臺灣開明書店　民國 58 年 6 月臺 1 版
《詩傳通釋》　元・劉瑾撰　臺北　臺灣商務印書館影印文淵閣四庫全書本　民國 72 年
《詩故》　明・朱謀瑋撰　臺北　臺灣商務印書館影印文淵閣四庫全書本　民國 72 年
《毛詩原解》　明・郝敬撰　臺北　新文豐出版公司據湖北叢書本印　民國 77 年
《待軒詩記》　明・張次仲撰　臺北　臺灣商務印書館影印文淵閣四庫全書本　民國 72 年
《詩詩略記》　明・朱朝瑛撰　臺北　臺灣商務印書館影印文淵閣四庫全書本　民國 72 年
《欽定詩經傳說彙纂》　清・王鴻緒纂　臺北　維新書局　民國 67 年
《田間詩學》　清・錢澄之撰　臺北　臺灣商務印書館影印文淵閣四庫全書本　民國 72 年
《詩經通義　清・朱鶴齡撰　臺北　臺灣商務印書館影印文淵閣四庫全書本　民國 72 年
《清人詩說四種》　晏炎吾等點校　武昌　華中師範大學出版社　民國 75 年 7 月第 1 版
《毛詩稽古編》　清・陳啓源撰　臺北　藝文印書館影印皇清經解本　民國 49 年
《詩經通論》　清・姚際恒撰　臺北　廣文書局　民國 77 年 1 月 2 版

《讀風偶識》　清・崔述撰　崔東壁遺書本　臺北　河洛圖書出版社　民國 64 年 9 月臺影印初版
《毛詩傳箋通釋》　清・馬瑞辰撰　陳金生點校　北京　中華書局　民國 81 年 2 月第 2 次印刷
《毛詩後箋》　清・胡承珙撰　臺北　藝文印書館影印皇清經解續編本　民國 54 年
《詩疑辨證》　清・黃中松撰　臺北　臺灣商務印書館影印文淵閣四庫全書本　民國 72 年
《詩序補義》　清・姜炳璋撰　臺北　臺灣商務印書館影印文淵閣四庫全書本　民國 72 年
《詩瀋》　清・范家相撰　臺北　臺灣商務印書館影印文淵閣四庫全書本　民國 72 年
《虞東學詩》　清・顧鎮撰　臺北　臺灣商務印書館影印文淵閣四庫全書本　民國 72 年
《詩毛氏傳疏》　清・陳奐撰　臺北　臺灣學生書局　民國 75 年 10 月第 7 次印刷
《詩本誼》　清・龔橙撰　臺北　新文豐出版公司據半厂叢書本印　民國 77 年
《詩經原始》　清・方玉潤撰　臺北　藝文印書館影印本　民國 70 年 2 月 3 版
《三家詩遺說考》　清・陳喬樅撰　臺北　藝文印書館影印皇清經解續編本　民國 54 年
《詩古微》　清・魏源撰　何慎怡點校　長沙　嶽麓書社　民國 78 年 12 月第 1 版
《詩三家義集疏》　清・王先謙撰　吳格點校　臺北　明文書局　民國 77 年 10 月初版
《毛詩禮徵》　清・包世榮撰　臺北　力行書局　民國 59 年 6 月
《詩義會通》　清・吳闓生撰　臺北　洪氏出版社　民國 66 年 9 月再版
《三百篇演論》　蔣善國撰　臺北　臺灣商務印書館　民國 69 年 6 月臺 2 版
《詩經學》　胡樸安撰　臺北　臺灣商務印書館　民國 77 年 5 月臺 5 版
《詩言志辨》　朱自清撰　臺北　漢京文化事業公司　民國 72 年元月初版
《詩經與周代社會研究》　孫作雲撰　北京　中華書局　民國 55 年 6 月初版
《詩經今論》　何定生撰　臺北　臺灣商務印書館　民國 57 年 6 月初版
《定生論學——詩經與孔學研究》　何定生撰　臺北　幼獅文化事業公司　民國 67 年
《詩說》　黃焯撰　武漢　長江文藝出版社　民國 70 年 2 月第 1 版
《詩三百篇探故》　朱東潤撰　臺北　漢京文化事業公司　民國 73 年 2 月初版

《詩經研讀指導》　裴普賢撰　臺北　東大圖書公司　民國 76 年 9 月再版
《詩經研究》　黃振民撰　臺北　正中書局　民國 71 年 2 月初版
《詩經名著評介》　趙制陽撰　臺北　臺灣學生書局　民國 72 年 10 月初版
《毛詩鄭箋平議》　黃焯撰　上海　上海古籍出版社　民國 74 年 6 月第 1 版
《詩疏平議》　黃焯撰　上海　上海古籍出版社　民國 74 年 11 月第 1 版
《詩經六論》　張西堂撰　香港　文昌書店　不著出版年月
《詩經研究反思》　趙沛霖編著　天津　天津教育出版社　民國 78 年 6 月第一次印行
《詩經研究概觀》　韓明安編撰　哈爾濱　黑龍江教育出版社　民國 77 年 10 月第 1 版
《詩經的歷史公案》　李家樹撰　臺北　大安出版社　民國 79 年 11 月第 1 版第 1 印
《詩經》　周滿江撰　臺北　國文天地雜誌社　民國 79 年 10 月初版
《毛詩會箋》　日本　竹添光鴻撰　臺北　大通書局　民國 64 年 9 月再版
《詩經篇旨通考》　張學波撰　臺北　廣東出版社　民國 65 年 5 月初版
《詩經今注》　高亨撰　臺北　漢京文化事業公司　民國 73 年 2 月初版
《詩經解說》　陳鐵鑌撰　北京　書目文獻出版社　民國 74 年 7 月第 1 版
《詩經通釋》　王靜芝撰　臺北　輔仁大學文學院　民國 74 年 8 月 9 版
《詩經欣賞與研究》(一～四)　糜文開、裴普賢撰　臺北　三民書局　民國 76 年 11 月改編版
《詩經評釋》　朱守亮撰　臺北　臺灣學生書局　民國 77 年 8 月 2 版
《詩經詮釋》　屈萬里撰　臺北　聯經出版事業公司　民國 78 年 10 月第 5 次印行
《國風詩旨纂解》　郁志達主編　天津　南開大學出版社　民國 79 年 2 月第 1 版
《詩經注析》　程俊英、蔣見元撰　北京　中華書局　民國 80 年 10 月第 1 版
《詩經直解》　陳子展撰　臺北　書林出版公司　民國 81 年 8 月
《三經新義輯考彙評(二)》　詩經　程元敏撰　臺北　國立編譯館　民國 75 年 9 月初版
《詩經研究論文集》　高亨等撰　北京　人民文學出版社　民國 48 年 2 月第 1 版
《詩經研集究論集(一)、(二)》　林慶彰編　臺北　臺灣學生書局　民國 72 年 11 月初版、民國 76 年 9 月初版
《詩經研究論集》　熊公哲等撰　臺北　黎明文化事業公司　民國 75 年 4 月再版

《詩經學論叢》　江磯編　臺北　嵩高書社　民國 74 年 6 月

《詩經研究史概要》　夏傳才撰　鄭州　中州書畫社　民國 71 年 9 月第 1 版

《中國歷代詩經學》　林葉連撰　臺北　臺灣學生書局　民國 82 年 3 月初版

《王柏之詩經學》 程元敏撰　臺北　嘉新水泥公司文教基金會　民國 57 年 10 月初版

《歐陽脩詩本義研究》　裴普賢撰　臺北　東大圖書公司　民國 70 年 7 月初版

《詩經周南召南發微》　文幸福撰　臺北　學海出版社　民國 75 年 8 月初版

《詩經毛傳鄭箋辨異》　文幸福撰　臺北　文史哲出版社　民國 78 年 10 月初版

《朱子詩集傳釋例》　陳美利撰　臺北　政治大學中國文學研究所碩士論文　民國 61 年

《朱呂詩序說比較研究》　林惠勝撰　臺北　臺灣大學中國文學研究所碩士論文　民國 72 年

《宋代之詩經學》　黃忠慎撰　臺北　政治大學中國文學研究所博士論文　民國 73 年

《朱熹詩集傳研究》　許英龍撰　臺中　東海大學中國文學研究所碩士論文　民國 74 年

《王質詩總聞研究》　陳昀昀撰　臺中　東海大學中國文學研究所碩士論文　民國 75 年

《兩宋詩經著述考》　陳文采撰　臺北　東吳大學中國文學研究所碩士論文　民國 77 年

《歐陽脩詩本義研究》　趙明媛撰　中壢　中央大學中國文學研究所碩士論文　民國 79 年

《春秋左傳注疏》　晉・杜預注　唐・孔穎達疏　臺北　藝文印書館影印南昌府學刊本　民國 78 年 1 月 3 版

《春秋公羊傳注疏》　漢・何休注　唐・徐彥疏　臺北　藝文印書館影印南昌府學刊本　民國 78 年 1 月 3 版

《春秋穀梁注疏》　晉・范寧集解　唐・楊士勛疏　臺北　藝文印書館影印南昌府學刊本　民國 78 年 1 月 3 版

《春秋集解》　宋・蘇轍撰　明萬曆二十五年兩蘇經解本　臺北國立中央圖書館藏

《春秋集解》 宋・蘇轍撰　臺北　臺灣商務印書館影印文淵閣四庫全書本　民國 72 年

《(蘇氏)春秋集解》　宋・蘇轍撰　臺北　世界書局影印摛藻堂四庫全書薈要本　民國 77 年 2 月初版

《春秋宋學發微》　宋鼎宗撰　臺北　文史哲出版社　民國 75 年 9 月增訂再版

《春秋左傳學史稿》　沈玉成、劉寧撰　南京　江蘇古籍出版社　民國81年6月初版

《七經小傳》　宋·劉敞撰　臺北　漢京文化事業公司影印通志堂經解本　民國69年

《兩蘇經解》　宋·蘇軾、蘇轍撰　明萬曆二十五年焦竑編、畢氏刊刻　藏臺北國立中央圖書館

《兩蘇經解》　明·焦竑編、(日本)湯淺幸孫解說　京都同朋社影印明萬曆二十五年畢氏刊本　民國69年

《六經奧論》　舊題宋·鄭樵撰　臺北　漢京文化事業公司影印通志堂經解本　民國69年

《四書集註》　宋·朱熹撰　臺北　漢京文化事業公司　民國76年10月初版

《經學歷史》　清·皮錫瑞撰　周予同注　臺北　漢京文化事業公司　民國72年9月初版

《經學通論》　清·皮錫瑞撰　臺北　臺灣商務印書館　民國78年10月臺5版

《經學源流考》　甘鵬雲撰　臺北　廣文書局　民國66年1月初版

《群經述要》　高明等撰　臺北　黎明文化事業公司　民國68年10月初版

《十三經概論》　蔣伯潛撰　臺北　宏業書局　民國70年10月

《經學通論》(上、下冊)　王靜芝編著　臺北　國立編譯館　民國81年11月再版

《經學概説》　何耿鏞撰　武漢　湖北人民出版社　民國73年1月第1版

《中國經學史》　馬宗霍撰　臺北　臺灣商務印書館　民國75年2月7版

《經學研究論集》　王靜芝等撰　臺北　黎明文化事業公司　民國70年1月初版

《周予同經學史論著選集》　朱維錚編　上海　上海人民文學出版社　民國72年11月第1版

《中國經學史》　(日本)本田成之撰　臺北　廣文書局　民國79年7月再版

《中國經學史的基礎》　徐復觀撰　臺北　臺灣學生書局　民國79年7月初版二刷

《中國經學發展史論》(上冊)　李威熊撰　臺北　文史哲出版社　民國77年12月初版

《中國經學史論文選集》(上冊)　林慶彰編　臺北　文史哲出版社　民國81年10月初版

《中國經學史論文選集》(下冊)　林慶彰編　臺北　文史哲出版社　民國82年3月初版

《兩漢經學今古文平議》　錢穆撰　臺北　東大圖書公司　民國72年9月臺3

版
《兩漢經學史》 章權才撰 廣東 廣東人民出版社 民國79年12月9月臺3版
《宋代經學之研究》 汪惠敏撰 臺北 師大書苑 民國78年4月初版
《王柏之生平與學術》 程元敏撰 臺北 臺灣大學中國文學研究所博士論文 民國60年
《今存三國兩晉經學遺籍考》 簡博賢撰 臺北 三民書局 民國75年2月初版
《清初的群經辨僞學》 林慶彰撰 臺北 文津出版社 民國79年3月
《梅園論學續集》 戴君仁撰 臺北 藝文印書館 民國63年11月初版
《書傭論學集》 屈萬里撰 臺北 臺灣開明書店 民國69年1月2版
《屈萬里先生文存第一冊》 屈萬里撰 臺北 聯經出版事業公司 民國74年2月初版
《傅斯年全集第一冊》 傅斯年撰 臺北 聯經出版事業公司 民國69年9月初版

二、史 部

《史記》 漢・司馬遷撰、宋・裴駰等注 臺北 鼎文書局 民國75年3月3版
《史記會注考證》 (日本)・瀧川龜太郎撰 臺北 洪氏出版社 民國75年9月
《漢書》 漢・班固撰 臺北 鼎文書局 民國75年10月6版
《漢書導讀》 李威熊撰 臺北 文史哲出版社 民國66年4月初版
《宋史》 元・脫脫撰 臺北 鼎文書局 民國72年11月3版
《續資治通鑑長編》 宋・李燾撰 臺北 世界書局 民國50年11月初版
《續資治通鑑》 清・畢沅撰 臺北 文光出版社 民國64年10月初版
《古史》 宋・蘇轍撰 臺北 國立故宮博物院影印南宋衢州刊明印本 民國80年5月;明萬曆三十九年豫章刊本、明南監本(臺北國立中央圖書館藏);臺北 臺灣商務印書館景印文淵閣四庫全書本 民國72年
《三蘇年譜彙證》 易蘇民撰 臺北 大學文選社 民國58年3月初版
《三蘇著述考》 易蘇民撰 臺北 大學文選社 民國58年4月初版
《唐宋八大家評傳》 張樸民撰 臺北 臺灣學生書局 民國67年9月修訂再版
《歷代人物年里碑傳綜表》 姜亮夫撰 臺北 文史哲出版社 民國74年2月再版

《蘇轍年譜》　曾棗莊撰　西安　陝西人民出版社　民國75年1月第1版
《蘇轍》　金國永撰　北京　中華書局　民國79年
《文獻通考經籍考》　元・馬端臨撰　臺北　新文豐出版公司　民國75年
《宋會要輯稿》　清・徐松纂輯　臺北　新文豐出版公司　民國65年10月初版
《郡齋讀書志》　宋・晁公武撰　臺北　廣文書局影印書目續編本　民國56年12月初版
《遂初堂書目》　宋・尤袤撰　臺北　廣文書局影印書目續編本　民國57年3月初版
《直齋書錄解題》　宋・陳振孫撰　臺北　廣文書局影印書目續編本　民國57年3月初版
《世善堂藏書目錄》　明・陳第撰　臺北　廣文書局影印書目三編本　民國58年2月初版
《絳雲樓書目》　清・錢謙益撰　臺北　廣文書局影印書目三編本　民國58年2月初版
《千頃堂書目》　清・黃虞稷撰　臺北　廣文書局影印書目叢編本　民國56年7月初版
《天祿琳琅藏書續目》　清・于敏中撰　臺北　廣文書局影印書目續編本　民國57年3月初版
《善本書室藏書志》　清・丁丙撰　臺北　廣文書局影印書目叢編本　民國58年8月初版
《八千卷樓藏書目錄》　清・丁丙撰　臺北　廣文書局影印書目四編本　民國59年6月初版
《皕宋樓藏書志》　清・陸心源撰　臺北　廣文書局影印書目續編本　民國57年3月初版
《五十萬卷樓藏書目錄》　清・莫伯驥撰　臺北　廣文書局影印書目叢編本　民國56年8月初版
《經義考》　清・朱彝尊撰　臺北　臺灣中華書局　民國55年3月臺1版
《四庫全書總目》　清・紀昀等撰　臺北　藝文印書館　民國78年1月6版
《四庫提要辨證》　余嘉錫撰　北京　中華書局　民國69年5月第11版
《四庫全書總目提要補正》　胡玉縉撰　臺北　木鐸出版社　民國70年8月
《四庫提要補正》　崔富章撰　浙江　杭州大學出版社　民國79年9月第1版
《續修四庫全書提要》　不題編者　臺北　臺灣商務印書館　民國61年3月初版
《中國古籍善本書目（經部）》　中國古籍善本書目編輯委員會編　上海　上海古籍出版社　民國78年10月第1版

《中國古籍善本書目（史部）》 中國古籍善本書目編輯委員會編 上海 上海古籍出版社 民國 82 年 4 月第 1 版
《靜嘉堂文庫漢籍分類目錄》 （日本）靜嘉堂文庫編 臺北 古亭書屋 民國 69 年 6 月影印本
《內閣文庫漢籍分類目錄》 （日本）內閣文庫編 臺北 古亭書屋 民國 59 年 8 月影印初版
《國立故宮博物院宋本圖錄》 吳哲夫撰 臺北 故宮博物院 民國 66 年 6 月
《僞書通考》（上冊） 張心澂撰 臺北 鼎文書局 民國 62 年 10 月初版
《讀史札記》 呂思勉撰 臺北 木鐸出版社 民國 72 年 9 月初版
《漢唐史論集》 傅樂成撰 臺北 聯經出版事業公司 民國 76 年 7 月第 5 次印行
《古史辨第三冊》 顧頡剛等撰 臺北 藍燈文化事業公司 民國 76 年 11 月初版
《西周史》 許倬雲撰 臺北 聯經出版事業公司 民國 79 年 2 月修訂 3 版
《北宋中期儒學復興運動》 劉復生撰 臺北 文津出版社 民國 80 年 7 月初版
《北宋文化史述論》 陳植鍔撰 北京 中國社會科學出版社 民國 81 年 3 月第 1 版

三、子　部

《孔子家語》 魏·王肅註 臺北 臺灣商務印書館影印文淵閣四庫全書本 民國 72 年
《朱子大全》 宋·朱熹撰 臺北 臺灣中華書局 民國 74 年 3 月臺 3 版
《朱子語類》 宋·黎靖德編 臺北 文津出版社 民國 75 年 12 月
《宋元學案》 清黃宗羲撰 臺北 華世出版社 民國 76 年 9 月臺 1 版
《清儒學案》 徐世昌撰 臺北 世界書局 民國 51 年 2 月初版
《能改齋漫錄》 宋·吳曾 臺北 木鐸出版社 民國 71 年 5 月初版
《翁注困學紀聞》 宋·王應麟撰、清·翁元圻注 臺北 臺灣商務印書館 民國 54 年 5 月臺 1 版
《日知錄》 清·顧炎武撰 臺北 文史哲出版社 民國 68 年 4 月
《群書疑辨》 清·萬斯同纂 臺北 廣文書局 民國 61 年 1 月初版
《鄭堂讀書記》 清·周中孚撰 臺北 世界書局 民國 49 年 11 月初版
《揅經室集》 清·阮元撰 臺北 世界書局 民國 53 年 2 月初版
《玉海》 宋·王應麟撰 臺北 華文書局 民國 53 年 1 月
《龍川別志》 宋·蘇轍撰 明會稽商氏刊稗海本、明刊說海彙編本、清順治

刊說郛本、明刊清康熙間修補稗海本（藏臺北國立中央圖書館）

《龍川別志》 宋·蘇轍撰 臺北 臺灣商務印書館影印文淵閣四庫全書本 民國72年

《龍川略志》 宋·蘇轍撰，明弘治刊百川學海本、舊鈔本（藏臺北國立中央圖書館）

《龍川略志》 宋·蘇轍撰 臺北 臺灣商務印書館影印文淵閣四庫全書本 民國72年

《老子解》 宋·蘇轍撰 明萬曆二十五年刊兩蘇經解本、明吳興凌氏刊朱墨套印本（藏臺北國立中央圖書館）

《山堂考索·別集》 宋·章如愚撰 臺北 臺灣商務印書館影印文淵閣四庫全書本 民國72年

《歷史與思想》 余英時撰 臺北 聯經出版事業公司 民國75年7月第11次印行

《中國知識階層史論》 余英時撰 臺北 聯經出版事業公司 民國78年9月第3次印行

《宋代學術思想研究》 金中樞撰 臺北 幼獅文化事業公司 民國78年3月

《中國文化新論——學術篇》 林慶彰主編 臺北 聯經出版事業公司 民國80年元月第6次印行

四、集 部

《孫明復小集》 宋·孫復撰 臺北 臺灣商務印書館影印文淵閣四庫全書本 民國72年

《徂徠集》 宋·石介撰 臺北 臺灣商務印書館影印文淵閣四庫全書本 民國72年

《歐陽文忠公集》 宋·歐陽脩撰 臺北 臺灣商務印書館 民國57年9月臺1版

《張子全書》 宋·張載撰 臺北 臺灣商務印書館 民國57年3月臺1版

《司馬文正公傳家集》 宋·司馬光撰 臺北 臺灣商務印書館 民國57年9月臺1版

《二程集》 宋·程顥、程頤撰 臺北 漢京文化事業公司 民國72年9月初版

《三蘇全集》 宋·蘇洵等撰 京都 中文出版社 民國75年4月

《欒城集》 宋·蘇轍撰 臺北 臺灣商務印書館影印文淵閣四庫全書本 民國72年

《欒城集》 宋·蘇轍撰 曾棗莊、馬德富校點 上海 上海古籍出版社 民國76年3月第1版

《三蘇及其散文之研究》　陳雄勳撰　臺北　文史哲出版社　民國 80 年 11 月初版

《蘇轍文學研究》　高光惠撰　臺北　臺灣大學中國文學研究所碩士論文　民國 78 年 5 月

《蘇轍集》　宋·蘇轍撰　陳宏天、高秀芳校點　北京　中華書局　民國 79 年 8 月第 1 版

《欒城遺言》　宋·蘇籀撰　臺北　臺灣商務印書館影印文淵閣四庫全書本　民國 72 年

《中國文學研究》　梁啓超等撰　京都　中文出版社　民國 60 年 6 月

《文學批評的視野》　龔鵬程撰　臺北　大安出版社　民國 79 年元月初版

《江西詩社宗派研究》　龔鵬程撰　臺北　文史哲出版社　民國 72 年 10 月出版

《李商隱詩箋釋方法論》　顏崑陽撰　臺北　臺灣學生書局　民國 80 年 3 月初版

五、期刊論文

〈毛詩序再檢討〉　高葆光　東海學報七卷一期　1965 年 6 月

〈三論毛詩序〉　高葆光　東海學報八卷一期　1967 年 1 月

〈兩宋之反對詩序運動及其影響〉　程元敏　中山學術文化集刊二集　1968 年 11 月

〈詩序作者考辨〉　陳允吉　中華文史論叢 1980 年 1 輯　1980 年 1 月

〈關於毛詩序作者問題的商討〉　王錫榮　文史十輯　1980 年 10 月

〈三百篇分章歧異考辨〉　余培林　國文學報第 20 期　1991 年 6 月

〈召南詩的時代問題〉　高葆光　東海學報第 1 期　1959 年 6 月

〈詩風南雅頌正詁〉　高葆光　東海學報三卷 1 期　1961 年 6 月

〈采薇新探〉　陳紹棠　新亞學報第十六卷上　1992 年 10 月

〈商頌述作考〉　金德建　古籍論叢第二輯　1985 年 10 月

〈商頌作年之我見〉　梅顯懋　文學遺產 1986 年 5 期　1986 年 10 月

〈唐代後期經學的新發展〉　林慶彰　東吳文史學報第 8 號　1990 年 3 月

〈宋代學風變古中的詩經研究〉　石文英　廈門大學學報 1985 年 4 期　1985 年

〈宋代詩經學概論〉　馮寶志　古籍整理與研究 1986 年 1 期　1986 年 10 月

〈歷代詩經研究評述〉　程俊英　華東師範大學學報 1982 年 3 期　1982 年 6 月

〈詩經學史研究的回顧與前瞻〉　林慶彰　中國文哲研究的回顧與展望論文集

中央研究院　中國文哲研究所　1992年5月
〈歐陽脩之詩經學〉　何澤恒　孔孟月刊十五卷3期　1976年11月
〈歐陽脩的詩經學〉　賴炎元　中國國學6期　1978年4月
〈蘇轍的生平及作品〉(上)　陳宗敏　書和人第318期　1977年8月
〈蘇轍的生平及作品〉(下)　陳宗敏　書和人第319期　1977年9月
〈朱熹的詩經學〉　賴炎元　中國國學七期　1979年9月
〈朱熹論「詩」主張及其所著「詩集傳」〉　左松超　孔孟學報五十五期　1988年4月
〈呂祖謙的詩經學〉　賴炎元　中國學術年刊六期　1984年6月
〈宋刻珍本詩集傳〉　蕭新祺　古籍整理出版情況簡報142期　1985年7月
〈北京圖書館入藏宋刻蘇轍詩集傳〉　李致忠　文獻1990年2期　1990年4月